光の雨
―原罪―

かわい有美子

幻冬舎ルチル文庫

CONTENTS ✦目次✦ 光の雨 —原罪—

✦カバーデザイン=吉野知栄(CoCo.Design)
✦ブックデザイン=まるか工房

イラスト・麻々原絵里依

光の雨 ―原罪―

序章——平成十一年三月

新大阪の駅から大阪駅に向かう新快速に揺られ、立ったままドアにもたれていた野々宮《ののみや》尭《きょう》は、徐々に近づきつつある駅周辺のビル群を眺めていた。

土曜の昼前の電車の中は、時間的なものか、少し空いているようだった。

その空いた車内には、コート姿の人が目立つ。ようやく三月に入ったとはいえ、まだまだ冷え込みが厳しいせいか、人々の服装は全体的に黒っぽい。

野々宮自身も、今朝《けさ》がた早くに福岡を発《た》つ時には息が白く曇るほどだったので、紺のスーツの上に黒の革のコートを着込んでいた。

乗り換えのアナウンスが車内に流れ、大阪で下車する人々が荷物をまとめ始める。

ふと、ビルの上に見慣れない赤く巨大なオブジェがあったような気がして、野々宮はわずかにその長身をかがめた。ドアの窓から、線路に面して居並んで立つファッションビルの上を眺める。

赤く巨大なオブジェに見えたのは、以前、大阪に里帰りしたときにはなかった真っ赤な観覧車だった。

見慣れないものができただけで、街は自分の知る頃とはずいぶん違ってしまったような気がする。

野々宮は鋭い印象のある、人より濃い色味を持つ目をわずかに細め、その真っ赤な観覧車を見送った。

大阪駅のホームの端が見えてくる。

野々宮の生まれ育った街はすぐそこだった。


人で賑《にぎ》わう中央の改札を出て、野々宮は周囲を見渡す。

インフォメーション前の柱の側《そば》で待ち合わせた相手とは、七年ほどの間、一度も顔を合わせてはいない。

しかし、少しほっそりとしたその姿を人混みの中に見いだすのは容易だった。

待ち合わせの時間にはまだ五分ほどあったが、相変わらず几帳面《きちょうめん》な性格らしく、すでに相手は指定場所に立っている。

痩身をキャメルのコートに包んだ男は、七年前と少しも変わらない聖職者のように上品で静かな雰囲気をまとったまま、そこにいた。

歳《とし》は野々宮より一つ上で、今年で三十一歳になるはずだったが、細面《ほそおもて》の優しげな顔立ちのせいか、野々宮よりもまだいくらか若く見える。

けれども喧騒の中でコートのポケットに両手を突っ込み、静かだが少し疲れたような表情でややうつむきぎみにそこに立つ姿は、人々の罪を一身に代わって受ける贖罪《しょくざい》にじっと耐えているようにも見えた。

「伊能《いのう》さん！」

声をかけると、伊能は少し驚いたように顔を上げたが、野々宮の姿を認めるとすぐに柔和な笑みを浮かべた。

「やあ…、久しぶり」

伊能は目を細める。男にしては柔らかな話し方や穏やかな声すらも、以前と少しも印象は変わらない。

伊能侑一《ひろかず》。野々宮の大学時代の先輩にあたり、今は大阪地検勤務の検事である。

「ごぶさたしてます」

野々宮は軽く頭を下げてみせる。

痩身のせいか遠くから見ると背が高く見える伊能も、実際に目の前にすると野々宮より頭半分ほど低い。

「七年ぶり…？」

伊能は野々宮を通してどこか遠くを見るような目を見せ、それでも正確に流れた年月を口にした。

その顔は七年前に比べるとまた少し顎《あご》のあたりが細くなった観があるが、いかにも育ちのよさそうな、青年めいた印象はいまだに変わりない。

「ええ、七年になります」

「ずいぶん経《た》ったね…」

野々宮の答えに伊能は一瞬寂しそうな表情を見せたが、すぐに上品で曖昧《あいまい》な表情の中にその悲しみを塗り隠してしまった。

「行こうか。お腹減ってない?」

笑った顔は、以前の穏やかな伊能のものだった。

「ええ、かなり…。向こうを七時半に出てきたもので」

「じゃあ、今日は寒いし、ちょっと温かいものでも食べにいこうか」

野々宮の持つ一泊分の荷物に、持とうか…、と手を差し出しながら、伊能は歩き出した。

いいえ、平気です、と首を横に振り、野々宮は伊能と肩を並べる。七年前にはこうして二人きりで肩を並べて歩くことなど、思いもよらなかったと考えながら…。

野々宮尭は先月、三十歳になったばかりの検察官だった。早生まれのため、歳をとるのは同級生らよりも少し遅いが、学年的には伊能の一つ下になる。

所属は検察庁。つい先日、在籍していた福岡地検特別刑事部から、出身地である大阪地検刑事部への異動が内示されたばかりである。

たいていの検事は、二年ごとに任地を変わるのが常だ。それにもかかわらず、一年と福岡にとどまらないうちに、本来の異動には少し早いこの時期、急遽、野々宮の異動が決められたのには訳がある。

もともと野々宮には、福岡のさらに前任地である松山地検にいた時、配属一年目の新任検事をあけたばかりの若さで現職知事の汚職事件を起訴した実績があった。

福岡地検特別刑事部は、地検の刑事部としては特捜部に準ずる大きな機関だ。

おそらくそんな野々宮の松山での実績が認められ、福岡へ配属されたのだろうが、そこはまだ若い野々宮にとって、決して居心地のいいところではなかった。

若くして新聞やテレビで取り上げられるほどの実績を挙げたことが、周囲のいらぬやっかみなどを買ったのだろう。

検事とて、人の子だ。もともとの人間同士の相性や職場の雰囲気もあるのだろうが、なんとなく全体的に野々宮をつまはじきにしたような空気が当初からあった。また、不可解なほどに子供じみた対抗意識を見せる者も少なくなかった。

福岡に配属されてから、とりわけ直属の上司とずっと反りが合わなかった野々宮は、酒の席でとうとうその上司と衝突し、言い争いは進退問題にまで至った。

我ながら大人げないとも思ったが、次の日の朝、辞表を胸に登庁したところ、野々宮に目をかけてくれていたらしい別の上司に思いとどまるように言われた。その取りなしで、かろうじて大阪へ異動することで話が落ち着いた。

野々宮がそんな問題を起こしたことはすでに大阪にも噂として伝わっているだろうし、そうなると将来的には決して明るくはない。しかし、そこまで引き立ててくれた人々の厚意もあり、酒の席とはいえ自分を抑えきれなかったことへの反省もある。この大阪には、かなり腹をくってやってくるつもりではあった。

そんな時、もう部屋は決まったのか…、と連絡をくれたのが伊能侑一だった。

伊能と野々宮の出会いは大学の頃に遡《さかのぼ》る。

二人とも大阪の出身ではあるが、出会ったのは東京の国立《くにたち》にある赤煉瓦《あかれんが》のキャンパスで有名な国立大学だった。

もともとは直接の知り合いでもない。

当時、新入生だった野々宮を自主制作の映画の主役にしたいのだが…、と声をかけてきた渡瀬皓《わたせあきら》という一年上の先輩が間にいた。渡瀬は小さな映画サークルに所属していた。

その渡瀬が伊能と非常に親しかったために、自然、野々宮も伊能を知るようになった。

映画の主役の話は柄でもないからと辞退したものの、渡瀬はなぜか野々宮を気に入ったらしく、何かと目をかけて可愛がってくれた。

渡瀬は長身で見場もよく、明るく闊達《かったつ》で常に人の輪の中心にいるような男だった。渡瀬と野々宮のつきあいは二人が同じ年に司法試験に受かり、司法修習の一年目に渡瀬が事故で亡くなるまで続いた。

伊能とはあの渡瀬の葬儀の席以来、顔を合わせていない。しかし、野々宮が福岡で起こした不祥事は多分耳に入っているだろう。

問題を起こした後輩を持つことは決して得にはならないのに、伊能がわざわざそんな野々宮を気遣って連絡をくれたことはわかる。

いかにもこの人らしい気の遣い方だと、野々宮は地下街でかたわらを歩く伊能の横顔を盗み見る。

その少し線の細い優しげな容貌にふさわしく、昔から穏やかで平和的な思考を持ち、優秀な教師のように細やかな気配りを周囲に見せるタイプの男だった。

あの頃、確か渡瀬ら伊能の同級生たちの間でついていたあだ名が『神父《ファーザー》・伊能』。神父のように慈悲深く、慎み深い。そして、呆《あき》れるほどに真面目《まじめ》で几帳面だというところからきたらしい。

あの年頃の男達の間にいながらも、がつがつしたところがなく、希有なほどに紳士的な男だった。かといって軟弱なわけでもなく、外見的にはよほど男らしく見える渡瀬のほうがちょくちょく折れるほどに芯が強かった。

そのせいか、仲間内でも一目置かれていたように見えた。

実際、伊能は口数はさほど多いほうではない。中学の頃から同じ男子校だったという渡瀬の隣でいつも穏やかに笑っていたが、神父《ファーター》などと言われるだけの不思議な存在感と透明感をなぜか持っていた。

普段口数の少ないせいか、その一言一言に重みがあった。華やかで人好きのする渡瀬の横にいても同等の存在感を持ち、渡瀬の陰にかすむというようなこともなかった。

つきあいの長さのせいか、仲間内では渡瀬の女房役といわれるほどに息が合っていた。昔からの馴染《なじ》みの者同士特有の、一を言えば十をわかり合えるような自然な空気があった。

検事だった父親の転任について、高校に入るまであちこちを転校してまわった野々宮には、そこまでつきあいが長く、ぴったりと息の合う相手はいなかった。そのせいか、そんな二人の間の空気は少しうらやましく思えたものだった。

一年先に司法試験に受かっていた伊能は、亡くなった渡瀬の遺志を継ぐように検事への道を選んだ。

おとなしそうに見えても、検事としての能力はなかなかのものらしい。同期の中では一番に大阪地検の特捜部に配属されている。

その噂を聞いた時、物静かだが芯の強い人という自分の印象は、やはり間違っていなかったのだと思った。

なのに、七年ぶりに再会した伊能は、笑っていてもどこか疲れているように見える。

あの頃、渡瀬の隣にあって静かな強さをたたえていたものが、どこか曇ってしまったような…、そんな印象だった。

この感覚はなんなのだろう…、野々宮は伊能の横で思う。

取り調べの時、被疑者との駆け引きで、実際には追いつめる検察官のほうが精神的に消耗するのはよく聞く話だし、野々宮自身にも経験がある。

時には自分の能力や存在意義さえ疑うこともある。

今、この人はそんな事件を抱えているのだろうか。

野々宮は伊能が目で追うレストラン街のショーウインドーを、共に眺める。

それとも七年前に渡瀬を失ったことが、この人の中でいまだに大きな空洞となっているのだろうか…と。

一章

I

「伊能、まだ帰らんのか」

　野々宮に会う二日前の木曜の夜、刑事事務課のＦＡＸの脇にいた伊能に、最後まで残っていたらしい先輩検事が入り口から覗《のぞ》き込み、声をかけてくる。

「ええ、これを送れば帰ります」

　男にしては読みやすい綺麗《きれい》な字で、野々宮様と送り状に宛て名を書き込みながら答える伊能に、男は腕の時計をちらりと眺め、苦笑する。

「急げよ、終電なくなるぞ。じゃあ、お先にな」

　声をかけて出ていく相手に静かに笑って手を上げ返しながら、伊能は不動産屋から送られてきたいくつかのワンルームマンションの間取り図を、送り状と共に業務用ＦＡＸにセットした。

　終電間近のがらりと人気《ひとけ》のない部屋に一人残された伊能は、福岡地検の刑事事務課の短縮番号を押す。

乾いた作動音とともにＦＡＸが用紙をのみ込んでゆく様を見下ろしながら、伊能は軽い虚脱感に襲われていた。

伊能侑一は、今年三十一歳になる検察官だった。

所属は検察庁大阪地検特捜部。もっぱら知能犯を専門に扱っている。

正義の独立司法機関と呼ばれる検察の中でも、検事なら誰でも一度は希望する花形部署だ。国のあらゆる捜査機関の中でも唯一、大型政治犯罪にもメスを入れられるといわれている能動的な斬り込み部隊でもある。

伊能は、穏やかな物腰と少し線の細い優しげな容貌のせいで、初対面の人間にはたいてい歳よりも若く見られる。

しかし、検察官としての能力自体はそう悪くないと言われていた。女性にでも接するような紳士的で丁寧な話し方と、海千山千の犯人もついぞは音をあげるというその見た目にそぐわぬ粘りとで、口の悪い同僚達につけられたあだ名が『落としの伊能』。

大学の頃に献上されていた『神父《ファーザー》』の名に比べれば、まるで女のヒモのように品のないあだ名だ。だが、それが幸いしてか、伊能は入庁わずか七年目で、通常は十年以上のベテランが配属になる特捜部へと異動になった。

高校卒業と同時に離れ、また数年を経て戻ってきた大阪は、相変わらず猥雑な街だった。

東京に続く第二の都市であるせいか、事件も東京についで多く、そのくせ検察官の人数は二百人ほどを有する東京地検に比べると、わずかに五十人と少ない。

事件数は東京の二分の一、しかし、検事の数はその四分の一だと、当然、一人あたりの抱える事件量は増える。今や、忙しさでは日本で一、二の地検ともいえた。

しかし、街全体の雰囲気といえば、あくが強く、行政よりもむしろ住民自身が圧倒的なパワーを持っていたはずのこの街も、バブルが崩壊して以降長らく続く不況のせいで、かつて街中に満ち溢《あふ》れていた猥雑な生命力は色褪《いろあ》せてきたような気がする。

もともと中小企業の多い街だった。このあまりに長い不況に、どうにか持ちこたえてきた経済産業も少しずつ崩壊し始めている。

それが今、大阪へ戻ってきて一年ほどを過ごした伊能が自分の生まれ育った街に対して抱いている感想だった。

そんな大阪の街へ、いきなり福岡地検から異動になってきたのが、野々宮だった。

野々宮も伊能と同じ大阪出身の検事で、かつては同じ大学の法学部にいた。

映画サークルそのものには勧誘時に渡瀬に引っ張ってこられただけで、野々宮自身は在籍していなかった。しかし、寡黙でいて、時には非常に剛胆な面のある野々宮を渡瀬が気に入り、何度か一緒に遊びにいったり、酒を飲んだりしたこともある。

当時から野々宮はあまり口数の多いほうではなく、後輩たちの中ではかなり大人びて独特の雰囲気をまとっていた。

初めて会った時には、まるで真っ黒な大きな猟犬のようだと思ったことを覚えている。引き締まった長身の下に潜むしなやかな筋肉。物怖《ものお》じもせずに相手をまっすぐに見据える、冴え冴えとした光を宿した瞳は、人よりはるかに色素が濃く、その意志の強さを感じさせた。がっしりした大きめの口許《くちもと》も、鋭い刃物で削《そ》いだような目鼻立ちや輪郭も、それらすべてが優れた大型犬を思わせたせいだった。

野々宮自身が、あまり自分について多くを語らないせいもあるのだろう。下手な人間よりもよほど利口な犬、洞察力に優れた目で、黙って相手の次の行動を測っている、無駄な動きのないよく躾《しつ》けられた大きな犬のようだと、あの時思った。

半年間温めていた自主制作の映画の主人公にぴったりだと、渡瀬は一目見て野々宮を気に入ったようだった。映画の出演こそ断ったものの、野々宮もそんな渡瀬にはそれなりの信用をおいているように見えた。

だが伊能自身は、どうあっても自分には馴れない大型犬を前にしたときに覚えるようなかすかな恐怖を、初対面の野々宮には感じた。今は黙って撫《な》でさせてはくれるが、いざとなればなんの躊躇《ちゅうちょ》もなしに容赦なく牙を剝《む》かれるのではないかというような畏怖に近い思いとでもいうのだろうか。

しかし、恐ろしいとは思ったが、同時に渡瀬がこの男を気に入るのもごく当たり前だとも思った。おおらかで気性のまっすぐだった渡瀬は、むやみに人を恐れるということがなかった。馬が合うとでもいうのだろう。不器用なまでにひたむきで無骨な面のあった野々宮を、まるで弟のように可愛がっていた。

ただ、伊能自身は野々宮のその物怖じしないまっすぐな目に、自分の中の八方美人的な狡《ずる》さ、おとなしいふりで自分の意見を強く言いたてない人間としての狡猾《こうかつ》さを見透かされそうで、その後もふとした折に野々宮を苦手に思うことがあった。

もともと、他人に対する観察力や洞察力に優れているのだろうが、ほとんど野性的ともいえる独特の勘を備えた男で、たまに人の仕種や表情、言葉の端などから、驚くほどにいろんなことを察していた。

並の人間が、自分には計り知れない途方もない予知能力や透視能力を持つ人間を恐れるのと同様、伊能は野々宮がそんな独特の勘で、自分の後ろ暗い部分をすべて見通しているのではないかと思った。

また、時折、伊能は野々宮が自分よりも、そしてさらには渡瀬よりもはるかに強靭《きょうじん》な一面を持っているのではないかと思うこともあった。

今回の福岡での一件にしても、そんな妥協を許さない野々宮の精神的なしたたかさが、周囲の本能的な恐怖を煽《あお》ったのではないかと思っている。

野々宮とは、渡瀬の葬儀以来まったく会っていなかった。

年賀状のやりとり程度はあった。一度、野々宮が検事として配属になった時、伊能のもとに挨拶に寄ってくれたらしいが、ちょうど伊能自身は拘置所に取り調べに出向いて不在にしていた。あの時は詫びの電話を入れ、無難な祝福の言葉を伝えて終わったのではなかったろうか。

だから今回、本当に七年ぶりに顔を合わせることになる。

野々宮が有能だとは聞いていた。新任あけ一年目で現役知事の汚職を挙げたときには、空恐ろしいものすら感じた。

おそらく、福岡で野々宮の周囲にいた検事達も同様だろう。その突出した能力を恐れ、なんとなく近寄りがたいものを感じたに違いない。

特に最近では昔とは違って正義を守り、絶対に悪を許さぬという義侠肌の検事は減り、伊能も含めて、組織全体がサラリーマン化している。そのため、どちらかというと昔ながらの職人肌の検事、尖《とが》ってひたむきなタイプの野々宮は敬遠されたのかもしれない。

だから、野々宮が問題を起こして大阪へ異動してくると聞き、長い間、ずっと直接の連絡を取っていなかったにもかかわらず、何かしら話をしてみたいと思った。

以前、伊能が異動の時に馴染みの先輩検事達にそうしてもらったように、引っ越し先は決まったのかと尋ねた。

久しぶりに言葉を交わす野々宮は、伊能の連絡に最初は驚いたようだったが、すぐに伊能さん…、と伊能が思うよりも親しみのこもった、少し照れのある声で呼びかけてきた。

部屋はまだ決まってないという返事だった。実家や官舎はどうなんだと尋ねると、今回のことでバツも悪いし、今さら親元に帰る歳でもないと言う。できれば官舎などよりも、周囲に知り合いがいないほうがありがたいと言うので、異動の際のならいで適当な賃貸物件を見つくろって間取りなどをいくつかピックアップして、今、こうしてFAXを送っている。

野々宮との再会の日が近づくにつれ、二人の間で大きな存在を占めていた渡瀬がすでにこの世にいない穴をまざまざと思い知らされる。

渡瀬の存在は、野々宮にも様々な影響を与えただろうが、伊能にとっては自分の存在の根幹にかかわるほど大きなものだった。

FAXが熱を帯びた用紙をすべて吐き出すのと同時に、伊能はそれらをひとまとめにしてファイルに入れ、自分のブリーフケースの中に入れた。

無人の部屋に、事務機器の電源を落として歩く伊能の靴音が虚《うつ》ろに響く。

最後に誰もいない部屋を振り返ると、照明を消し、伊能はそのまま部屋をあとにした。

Ⅱ

金曜の夜、伊能は珍しく仕事を早めに終わらせて官舎に帰ってきていた。

翌日、部屋を探しにくる野々宮が泊まるかもしれないことを考え、ざっと部屋に掃除機をかけ、軽く片づける。

独り身でもあり、もともとものの少ない部屋だった。元来が几帳面なせいもあり、ほとんど片づけるものもない。

コンビニ弁当で手早く夕食をすませた伊能は、最後に軽くリビングの棚に重なっていたビデオテープを整理しかけて、その手を止めた。

『皓　16ミリ』と女文字によってラベルに書かれたＶＨＳのテープは、ずっと長い間、見ずに置いておいたものだった。

渡瀬が自主制作のためのテストフィルムをいくつか撮っていたものを、息子の形見分けにと渡瀬の母親がわざわざダビングしてくれたものだ。受け取ったものの、結局は長い間見られないままに置いてあった。

家族以外では、渡瀬以上に長く一緒に時間を過ごした人間はいない。今でも伊能は、渡瀬以上の存在の友人はいないと思っている。

それほどに渡瀬は伊能の中では、大きな位置を占めていた男だった。

その分、死んだ友人に一人取り残されたように、伊能の中での気持ちの整理がうまくついていない。もうすでにあれから七年にも及ぶ年月が流れたというのに…。

伊能は白いプラスチックケースをしばらく黙って眺め、やがて意を決してテープを取り出すと、ビデオデッキに入れた。

そのまま椅子を引き寄せて座り、再生の始まった画面を見守る。

手ぶれのためにいくらか白黒の画面が揺れるのが収まると、やがて画面の中に一人の青年の横顔が映る。

渡瀬の選んだモノクロフィルムの中に映っているのは、あの頃、渡瀬が強く主役に推していた野々宮だった。

伊能自身は当の映画サークルには入っていなかったため、制作過程についての詳しい話を知らない。しかし野々宮は、渡瀬の考えていたストーリーにぴったりのイメージだったという。

結局は野々宮の辞退で自主制作映画は別の案のものへと切り替えられ、このテストフィルムそのものはお蔵入りとなった。今、こうして伊能の手許にあるのは不思議でもある。

テストフィルムの舞台は、赤煉瓦で有名な母校、国立市にある国立大学の古い校舎だ。歴史のある大学に特有の、天井の高い階段状の大教室。その高い天井に合わせた高さのある細長い窓、様々な傷の刻まれた木の長机と椅子、独特の空気。

授業が終わったあとらしいが、学校特有のざわつきがフィルム全体に効果音のように収まっている。

その手ぶれのあるテストフィルムに収まっている野々宮は、窓際の席に座って机に頬杖《ほおづえ》をつく。頬のあたりには、カメラを向けられているせいだろう。わずかな緊張があった。

真っ黒の髪を短く刈りそろえた野々宮の顔立ちは、かなり野性味のある硬質なものだった。鼻筋が高く、充分に知的な印象はあったが、青年期特有の不安定で未熟に尖ったものが過分に覗いている。そのため、一定の枠には収まりきらないような瞬発力、敏捷性といったものがその引き締まった横顔に知性とともに潜んでいる。

だが、全体としての印象は、この年頃の青年像を黒っぽく無機質に具現化したようでもある。二十歳前後のごくごく平均的な青年のようにも見えた。

それでいて二人として同じ印象を持つ人間はいないような、何か力強く突出した才を秘めているような、際立って矛盾した印象もある。

自分の内側に抑え込んだ力を持てあましているような、どこか獰猛《どうもう》にも見える表情だった。

あの頃はここまで客観的には捉えていなかった野々宮の印象に、伊能は少し驚く。

自分の中にものを創作するセンスは皆無だが、今さらになって、あの頃、渡瀬が野々宮を撮ってみたいんだと言った理由がわずかながらに理解できた気がした。

いくらかの年を経てこうしてフィルムを通して見ると、野々宮を含めて、あの頃自分たちがいた大学という学生ばかりの特異な環境など、二十歳前後の頃には自分には見えていなかったもの、見ようとしていなかったものがはっきりと形になって見えるようだった。

——じゃあ、ちょっと立って歩くところ、撮りにいこうか…。

すぐ耳許で聞こえるような懐かしい声に、伊能はびくりと肩を震わせる。

フィルムをまわす渡瀬の声だった。

ひどく懐かしく、遠い声に、伊能は思わずリモコンを手許に引き寄せる。

もう一度、すぐにでも聞きたいと思ったが、結局、握りしめたリモコンの上に指をさまよわせただけで、伊能はそのまま画面を見つめていた。

渡瀬の声に野々宮はこちらを向くと、緊張が解けたせいかさっきまでの刃物のような印象とは裏腹の、どこか人なつっこい笑いを浮かべた。

そんな野々宮の表情は、伊能の知らないものだ。こんな表情も持つ青年だったのかとも思う。それだけ渡瀬を信用していたのか。

やや画像が揺れ、次には中庭に面した、アーチ形の柱を持つ校舎の回廊を歩く野々宮のロングの構図になる。

モノトーンのフィルムの中、半袖シャツにジーンズというこざっぱりした格好の青年が、小脇にいくつかの教科書を抱えて、ただ歩く。

背筋を伸ばし、コンパスの長さを意識させる歩幅で歩く姿は、さっきのような人を寄せつけない雰囲気とは違って、ごく自然だった。

——へえ、ずいぶん見場のいい奴、見つけてきたな。素人だろ？　すげぇ、存在感ある。

横で見物しているらしい誰かの声が響く。

——うん、今度の自主制作の主役にね…、新入生なんだけど、なかなかいい男だろ？　あれは、きっとモテると思うんだよな。

屈託がなく、人当たりのいい明るい渡瀬の声が答える。

——もういいよ。もういいよ、野々宮。ありがとう。

渡瀬の声に、青年はチラリとカメラのほうへ視線を流し、小さく頷《うなず》いた。

今度は笑ったのかどうかわからないほど、ごく微妙な表情だった。

渡瀬の声が遠くなり、何を言っているのかはっきりとは聞き取れなくなったと思うと、画面は一瞬暗くなった。

またさらに画面が少し揺れ、青年の姿はなく、今度は懐かしい渡瀬の下宿先の部屋が映っていた。

——おいこら、撮るなよ。格好悪いだろう。

画面はモノクロのままだったが、明るく日差しの差し込む部屋で、カメラの持ち主である当の渡瀬が、コンロでフライパンを使いながら笑っている。

伊能は画面を注視したまま、低く喘《あえ》いだ。

長身でルックスがよく、あの頃学内の人気者であった渡瀬は、画面の中に立っているだけで他人を惹きつけるような華があった。

——どうして？　こんな日常風景、めったに撮らないんだから、残しとかなきゃ。

答えるのは、普段、自分で思っているよりも、甘い、どこかに媚《こび》のあるような伊能の声だ

った。

それに重なって、やや遠い、炒め物の音がする。

チャーハンか何かを作っているらしい渡瀬は、こちらをちらりと眺め、苦笑する。

さっきまで画面に映っていた野々宮とは異なった、尖りのない万人受けのするさっぱりとした顔立ち、おおらかな仕種、表情。

全体的にはすっきりと端正な顔だが、やや目尻が下がっているために印象はソフトで優しい。伊能が中学の頃からの長い間馴染んできた空気をまとったまま、渡瀬は画面の中で笑っている。

伊能はゆっくりと視界が熱くにじみ出すのを感じた。

懐かしい笑顔は、とてもまだ野々宮を見る時のように客観的に見ることはできなかった。

――侑《ヒロ》、勘弁してくれよ。

大仰に肩をすくめながら食器を取り出す渡瀬の仕種に、笑い転げているのは、まだ若い頃の自分だ。

――おまえ、人に飯作らせといて、撮るなよ、そんなもん。食わせないぞ。

こら…、という笑い声に重なって、渡瀬の手が伸び、画面が揺れてふいに画像は終わる。

真っ青になった画面が熱くにじんだ視界の中でふいに歪《ゆが》み、伊能は目許を押さえた。

次々と熱い涙がこぼれ落ちる。

とてもまだ、忘れることはできない。

悔やんでも悔やみきれない。

画面の中で動き、伊能に話しかけてくる言葉を聞くだけで、無条件に涙が溢れ出す。

生前の渡瀬と伊能は、たった一度だけ身体《からだ》の関係を持ったことがある。

渡瀬皓は、伊能が中学の頃から焦がれ続けていた男だった。


伊能と死んだ渡瀬とは大学時代に同じゼミであっただけでなく、大阪府北部にあった同じ男子校の出身でもあった。

渡瀬皓は、一人の人間としては非常に優れた男だった。

学生時代から伊能と並んで成績がよく、弓道部の主将も務めていた。

成績こそ伊能と競っていたが、運動能力、人気や人望といった点では比べるまでもない。渡瀬のほうがはるかに勝っていた。学年でも渡瀬の名を知らぬものはなかった。

男っぽくさっぱりとした顔立ちで背も高く、とにかく人好きのする性格だった。あいつは色々出来過ぎてるなどと言われてはいたが、悪く言う者はなかった。

友人も多かった渡瀬だが、伊能とは中等部からの長いつきあいで、家も近かったために気心もよく知れていた。

それこそ言葉にせずとも、互いに一挙一動で相手の考えていることがわかるほどの仲だった。

そんな渡瀬に一緒に一橋《ひとつばし》を受けないかと誘われたときには、確固たる志望校もなかった伊能はいともあっさりそれを承諾した。

もともと、司法試験を受けると言い出したのも渡瀬だった。検察官に興味があるんだと、検察総長を務めた検事の名著を読んで、自分の中でこれまでの考え方が変わったと言ったのも渡瀬だった。

ずいぶん感銘を受けたらしい。そんな言葉が、不思議と嫌味に聞こえない男だった。深みのある、よく通るその声で面白いから読んでみろとその著書を勧められ、なるほどそのとおりだと思った。

それまで検察は刑事事件を裁判所に告訴するところという程度の、漠然とした知識しか持っていなかった伊能の今を作ったのは、渡瀬だった。

なんとなく、渡瀬の熱意に押されるようにして共に司法試験を目指し、模試では成績が下位だった伊能のほうが、なぜか先に在学中に合格した。

一度や二度は落ちて当たり前などと言われる試験だ。国家試験の中ではもっとも難易度が高いとされているだけに、逆に合格した伊能のほうが驚いたほどだった。

渡瀬も卒業後に二回目の受験で合格し、伊能に一年遅れて司法修習生となった。

そして司法修習中の夏休み、渡瀬は北海道を旅行中に交通事故で亡くなった。

交差点で信号無視のトラックから子供をかばってはねられ、即死だった。

倒れた人間には進んで手を差し伸べる性格の渡瀬らしい、けれども唐突な死だった。

今でもあの時、渡瀬と一緒にいなかったことが悔やまれる。共に旅行に行っていなかったことが悔やまれる。

そして、想いを伝えていなかったことが悔やまれる。

悔やんでも悔やみきれず、いまだに時として夢に見る。

どうして渡瀬のいない時間を、自分はまだぼんやりと生きているのだろうと…。

結局、そんな渡瀬の遺志が忘れられなくて、伊能は司法修習後、検察官になった。

七年が経った今でも鮮明に甦《よみがえ》ってくる。渡瀬のよく通る声も、屈託なく笑うその表情も。

伊能はあれから、渡瀬の存在しない時をすでに七年間も過ごしたというのに…。


その夜、伊能は夢を見た。

夢の中でずっと、さらさらと水の流れるような柔らかい雨の音がしていた。

あたりはぼんやりと明るい。

ブラインド越しに、一面に鈍く白い雲の垂れ込めた梅雨時の空が見えた。

この明るさなら、すでに時刻は昼近いのではないかと、シーツにくるまった伊能はまだ半ば眠りから醒めきらない頭で考える。

胸のあたりが少し重くて、その違和感を不思議に思い、振り返るとかたわらに渡瀬が眠っていた。

胸にかかった重みは、シーツに半ばうつ伏して眠る渡瀬の剝き出しの腕が、伊能の胸のあたりを抱えるように抱いているせいだった。

こんな寝方をしたら目が腫《は》れるのに…、嬉《うれ》しさと愛《いと》おしさ混じりにそう思いかけ、伊能はやがて我に返る。

自分はあの日、渡瀬の寝顔を見なかった。

ならばこれは現実ではないのかと、遠く物憂いような雨音の中で考える。

柔らかな雨音を聞きながら、これは夢なのだ…、とぼんやり思った。

ならば、もう少し…、もう少しだけ…、この満ち足りた思いにひたっていたい…。

失ってしまったかすかな幸せの名残をかき集めるように、伊能は懸命に渡瀬の表情や眠る姿を瞼《まぶた》の裏に焼きつけようと、かたわらの男に目を凝らした。

しかし気がつくと、白くぼんやりとした光に包まれていた部屋はかき消え、伊能は閑静な住宅地の中の、白と黒の葬儀用の鯨《くじら》幕のかかった一軒の家の前にいた。

目に痛いほど強く、アスファルトが夏の日差しを照り返す中、黒の喪服に身を包んだ人々の列が、次々に目の前の家へと入っていく。

家の中から聞こえる読経の声に、思考を止めるほどにうるさい蟬《せみ》の鳴き声が重なり、すべての音をかき消していく。

それこそ、アブラ蟬の声で何もかもが灼き切れてしまいそうだった。

『お焼香を…』

見知らぬ男に声をかけられ、伊能はぼんやりと人々の列の後ろについた。

その家も周囲の住宅地も、見覚えがあるようでいて、掲げられた樒《しきみ》や葬儀用の鯨幕のせいでまったく見知らぬ家のような違和感も感じる。

周囲の人間同様に喪服をまとった伊能は、自分でも不思議なほどの強い義務感にかられ、人々の列に続いて土足用の白いシートが敷き詰められた家に入った。

家の中に入っても、外でやかましく鳴きたてる蟬の声は、一向に収まる気配がない。

けれども、白いシートの敷き詰められたがらんとした家の中は、外とは裏腹にまったく見覚えがないものだった。

伊能は妙に不安で、落ち着かない思いで、見覚えのない部屋を次々と覗いていく。

狭く、ごみごみと物の詰め込まれた部屋、見知らぬリビング、入ったはずの家よりもはるかにがらんと広い部屋、真っ暗な部屋…、次から次へと部屋の扉を開けるたび、どうしようもない不安と焦燥とが胸の中で膨れあがっていく。

いつの間にか焼香に並んでいた人々の姿はかき消え、何もない家の中にはただ一つの柩《ひつぎ》が安置してあった。

蟬の声も、いつしか驚くほどに遠いものになっている。

たとえようもなく嫌な予感にかられ、伊能はその広い家の中にぽつりと一つだけ置かれた真っ白な柩に駆け寄り、中を覗き込む。

そして、柩の中に包帯でぐるぐる巻きにされ、わずかに目鼻と口許だけが覗いた男の顔を見て叫んだ。

叫び続けた。

柩の中に横たわっているのは、渡瀬だった。


叫ぶ自分の声に、伊能は全身を汗でしとどに濡《ぬ》らし、布団の上に跳ね起きた。

叫びながら、その声のあまりの大きさに、知らず口を覆っていた。

しばらくは夢と現実の区別もつかず、身体じゅうを冷や汗で濡らしたまま、伊能は大きく肩で息をついていた。

六畳の真っ暗な部屋の中に、目覚まし時計の秒針が動く音だけが響いている。

目が慣れてくると、いつもの官舎の布団の上にいた。

伊能はパジャマの袖で額の汗を拭《ぬぐ》いながら、まだ布団の上に起き上がったまま、しばらく肩で息をしていた。

叫びすぎた喉《のど》が、攣《つ》れて痛い。

実際にはそう大声が出ていたわけではないのだろうが、無理に声帯を開いたせいなのか、ヒリつくような痛みがあった。

半身を起こしたまま、夢から醒めきらぬ頭で荒い息を整えていると、汗で濡れた身体が夜の冷気で冷え始め、ようやく伊能は毛布を引き寄せ、疲労感でいっぱいになった身体を布団の上に横たえる。

まだ激しく動悸を打つ心臓を無意識のうちに押さえながら、これまでに何度も見た夢の後味の悪さに、伊能は毛布の中に潜り込む。

実際に葬儀の席で泣き叫んだわけでもない。よく見知った渡瀬の家とも違う。

なのに、あの日に痛いほどの真夏の日差しと、洪水のように頭上から降り注ぐ蝉時雨《せみしぐれ》だけはいつもと同じだと、伊能は厚い冬布団の中で鈍くまばたいた。

そして、夢のあとで襲ってくるどうしようもない虚無感と、後悔だけは、いつも同じだった。

どうしてあの時、自分は渡瀬を一人で旅行に行かせたのだろうと…。

伊能は知らず、深い溜《た》め息をつき、冷や汗に濡れた身体で寝返りを打った。

夜が長い。

深い慚愧《ざんき》の念と自己嫌悪とに責め苛《さいな》まれる伊能には、眠りはなかなか訪れそうにはない。

Ⅲ

駅で待ち合わせて地下の食堂街のうどんすきの専門店に入った伊能は、目の前で煮立った鍋に具材をいれていく野々宮を、湯気越しに眺めた。

野々宮の少し乾いた印象の男性的な顔立ちは、学生の頃より頬が削げて引き締まり、さらに硬質なものになった。

もともと、新入生の中でも渡瀬の目に留まるほどの容貌だった。見場はかなり整っている。しかし、誰もが好青年と認める渡瀬の容貌とは異なり、野々宮はもっと尖った、人を安易に寄せつけないような印象があった。

何もかもを見透かすような切れ長のこの目が、昔から伊能は恐ろしく、まっすぐに見つめられると、ひどく落ち着かないような気分にさせられた。

きっと察しのいい野々宮のことだから、口に出さずとも、どこかで薄々、伊能の苦手意識はわかっていたはずだ。

少し大きめの口許はいつも引き締まっており、そこから発せられる独特のかすれのある声は、低いが落ち着いていてよく通る。聞き覚えがあるようでいて、どこか遠いその声。

あの渡瀬が連れてきた男と、今、自分はどうして鍋を前に座っているのだろう…と、また覚えのある虚無感がやってくる。

「伊能さんとはずいぶんごぶさたしてますが…、今は特捜にいらっしゃるそうですね。ずいぶん優秀な検事さんだとうかがっています」

野々宮は濡れた指先をおしぼりで拭《ふ》きながら、穏やかに言った。

学生の頃のような鋭角的な威圧感はやや影を潜め、それなりに穏やかな雰囲気をまとうようになったのは、あれから七年をこの男はこの男なりに過ごし、社会的な経験を身につけてきたせいなのかもしれない。

伊能は唇の両端だけを上げて少し笑い、首を横に振った。

「そうでもない…、君にはどこか熱意が欠けているとよく言われる」

言いながら、伊能はいつも自分の中に意識しているどこか虚しく冷えた部分を探った。

日本で最難関の試験といわれる司法試験を突破して、司法修習という公務員に準ずる二年間の修習期間を終えると、弁護士、裁判官、そして検察官のうちからいずれかの法曹の道を選択する。

圧倒的に多いのは、弁護士を選ぶ者だ。合格者のおよそ八割以上が、この弁護士志望だといわれている。

自分の仕事次第で収入や住居を決められる自由業の弁護士とは異なり、裁判官と検察官は国によって給料を定められた公務員である。基本的には各地を転任してまわっていくことが多く、苦労して同じ難関を通り抜けた割には待遇が悪いと、敬遠されがちだった。

最近は全国的に弁護士の数も飽和状態に近く、不景気なせいもあって、少しずつ検察や裁判官希望の者も増えてきたとはいえ、やはり圧倒的に弁護士を志す者が多いのが実情だった。

刑事事件と民事事件の双方を扱う弁護士や裁判官に対し、検察はもっぱら刑事事件のみを扱う。殺人、強盗、傷害などの、国によって刑罰を科されるかどうかという犯罪を問うのが、刑事事件だ。検察官が民事訴訟に関係するのは、国に関係する損害賠償問題などの民事訴訟のみだった。

伊能のいる特捜部は、よく新聞やテレビでも話題に上る検察の中でも花形といわれる部署だが、正式名称は地方検察庁特別捜査部という。現在は、東京、大阪、名古屋の三つの地検に特捜部が置かれている。

同じ検察庁でも、殺人、強盗といった目に見えた形で被害者が存在する刑事事件を扱う刑事部に対し、大がかりな詐欺や企業犯罪、政治家絡みの贈収賄事件や選挙違反事件など、一見したところ明確な被害者がいないかに見えるような事件を扱うのが特捜部だった。

警察が捜査し、送検してきた事件を起訴するかどうかを判断するのが本来の検察の仕事だが、特捜部では自らの手によって捜査を行う。

聞き込みなどによって犯人を追跡する警察と、証拠を踏まえた上でもっぱら被疑者に対する取り調べを中心とする特捜の捜査ではやり方は異なる。

しかし、実際に特捜部が自ら捜査に乗り出し、事件を解明していく部署であるために、花形部署ともいわれるのだろう。扱う事件の大半が世間の話題をさらうような大型事件であるだけに、特捜の存在はなおのこと目立つ。

この特捜部には本来、入庁十年目以上のベテラン検事、実力派検事が配属されることを考えると、確かに伊能の配属はかなり稀《まれ》なものともいえた。

その伊能に向かって、特捜部副部長の水野《みずの》がある時、ふと言ったものだった。

君の実力は買っているし、君のやる仕事は綿密で隙がなく、被疑者の供述を引き出す粘りもある。仕事も真面目にこなしているようで検事として申し分ないはずだが、どうも君は巨悪を追いつめるという、基本的な熱意そのものが欠けているように見える…と。

伊能はその一言に、自分の仕事に対する根本的な姿勢を見事に言い当てられたような気がした。常々、胸の奥底に沈めていた冷たい虚無感を端的に探り当てられたようにも思った。

今の仕事が面白くないわけではない。これまでも、与えられた仕事はできうる限りの力を尽くしてこなしてきたつもりだ。それが認められ、伊能の歳で特捜部に配属されることは、ありがたいことだとも思っている。

しかし、伊能はいつのまにか自分の中で、仕事に対する熱意が失《う》せたような気がしてならなかった。仕事ばかりではなく、そもそも生きようとする気力自体が失せてしまったような気がしていた。

熱意のない検事など、牙の抜けた狼《おおかみ》と同じだ。

今は特捜部配属でも、いずれはその熱意の消滅は周囲に知られる。そうすれば実力本意の捜査体制を敷く特捜部からは、たちまち外されることだろう。

それはいつのことなのだろう…、そういった自分自身に対する漠然とした不安や虚無感は、渡瀬の死以降、ずっと伊能の胸の内の奥深くに巣くっているものだった。

今の伊能はその瞬間が恐ろしいというのではなく——その虚無が自分を喰らい尽くすのを、頭の先まですっぽりと呑みつくされるのを、どこかでただ漫然と待っている気がする。

「伊能さん、そろそろいけますよ」

伊能がぼんやりと視線をさまよわせかけたところで、それをどこまで観察していたかは知らないが、野々宮が小鉢を持ち上げて促す。

「鍋なんか久しぶりだ。美味《おい》しそうだ」

伊能は自分の言葉が虚ろに響かぬよう、努めて笑顔で応じた。

「俺だって官舎暮らしだったから、鍋なんて本当に久しぶりです。今日は冷えるから、ありがたいな」

浅めの鍋の黄金色《こがねいろ》に澄んだ出汁《だし》の中から、熱々のうどんをすくい取りながら、野々宮は無邪気に笑う。

昨晩、ビデオを見た時に思ったが、もとがあまり表情の多いほうではないだけに、笑うと驚くほどに屈託のない、少年めいた印象になる。

今回の異動では、あまりいい思いをしていないだろうに…、と伊能は思った。

野々宮の優秀さはすでに知事を起訴した時点でかなり有名だったし、福岡地検での優れた仕事ぶりもすでに向こうの地検から噂として入ってきている。

野々宮が衝突したという上司も、普段からあまりかんばしくない噂のある人間だと聞く。上に迎合して下には露骨なまでに横柄にあたる態度、気に入った部下ばかりを引き立てる不公平さなどは聞いている。

騒ぎは酒の席で起こったというし、アルコールが入るとやたらと他人に絡んでクダを巻くタイプの人間もいる。野々宮とて騒ぎを起こしたくて起こしたのではないだろうが、今回、かろうじて大阪への異動で表面上は落ち着いたとしても、これから先のことを考えると、決して野々宮にとってはプラスに評価されることはないだろう。

伊能自身も事件の詳しい顚末《てんまつ》を知らないために、一方的な評価は下せない。

しかし、双方を知らずに話だけを聞いた人間なら、まがりなりにも社会人としての自覚があるなら、任期限りのつきあいだと割り切って、一時的な感情は堪《こら》えることはできなかったのだろうかと考える。

野々宮を迎える大阪地検側の上司である刑事部部長の山下《やました》らも、似たような考えだったらしい。どうも野々宮が来るのを、迷惑がっているような節《ふし》がある。

検事には、『ヤメ検』といって、検事の職を辞して弁護士へと転身する者も多い。

上司と反りが合わなかったり、自分の志していた検事像と異なる官僚主義な検察組織に嫌気が差したりと、理由は様々であるが、辞めても弁護士としての道は残されている。

福岡での事件が自分の将来に影を差すことを承知で、それでも野々宮が検事として残りたいと思ったのは、野々宮が根っからの検事志望であったからだろう。

野々宮の高校時代に亡くなった父親が、特捜部長を務めたほどの優秀な検事だったと聞いたことがある。

渡瀬に感銘を与えたあの検察官の著書を貸したのも、もともとは検事志望だった野々宮だったという。

伊能は渡瀬の遺志を継いで検事になったので、結局は間接的に野々宮の強い意志に導かれたようなものだった。

不思議な縁もあったものだと、伊能は少し笑った。

鍋をすくっていた野々宮が、不思議そうな顔をする。

「どうしたんです？　笑って…」

「いや…、君が辞めないでいてくれてよかったな、と思って」

野々宮は気まずそうに首をすくめ、小鉢を置くと大きな手のひらで目許をこする。

「俺のこと…、軽蔑されたんじゃないですか？」

「軽蔑って？」

「堪え性がないとか、大人げないとか…」

「そうだね、少し…、大人げなかったかもしれないね」

伊能の言葉に、野々宮は怒られた子供のように申し訳なさそうな表情で大きな身体を縮めた。

野々宮の中に思いもしなかったそんな幼い反応を見て、伊能は微笑《ほほえ》ましいような思いになる。

「でも…、君がぶつからなかったら、いずれ誰かがその上司とやりあっていたかもしれないよ？　喧嘩両成敗っていうからね、少なくともその上司もなんらかの問題を抱えてる人だっていうのは、上にも知れたんじゃない？　これからしばらくは野々宮も大変だろうけど、がんばって名誉挽回しないとね」

やっぱり…、と野々宮は笑った。

「何？」

「やっぱり伊能さんは変わってないなと思って」

これはほめ言葉なのだろうか、それとも成長がないということなのだろうかと、曖昧な表情を浮かべたままの伊能の小鉢に、野々宮はレンゲで鍋の中身をすくい入れた。

「穏やかで、平和な考え方するなぁと、少しほっとして…。またお会いできてよかったです」

野々宮は静かに言った。

二章

I

「黒木《くろき》さん、食事に行ってくださいね」

横領罪の取り調べが終わり、被疑者が部屋を出ていったあと、野々宮は昼休みの時間になっていることに気づき、立会事務官の黒木まりに声をかけた。

「じゃあ、お先に行ってきます」

調書を打ち終え、データをフロッピーに落とした黒木は、肩までのボブを揺らし、柔らかな笑みを残して立ち上がった。

いつもながら鮮やかな手際だ。仕事も速いし、ミスもない。

最初、立会事務官が女性であることを知らされた時には戸惑いを覚えたが、黒木の仕事ぶりは技量も度胸も、仕事に対する心構えすらも、生半可な男の事務官をはるかにしのぐ。

普段はそう無駄口をたたく女性ではないが、頭の回転も相当に速いのだろう。取り調べの最後に何かあるかと尋ねると、時折、驚くほど鋭い質問を被疑者に向けることがあった。

立会事務官とは四六時中、検事と一緒に執務室で被疑者の調書作成や判例調べなどをサポートしてくれる、いわば女房役ともいえる事務担当官だった。

福岡で一緒だった年輩の立会事務官にも特に不服はなかったが、この黒木についてもらってからは、野々宮は事務面に関してまったく神経を使ったことはなかった。

歳は三十代前半。笑うと片えくぼのできる、しっとりとした雰囲気のある美人だった。左手の薬指にはまったプラチナリングを見れば、既婚者であることはわかるが、相手がこの大阪地検の検事であることを知った時には、やはりと頷けたものだった。

一日中ひとつの部屋にこもって仕事をするため、異性の事務官がつく場合、未婚の検事には既婚の事務官、未婚の事務官には既婚の検事がつけられる。官庁の中でもとりわけ倫理的な厳格さで知られる検察庁では、万が一の不祥事を考えて、そこまで周到な人事が敷かれる。逆に言い換えれば、それだけ検察官と事務官は仕事面で密接な関係を持つともいえる。

そのため、指輪を見ずとも黒木が既婚者であろうことは予想がついた。

結婚相手が検事ではないかと思ったのは、単にまわりの男達がこんな美人をほうってはおかないだろうと、勝手に推測しただけにすぎなかった。

一度、亭主にあたる特捜部所属の榛原《はいばら》というその男を見かけたことがある。これがまた、美女と野獣という形容がぴったりくるようなずいぶん強面《こわもて》の巨漢で、少し微笑ましく思えた。

結婚はほんの数年前だとかで、仕事の都合上、職場ではそのまま旧姓を使っているというのがいかにも無駄を嫌う黒木らしかったが、ご主人を見かけましたよとあとで言うと、普段はあまり軽口をたたくほうではない黒木が、かすかに頬を染めて恥じらっていたのが女性らしくていいなと思った。

黒木が出ていったあと、自分もそろそろ食事に出るかと野々宮が上着を取り上げた時、内線が鳴った。

『特捜の立石《たていし》だが』

受話器の向こうで、大阪地検の雄《ゆう》ともいわれている立石特捜部長が名乗る。

伊能のいる特捜部を取り仕切り、捜査のいっさいを指揮する男でもある。

『そろそろ昼食かね?』

「ちょうど、今、出ようと思っていたところです」

『なら、ウナギでも食いにいこうか』

立石は、じゃあ、玄関前で…、と行って受話器を置いた。

野々宮は上着を抱え、部屋をあとにする。

わざわざ特捜部長の立石が、一介のヒラ検事である野々宮を気にかけてくれるのにはわけがある。

野々宮のすでに他界した父親、野々宮一孝《かずたか》が大阪地検の特捜部長を務めていた当時、直接の部下であった立石に何かと目をかけていたためだった。

今回、福岡で野々宮と上司との間で衝突があり、進退問題に至った時に、瀬戸際で野々宮を大阪へ異動になるように取りはからってくれた上司の一人でもある。

あの時に立石が働きかけてくれていなければ、今、野々宮はここにはいなかったかもしれない。

野々宮が一階へと下りていくと、ロビーにはすでに立石が来ていた。

「よう、久しぶりだね」

片手をあげる立石は、少し小柄な男だった。歳は五十前後のはずだが、白髪が目立つために実年齢よりかなり老けて見える。

目は小さいが眼光は鋭く、せかせかと前屈《まえかが》みに早足で歩くのがおかしいと、昔、父親がよく笑っていたものだった。

「ごぶさたしてます。まずお礼にうかがうべきでしたのに、お声をかけていただくまで顔出しもせずに、こちらこそ恐縮です」

頭を下げる野々宮に、いやいや、こっちもバタバタしていたからね…、と立石は珍しく口許をゆるめた。

野々宮も何度か立石にコンタクトをとっていたが、刑事部に輪をかけて多忙な特捜部らしく、特に今、大きな選挙違反問題を抱えているとかで、ゆっくりと時間を作って会うことがかなわないままになっていた。

「ちょっと、美味いウナギが恋しくなってね。仕出し弁当と、食堂の飯だけではかなわんからな」

わざわざ時間を割いてくれているにもかかわらず、立石はなんでもないことのように首を横に振った。

大阪地検のある法務合同庁舎は、堂島川に面した鉾流橋《ほこながばし》のたもとの静かな西天満《にしてんま》のオフィス街にあった。

天満署をはさんで隣は高裁、地裁、簡易裁判所の入った巨大な裁判所の建物がある。御堂筋《みどうすじ》ほどの大企業はなく、大半が四、五階建てまでの昔からある古い雑居ビルで、土地柄、弁護士事務所や会計事務所も多い。オフィス街とはいえ、割にこぢんまりとまとまったのどかな雰囲気がある。

大阪の裁判所周辺は土地柄のせいか、手狭な飲み屋や総菜屋が多いのも特徴で、安くて美味《うま》い食事処には事欠かない。

多忙な検察官は庁内の職員食堂や仕出しの弁当で食事をすませることが多いが、野々宮自身は十分程度の差なら気分転換もかねて外へ出たいタイプだった。

「どうだ、もうこっちのペースはつかめたかね」

地検のすぐそばのウナギ屋に入ると、カウンターでおしぼりを使いながら立石は目を細めた。

福岡で何があったのだ、などとは尋ねない。

特捜という政財界への斬り込み部隊を指揮している指揮官でもあるのに、そういった気遣いにおいては古武士のように非常に細やかな面を見せる男だった。

福岡地検が野々宮にとって、決して居心地のいい場所ではなかったことを、充分に承知しているらしかった。

野々宮が衝突した直接の上司とはむろん、はなから反りが合わなかったが、それを取り巻く周囲もじっと息を詰めてその成り行きを見守っているばかりで、どことなく陰湿な雰囲気があった。

上司に阿《おもね》る先輩検事などには、陰で『猟犬《イヌ》』などと陰口をたたかれていたことも知っている。

そうして何かと自分をつまはじきにしようとする上司にみくびられたくない一心で、一時、自分でも不思議なほどに仕事にムキになっていた。野々宮自身も、やはりどこかで余裕を失っていたのだろう。あながち『猟犬《イヌ》』というのも嘘ではないと、確かに自分でも思った。

しかし、これという獲物に喰らいついたら放さない。組織を無視して、たとえ単独でも獲物を目指し、周囲も顧みずにがむしゃらに突っ走っていくような奴だ。あんな奴はうちにはいらないと、飲み屋で野々宮がいることを知らない先輩検事が嗤《わら》うのを聞いた時には、自分はそうまで憎まれ、あげつらわれなければならない存在かと、どす黒い憤りが胸を焼いた。

職場の雰囲気に神経がささくれだち、苦くやりきれないものを胸に抱いていた時に、宴席での酔った上司の言葉だった。

もともと酒癖の悪い相手で、酔うと必ずクダを巻き、相手をこき下ろす嫌なタイプの飲み方をする男だった。また、それを必ず酔いのせいにして忘れたふりをするのが、前から野々宮は気に入らなかった。

そんな酒癖の悪さを知っていたし、相手が自分を嫌っていることもよく知っていたので、極力、離れた席にいたが、向こうのほうから野々宮の隣へとやってきた。

グラスに酒をついだあと、さっそく相手は、野々宮君は一人仕事ができるような気になって、最近、つけあがりすぎている、周囲との協調性を欠いているんじゃないかと口汚く絡みだした。

むろん、周囲は野々宮が絡まれているのを知っていたが、誰も止めに入らなかった。異様な雰囲気だった。

誰も止めないのに、まわりは固唾《かたず》を呑《の》んで二人のやりとりを見守っているのがわかる、異様な酒の席だった。

こいつは俺を馬鹿にしている、俺のやり方が気に入らないなら辞めてしまえ…、と最後には胸ぐらをつかまれ、揺さぶられた。

最初は、所詮《しょせん》は酔っぱらいの言うことだと黙って聞いてはいたが、宴会の間じゅう続いた言いがかりに、とうとう最後には我慢が限界を超えた。酔いに甘えてさんざんに毒づく相手に、おとなしく黙って聞いている自分もとてつもない間抜けに思えた。

また、何かにつけて自分をつまはじきにしようとする周囲に、月曜からの噂のネタを提供していることすら癪《しゃく》だった。

酒臭い息とともに自分の胸ぐらをつかんでわめく相手の唾《つば》が顔にかかった瞬間、立ち上がり、相手の肩を突き返していた。

上等だ、あんたみたいなろくでなしの下で自分の信念曲げてやるぐらいなら辞めてやる。

そう言い返したところで周囲が慌てて止めに入ったが、飲み屋を出る頃には、もう心底うんざりしていた。

法の力で悪を追いつめればいいと、ただ思っていた昔の自分の理想の検察官像と、現実との間には大きな開きがあった。上司の顔色を窺《うかが》い、同僚の活躍を妬《ねた》んでは陰口をたたいているようでは、ただのサラリーマン社会と変わりない…、一人足早に、ネオンの明るい中洲をあとにしながら考えていた。

しかし、月曜の朝に辞表を胸に登庁すると、野々宮を待っていたのは福岡へ来て一年も経たないというのに大阪地検への異動だった。

かろうじて野々宮の首をつないだ辞令だったが、これこれこういう理由で自分にはもう検事は勤まらないと首を横に振った野々宮に、大阪の立石から電話が一本入った。

立石とは、父のいた頃に何度か面識がある程度だった。

しかし、その立石がこっちへ来てもう一度やり直さないかと、わざわざ連絡をくれた。大阪へ来て、それでもやはり自分には検事が向かないというのなら、辞めればいいではないか…と。

あの時は、父から受けた昔の恩義を息子の自分に返してくれているのだろうと思ったが、それでも温かい言葉は胸に沁《し》みた。

福岡地検での人間関係にはうんざりしていたが、もともと検事の仕事自体が嫌になったわけではない。職場の人間関係など、所属する人間の性格しだいでいくらでも変わる。それを変えられなかったのは、自分にも非がある。

おそらく上に懸命になってかけあってくれたであろう立石の厚意に甘え、恥を重ねるつもりでやってきた。

前の福岡での噂は、当然、こちらの大阪にも伝わっているだろうが、それを返上できるか否かは自分の努力次第だと思っている。また、そう覚悟も決めてやってきた。

だから、そのぶん、今は純粋に仕事にも打ち込めた。

「ええ、もう…、サポートしてくれる立会事務官にも本当に恵まれましたし」

野々宮は謙虚に頷いた。

「黒木さんか…」

呟《つぶや》く立石に、ええ…、と野々宮は頷く。

「いい女だろう?」

立石は少し目を細め、おそらく仕事の上では決して見せないだろう、にやりとくだけた笑みを浮かべた。

「ええ、結婚指輪を見た時は、わかってはいても残念でしたね」

野々宮も笑って応じた。

「頭の回転も速いし、下手な男以上に腹も据わっている。ただの事務官にしておくには惜しいから、副検事を目指してみたらどうかと勧めてみたんだが、自分には検事をサポートするほうが性に合ってるからってねぇ。本当にしっかりした女《ひと》だよ」

そこまで言って、立石はふっと笑い声を洩《も》らす。

「それがまた、あんな美人なのに特捜の熊みたいに無骨な男と一緒になるんだから、世の中はわからんね。美女と野獣とは、まさにああいうのを言うんだなって思ったねぇ」

黒木の夫である榛原という男にはよほど目をかけているのか、立石の言葉は小気味いいほどに容赦がない。

二人の前に炭で焼かれたウナギが芳《こう》ばしい香りをたて、運ばれてくる。甘みのある黒褐色のたれが、白い飯の上でトロリと溶けている。それがまた、塗りの器の朱に映える。

たっぷり盛られたうな重に山椒《さんしょう》を振りかけ、野々宮はさっそくウナギに箸《はし》をつけた。

「野々宮君は官舎はどっちのほうだったかな? もう、部屋の整理はついたのかね」

ふと箸を止め、立石は尋ねる。

「ああ、僕は官舎じゃないんです。今回は伊能さんに世話してもらってワンルームに移ったんで、荷物の整理もすぐでした」

「伊能君に…」

立石は興味深そうに目を細める。

「知り合いか？」

「ええ、大学時代の…。直接ではないんですが、サークル関係でいろいろとよくしてくれた先輩と仲がよかったのが伊能さんで、その関係で今回も声をかけてくださったようです。僕より一つ上なんですが、あの歳で特捜入りっていうのは、相当に優秀な検事さんなんでしょうね」

「『落としの伊能』だったかなんだったか、女のヒモみたいな妙なあだ名をつけられてたなぁ。その名前で呼ばれるたびに、また神妙な顔をしているものだからおかしくてねぇ」

だが、と立石は言葉を継ぐ。

「知能犯処理が専門でね、決して声を荒らげるわけじゃないんだが、あんな優しい顔でかなりの確率で自白をとる男だからな。優秀だよ。気迫よりは、情や倫理観で落とすタイプだな。あの温厚な仏みたいな顔で、こんこんと神父みたいな説教をしやがるらしい」

ここでも神父なのかと、学生時代の伊能のあだ名を知る野々宮は微笑ましく思う。

「取り調べをした被疑者からも、非常に紳士的な検事さんだと受けがいい。中には説教が効きすぎて、自分の後生が心配になったっていう被疑者もいるよ」

立石は苦笑する。

そして、ふっと視線を天井へと上げた。

「優秀すぎて、時々少し危なっかしいような気がするが…」

黙った野々宮に、立石は決して否定的な意味ではないのだと、首を横に振る。

「完全すぎる優等生が、ぱっきり折れやすい印象なのと同じだ。信心深い坊さんほど、何かの拍子であっさりと転んじまったりするからな。何、一つ二つ、自分の中の問題を乗り越えられたら、もともとは優秀な男だ。ひと皮剝けて、もっとドンと構えた大物になるだろうよ」

上に立つ立石は立石なりに、いろいろと部下の検事たちを観察しているのだろう。

野々宮は仏のようだと呼ばれている、殉教者のように静かな伊能の表情を思い出す。

何か俗世を超越した人間のようでもあり、同時に何か大きな苦悩を抱え込んでいるようでもある、伊能の雰囲気は確かに同じ年頃の男とは思えぬほどに独特の透明感を持っている。

伊能にそこまでの表情をさせているのは、やはり失った渡瀬の存在なのだろうかと、野々宮は思った。

野々宮と渡瀬は修習のチームが同じだったせいもあって、最後は在学中よりもさらに親しい仲だった。そのせいだろう、渡瀬の口からは本当に頻繁に伊能の名前を聞いた。

だから野々宮は、伊能が思うよりもはるかに、間接的ではあるが伊能のことを知っている。

裁判所が夏期休廷となる七月下旬、同様に司法修習生も休みとなる。渡瀬は一年先に修習生となった伊能と一緒に、北海道を旅行してまわるのだと言っていた。野々宮も一緒に来ないかと誘われたが、今回は実家に帰るからと断ったのが休み前のことだ。

その休み中に堺の実家で、野々宮は渡瀬と一緒に北海道に行っていたはずの伊能から、ふいに渡瀬が事故で亡くなったとの連絡を受けた。

葬儀は痛いほどに日差しの強い、立っているだけで汗が滴ってくるような夏日に行われた。今でもまだ、あの炎天下、まるで自分自身が殺されたかのように血の気を失い、真っ青な顔で立ちつくしていた喪服姿の伊能をよく覚えている。

――俺はあいつが好きなんだよ…。

あの日の伊能のことを思うと、十年近く経っても忘れられない渡瀬の言葉が今でも鮮明に甦ってくる。

修習生になってすぐ、渡瀬や野々宮が埼玉の修習所で修習を受けていた時、渡瀬に誘われ、二人で飲みに出た時のことだ。

あの日、居酒屋の喧騒の中で、少し酔いに目許を染めた渡瀬は、気がつかなかったかと尋ねた。

あの頃、一年先に修習生になった伊能は東京で修習を受けていたから、渡瀬は中学以来初めて、伊能との間に物理的な距離が生まれたと言っていた。

気持ち悪いと思うかと尋ねられ、偏見はないつもりだが、あまりよく理解することもできないと答えたことは覚えている。

あの時、渡瀬は笑った。少し辛《つら》そうな笑いだった。

渡瀬の前の彼女とおぼしき相手を知っていたので、渡瀬がそんな感情を伊能に抱いていたこと自体が不思議でもあった。

伊能さんは知ってるんですか、と少し間抜けた問いをした自分に、気づいているかもしれないな…、と渡瀬はさらに苦く呟いた。

話の発端は、最近、渡瀬が生まれて初めてともいえる焦りを感じていると言い出したことだった。渡瀬はその理由が伊能との間に生じた物理的な距離のせいだと言い、それを聞いた時点で、野々宮は渡瀬の告白はだいたい察せていたように思う。

結局、その後、どうやってその会話を終わらせたのかはよく覚えていない。

しかし、いろんなものに恵まれているように思っていた渡瀬が、珍しく解決の得られないような、辛そうな表情だったことは印象的だった。

どうして渡瀬がそんな秘密を、自分に告げたのかもわからなかった。

渡瀬は明るい性格だったが、むやみに自分の色恋沙汰《ざた》を話して歩く男でもなかった。

その分、野々宮を相手にでもそれを口にしなければ自分の中で気持ちが整理できないほどに、苦しんでいたのかもしれない。

あの後、渡瀬がこの世からいなくなり、伊能は何かを知ったのだろうか。伊能の中で何かが変わったのだろうか。

それについて、野々宮は若干の心当たりがないでもなかった。

その居酒屋での告白のあと、渡瀬の部屋を伊能が訪れていたことがあった。

たまたま、近くまで行ったついでもあり、伊能が来ていると聞いたなら挨拶ぐらいしておこうと、野々宮は渡瀬の部屋へ寄った。

あの時、渡瀬はジーンズに足を突っ込んだだけの少し艶《つや》っぽい格好で現れた。

風呂上がりか、情事のあとかというのは、なんとなく雰囲気で察することができる。

とっさに、まずいところに顔を出したのだと悟った。

知人には必ず挨拶するような伊能が奥から出てこないのも不思議だったし、普段なら必ず上がっていけよと気さくに言う渡瀬も、あの時ばかりは何も言わなかった。

そのため、野々宮はあえて何も問わず、そのままさっさと帰ったのだった。

その後、伊能と二人で行くはずだった渡瀬が、一人で北海道に行ったのも不思議だった。

さらにその後、葬儀の席での伊能のまるで半身をもがれたかのような蒼白な表情など、とても何もなかったようには思えないような動揺の仕方だった。

野々宮はいつも物静かだった伊能の、男にしては少し線の細い、整った顔立ちを思う。

学生の頃から、清潔感があって品のいい、男にしておくのが惜しいような綺麗な顔立ちだった。

今年で三十一歳になるはずだが、その印象は昔からまったく変わらない。

多かれ少なかれ、人は二十歳を過ぎた頃からそれぞれの人間性が顔立ちに表れてくる。伊能の場合は面立ちの上品さもさることながら、まさにその高潔な精神性が透いて見えるようだった。

それまで同性を恋愛対象とする輩《やから》には関心がなかったのも事実だが、渡瀬に伊能が好きなのだと打ち明けられてみると、なるほどああいうおっとりした印象の男が相手だというのなら、まったく理解できないわけでもないと頷けたものだった。

伊能は仕種や話し方に女性的なところはほとんどないが、すべての物腰が静かに控えめで、猛々《たけだけ》しいところがない。

昔から野々宮は伊能が声を荒らげたり、大騒ぎして羽目を外したりしているのを見たことはなかった。かといって、流されやすいわけでもない。声をあげて自分の意見を声高に主張するわけではないが、言うべき意見はきっちりと言うタイプだった。

大学時代に渡瀬がいた映画サークルは女の子達はそのほとんどが渡瀬目当てだったが、渡瀬と一緒によく顔を出していた伊能目当ての女の子も何人かいたはずだ。話し方や物腰が穏やかで優しく、紳士的だからいいのだと聞いたことがある。

しかしその伊能も、先日顔を合わせたときには、以前とは少し印象が変わったような気がした。

誰にでも控えめに丁寧に接し、すべてにそつなく穏当な人生を歩んでいきそうだった昔に比べて、この間は伊能の中に何かを憂うような翳《かげ》りが生まれたように思えた。

そして野々宮には、その翳りの原因となるものは、渡瀬の死以外には考えられなかった。

それが立石の言う危なっかしさだというのなら、確かにそうなのだろう。

「美味いな」

ウナギをかき込みながら、言うともなしに立石は呟く。

「人間、食に関心がなくなったら終わりだと思わんかね」

もうこれ以上、仕事の話をする気はないのか、立石は話題をたわいないものに置き換えた。

「俺は意地汚いから、こうして美味いものには目がないが、逆にこれに興味がなくなったら俺っていう人間は最後なんだと思うねぇ」

仕事の上では『鬼の立石』と強面の特捜連中を震え上がらせる男は、にやりと相好を崩した。

それに笑って応じながら、野々宮はカウンター越しに差し出された熱いほうじ茶をすすった。

こうしてまだ黙って自分を迎えてくれる場所がある限りは、自分は検事としてやっていけると思いながら。

Ⅱ

四月上旬の日曜の午後、野々宮は大阪へ異動になってから一か月後に実家のある堺《さかい》へと帰ってきていた。

南海高野線の初芝《はつしば》駅から歩く道すがら、家々の庭先に例年より早めの桜が、柔らかい色味で開いているのが見える。

野々宮の家は、日置荘《ひきしょう》北町《きたまち》という昔ながらのちょっとした住宅地にあった。

大阪地検に配属の決まった父親が、もともと自分の生まれた堺に中古の家を買い、それを水まわりだけいくらか直して住んだのが、野々宮の中学の時だった。それ以来、父について各地を転々と引っ越してきた野々宮が、一番長く住んだ街でもある。

庭先の広い家々の間をいくと、遠くから少し間延びした小学校のチャイムが聞こえてくる。

花鳥風月といった雅びごとには縁の薄い、無骨な質《たち》の野々宮も、自然心が浮き立つようなのどかな春先の風景だった。

もはや歳も三十で、気楽な一人暮らしも長い。

大阪に帰ってくることが決まった時にも、実家に戻り住むつもりはなかったが、大阪南部にあるこの商工業の街には、引っ越してきてからも連日の終電帰りと度重なる休日出勤とで、帰る時間などほとんどないに等しかった。

とうとう業《ごう》を煮やした母親からの電話で、庁のほうへ日曜出勤したその足で堺へと向かった。

日々の仕事に追われ、夜は日付が変わる寸前に帰ったりするため、世の中がすっかり桜の咲く季節となっていることを、野々宮は忘れかけていた。

コンパスの長い野々宮は、いつもより足取りをゆるめて庭の柵越しにゆったりと道路へと張り出した桜の枝の下を歩いた。買い物帰りらしい若いショートカットの女が後ろから自転車で野々宮を追い抜いていく。

柔らかいパステルイエローのニットに白い細身のパンツが、水色の自転車によく映える。桜の張り出した住宅地の一画とあいまって、春らしいのどかな眺めだった。

少し細身で、年頃の娘らしく髪をやや明るい色にしているのが、ふんわりした女性らしい髪型に似合っているな…、と野々宮がその姿を見送ると、女は少し行った先でふいに自転車を停《と》め、振り返った。

「お兄ちゃん、やっぱり…！」

軽く手を振り、自転車を降りる妹に、野々宮は少し目を見開く。

「佳奈《かな》、…おまえ髪切ったのか？」

正月に会った時には胸のあたりまであった髪はうなじのあたりでばっさり切られ、細い首筋にウエーブした髪がかかっているのを、野々宮は驚いて眺める。

父親譲りで体格に恵まれた野々宮とは違って、母親似の華奢《きゃしゃ》な身体を持つ妹は昔からずっと髪を伸ばしていて、野々宮の知る限り、ここまで短い髪を見るのは初めてだった。

「そうよぉ、けっこう似合うでしょ？　今、後ろから見てて、身体つきや歩き方がお兄ちゃんに似た人だなぁと思って振り返ってみたら、やっぱりお兄ちゃんなんだもん。いつもよりゆっくり歩いてるから別の人かなとも思ったけど、雰囲気や肩のあたりが篤史《あつし》にそっくりなのよね」

三人兄弟のいちばん下で、今は広告代理店に勤める弟の名前を挙げ、兄弟よねぇ…と、すっかり雰囲気の変わった妹はにこやかに野々宮と肩を並べた。

口数の少ない野々宮に対し、三人兄弟の真ん中であるせいもあってか、妹は昔から明るくてよく笑う、人あたりのいいムードメーカーだった。

しかし、細面の顔の造りのせいか、髪の長い時にはどことなくおとなしく寂しげな雰囲気があった。

それが髪を染めたせいか、妹はその本来の性格どおり、明るく屈託なく、いかにも年頃の娘らしく見えた。

肩を並べると、少し甘い香りもする。

「何、おまえ？　何か香水でもつけてるのか？」

「うん、ちょっとだけ。ブルガリのエクストリームっていうの。いい匂いじゃない？」

ふうん…、と軽く流そうとした野々宮に、妹は軽く笑った。

「でも、どうせお兄ちゃん、ブランド名なんか聞いても興味ないんでしょ」

そんなんじゃ、彼女できた時に困るよぉ…、と保育士をしている妹は、子供でもあやすように笑った。

「馬鹿、ブランドものだからいい、それでしか判断できないっていう女のほうがおかしいんだ」

憮然《ぶぜん》とした顔の野々宮に、妹ははいはい…、と肩をすくめる。

「相変わらず、堅物なんだから。わかんないかなぁ…。ブランドものやったんだから、どうこうしてもいいだろうっていうんじゃなくて、大事な女だから少しいいプレゼントをあげたい…、っていう感覚」

「俺はいらないよ、そんな感覚」

もう…、と佳奈はぼやきながら、野々宮の提げていた厚い書類鞄を受け取り、自転車の前カゴへと乗せてくれる。

「お兄ちゃん、検事さんなんだから、もう少し視野を広げなきゃ。それじゃあ、彼女もできないよ」

呆れ声を出す妹に、さしもの野々宮も苦笑を漏らす。

「生意気言うな」

野々宮が笑うと、妹も明るい笑顔を見せた。

「彼女ができないなんて、嘘よ。お兄ちゃんって、本当はその怖そうな見かけよりも、ずっとロマンチストなのよね。今日びの女の人相手じゃ、なかなかお兄ちゃんのその繊細な面は理解してもらえないかもしれないけど、きっとそのうちにいい人見つかるわ」

「おい、言っとくけど、俺は福岡でも彼女いたぞ」

「そうなんだ？」

悪戯《いたずら》っぽい表情で覗き込んでくる妹から、野々宮は目を逸《そ》らす。

「…もう別れたけどな」

「そう。だからまた、すぐに見つかるよって言ってるの」

佳奈はキャラキャラと笑った。

野々宮は佳奈の少し首を傾《かし》げる嬉しそうな笑顔に、わが妹ながら、いつの間にかずいぶん女っぽく綺麗になったものだ…、という感慨を胸に抱く。

だが、そうそう性格的に器用ではないため、唐突にはそんな言葉を口に出せずに胸の中にしまいこむ。今さら面と向かって言葉にしてほめるのも、妙に照れくさい。

広くはないが、手入れのよく行き届いた庭を持つ実家は、もうすぐそこだった。

ちょっと待ってて、すぐに私が腕を振るってあげる…、と二階へと着替えに上がっていった妹の後ろ姿を見送り、野々宮は母親が新しく淹《い》れ直したお茶を口に含む。

「そうかしら？　毎日、幼稚園の誰々ちゃんと誰それ君が喧嘩して、なんて色気のない話ばかり聞いてるから。あれでも少しは女っぽくなってきてるのかしらね？」

母親の和子《かずこ》も、ひところは真っ白になりかけていた髪を黒く染め替えたせいか、三人の子供らが皆社会人となり、ほっとしたせいなのか、一時の悲壮感はなくなり、父と一緒だった頃の穏やかな笑顔を取り戻していた。

父の一孝が死んだ直後は一気に十も老けて見えたことを思えば、この母親にもずいぶん苦労させたものだと、野々宮は自分の記憶の中にある顔より、はるかに皺《しわ》の深くなった女親の横顔を黙って見る。

父が亡くなったのは野々宮が高校三年の時だったので、決して楽な生活ではなかっただろうに、あれから今日までの十年ほどを母親は女手一つで三人の子供をよく育て上げてくれていた。

野々宮といちばん下の弟は奨学金を受けて大学にも進んだが、妹は何も言われないのに大学進学を諦《あきら》め、保育所で働き始めた。二年ほど保育所で実務経験を経て保育士資格を取ったから、今年で八年間勤務していることになる。

「佳奈って二十…六になるんだっけ？」

「そうよ、今年で二十六。尭、まわりにどなたかいい方いらっしゃらないの？」

「いい方って、あいつ、誰かつきあってる相手でもいるから、急に色っぽくなったんじゃないの？」

「さあねぇ？　でも特に誰か特定の男の人からの電話がかかってきたこともないし…。女の先生と子供ばかりの職場だからかしらねぇ。あれでも子供には、ずいぶん人気があるらしいけど」

毎日顔を突き合わせている娘のこととなると、意外に母親もその変化がわからないものなのだろうかと、野々宮はテレビの上に置かれた父の写真を眺める。

大阪特捜部の部長まで務めた父親は、職場で強烈な腹痛にみまわれ、病院に運びこまれた。すぐに末期の小腸ガンだと宣告され、それからは一年弱ほどの闘病生活を送って、その正義に捧げた一生を終えた。

曲がったことが嫌いで謹厳な、自分にも家族にも厳しい人間だった。

今、生きていれば、地検のトップである検事正ぐらいにはなっていたのではないかとも思われるが、所詮は残された人間の繰り言に過ぎない。

ただ、野々宮を退職前に大阪地検へ異動になるようにとりはからってくれた立石は、生前の父の下で働き、その父に多大なる尊敬の念を抱いてくれていたようではあった。

検察官としての仕事を辞めたかったわけではなし、いずれ立石の恩義には応えたいと思っているが、あの時、野々宮は立石の中に、自分の知らなかった一検察官としての父に対する高い評価を見たような気がした。

「佳奈にねぇ…」

やはり自分が父親代わりになって、妹の結婚相手の心配もしてやるべきなのだろうかと、誰かの結婚式の時のものらしい、ダークスーツで母と並んで写った写真の中の生真面目な父親の顔を眺めながら、野々宮は同期の顔を順々に思い出す。

比較的、親しくしている同期は二人ほどいるが、一人はすでに妻帯者であるし、もう一人もこの秋に結婚が決まっている。

あとの同期生はわざわざ妹と引き合わせたいと思えるほど気が合うわけでもなし、どうせ妹を紹介するぐらいなら、将来義理の兄弟となっても波風なく過ごせる人間がいい。

妹のことを思っても、男の野々宮の目から見ても好人物である男、妹をいたわり、慈しんでくれるような男がいい…、そこまで考え、野々宮はふと伊能の顔を思い起こした。

検事にしては少し線の細い、優形の物静かな男を思い、自分の妹の顔と引き比べる。

伊能はどうだろう…、と野々宮は思った。

まず間違いなく真面目な男だし、特捜部への配属を思うと、文句なしに有能で将来も有望だった。野々宮の知る限りは、性格も温和で穏やかである。

また、佳奈のほうも兄である野々宮の欲目を差し引いても、なかなかに可愛らしく、愛敬もある。気立てもよく、考え方もしっかりしていて、堅実な娘だった。

「何？　どなたかいらっしゃるの？」

少し考え込む野々宮を見て、和子も何か心当たりがあるように思ったのか、重ねて尋ねた。

「先輩の伊能さんが…」

しかし、はたして伊能自身はそんな紹介をどう思うのか、渡瀬との関係は…、と首をひねりながらもその名前を口にすると、意外にも母は伊能の名を覚えていた。

「あら、お元気なの？」

そう言われてみて、野々宮は大学時代に一度、渡瀬と伊能が一緒に家を訪れたことを思い出す。

夏休みに帰省していた渡瀬達と和歌山へ海水浴へ行った帰り、二人が野々宮の家に泊まっていったことがあった。

「今は大阪の特捜部にいるよ」

「まぁ、すごいわね」

さすがに検事の妻であっただけに、伊能の歳で特捜部にいるだけの実力はわかるのか、和子も目を丸くする。

「伊能さんだったら、ずいぶん素敵な方だったし…、どうかしらね、佳奈は」

さあ…、と野々宮は首を傾げた。

この歳であれば結婚を前提につきあっている女の一人や二人、いてもおかしくない。

それに…、と野々宮は思う。野々宮自身は伊能のことを好人物だとは思っているが、伊能が野々宮に対して抱いているらしい苦手意識もある。

「そういう話って、難しいんだよ」

「でも、あなた、お兄ちゃんなんだから、少しは佳奈のことも考えてやってよ。あの子のまわりなんかどこをとっても女の人ばかりなんだから…、何か少しでもいいご縁があるなら、紹介ぐらいしてくれてもいいんじゃないの？」

「べつに佳奈ぐらいの歳じゃ、結婚してない子も大勢いるだろう？　まだまだ大丈夫だよ」

そう…、と和子はいったん引く。

「…それで、尭はどうなの？」

もしや、妹の話は自分の話への布石ではなかったのだろうかと苦笑しながら、野々宮は首を横に振った。

「俺にはないけど」

「少しも？」

「少しも。仕事忙しいし、それどころじゃないよ」

母親の言葉をそっくりそのまま返すと、和子は深い溜め息をついた。

「尭…、その歳で身辺が綺麗すぎるのは、自慢にならないのよ。何か少しでも色っぽいお話があるなら、早めに聞かせてちょうだいね」

はいはい…、と生返事を返すと、和子の目が軽く睨《にら》む。

「本当にあんたって子は、お父さんに似て朴念仁なんだから。いい人がいるならいるで、相手に逃げられないように早めに手を打つのよ」

母の言葉に適当な相槌《あいづち》を打ちながら、確かに一度ぐらいは妹のためにも、伊能に探りを入れてみるぐらいはかまわないかもしれないな、と野々宮は考えていた。

Ⅲ

「伊能、あがるか？」

夜九時をまわった頃、上背のあるその首を縮めるようにして、伊能の執務室にスーツの上着を手にした三期上の榛原が現れた。

声域は間違いなくバスだろう。声にはどっしりとした重量感と質量がある。背も高く、肩まわりの厚い、日本人離れしたがっしりとした身体つきの男だ。短く刈り込んだ髪も、眉が太くごつごつとした荒い造作の顔つきも、検事というよりは警察のマル暴対策の四課の刑事といったほうが似合う。

特捜ではいちばんの、おそらく大阪地検においてもいちばん屈強で大柄な男だった。この身体つきのために一挙一動に存在感がある。

しかし学生時代に運動をしていたせいか、動作の敏捷さやフットワークの軽さなどは他の検事達よりも優れていた。実際にはその巨体の重さを少しも感じさせないほどの軽快な動きを見せる。

「ええ、もう…」

まだ新婚まもない立会事務官を先に帰らせた伊能は、机の上の書類を引き出しにしまいながら頷いた。

「どこかで一杯やっていくか？」

軽く誘いかける榛原の声には、珍しく少し浮かれたような響きがある。

ここ数か月近くをかけて、伊能達のチームが追っていた地元府議会議員数人を含んだ汚職事件に一気にめどがつき、チーム全体にどことなく晴れ晴れとした空気が漂っているせいだった。

「黒木さん、よろしいんですか？」

「さっき廊下ですれ違った時にはもう終わるからって言ってた。伊能さえ嫌じゃなけりゃ、女房も一緒に交ぜてやってほしいんだが…」

「僕は全然かまいませんよ、久しぶりに黒木さんともお話ししたいです。でもうっかりそんな返事をしたら、また黒木さんに酔いつぶされるかな」

黒木の少しも酔った気配を見せない飲みっぷりを思いながら、伊能は苦笑する。

雰囲気のあるしっとりとした美人でいながら、黒木は亭主の榛原、さらにはなみいる地検の男どもよりもめっぽう酒に強い。

その体格そのままに、榛原も相当量を飲む男だが、黒木にいたってはその華奢な身体のどこにその酒を流し込んでいるのかと誰もが首を傾げるほどの、底なしな飲みっぷりだった。

また、美人なうえに勧め上手でもあり、黒木と一緒に酒を飲んで勝てた者はまだ誰もいないという。

自分よりも酒の強い男でないと嫌だという、黒木がこれまでプロポーズを断ってきた、やんわりとした理由は、男たちの黒木への憧憬《しょうけい》をさらに彩る伝説の一つにもなっていた。

それを口説き落とした榛原は、プロポーズ時にアルコールを分解できる柿を三つも平らげていっただの、飲むと酔わないという富山《とやま》の熊膽圓《ゆうたんえん》という薬をしこたま飲んだらしいなどという、やっかみ混じりのあやしげな噂も庁内ではまかり通っている。

榛原はそれについて尋ねられても、黙って苦笑するばかりで本当だとも嘘だとも答えたことがない。むろん黒木が結婚を承諾したのは、榛原の懐の深い人間性に惹かれてのことだと、周囲もわかってはいる。

けれども、そんな面白半分の噂をむやみに否定してまわらず、指をくわえて二人の結婚を羨《うらや》まねばならなかった同僚達のささやかな腹いせを許しておくのも、かえって榛原らしいと伊能は思っていた。

被疑者や参考人のために用意されている、部屋の隅の簡易の応接セットにそのごつい身体を縮めるように腰掛け、榛原は伊能の片づけがすむのを待つ。

特捜部所属とはいえ、一人ずつ取り調べ用の個室を与えられ、女房役の立会事務官がつけられるという部屋の形態は、他の検事たちと変わりない。警察のように全員が一つ部屋に詰めて、それぞれの捜査結果を発表しながら合同で捜査会議を開いていく形態とは、根本的に異なる。

捜査の方向性をまとめる打ち合わせ会議などは行われるが、調査結果を全員に発表するための場ではない。捜査の全体的な実情を把握しているのは実際には部長や副部長だけという完璧な縦構図が、検察の内部組織だった。

それはもちろん、特捜で扱うような政治家絡みの汚職や巨大脱税事件などが、マスコミにリークされることを極力防ぐためでもある。

一人一人の検事たちが事件の全体像を知ることがなければ、情報が漏れることもない。

証拠が隠滅されやすく、捜査状況によっては被疑者達が口裏を合わせることも可能な特捜管轄の事件では、海千山千の被疑者達との実に巧妙な情報戦が主となるためでもあった。

「黒木さん。野々宮君とはうまくやってらっしゃるんですか？」

端末の電源を落としながら尋ねると、榛原はああ…、と頷く。

「やっぱり上が無理に大阪へ抜いてくるだけあって、優秀だって言ってたよ。追いつめるときの気迫が、これまでについた検事とは種類が違うらしいよ。迫力で押す鬼検事の凄味《すごみ》っていうよりは、ポイントポイントを押さえて淡々と相手を袋小路へ誘導していく、優秀なハンターみたいなんだとか言ってたね。まだまだ今以上の能力があるような気がするってさ」

やはり伊能同様、黒木の立会事務官としての能力自体には高い評価をおいているのか、榛原はこいつはノロケじゃないからな…、と最後に断りを入れる。

被疑者から供述調書をとるのは、言葉にするほどたやすいものではない。

人の記憶は曖昧で、とかく自分に都合のいいものにすり替わってゆく。また口で訴えるほど、そして世間が考えているほど、自分の犯した罪を反省している者は多くはない。

共犯者がいれば、複数の被疑者達の間で罪のなすりつけあいになり、互いの言い分はこじれてなおのこと話はややこしくなる。

話の持っていき方、供述の引き出し方は、それこそ検事が十人いれば十通りあり、一人として同じ方法はない。

犯罪の形もまた、それぞれ多種多様にわたる。

何人もの検察官を見てきた黒木が言うのなら、評判どおり、野々宮の優秀さには間違いがないのだろう。

あのまっすぐに人を見据える瞳で、淡々と相手の嘘や偽りを追いつめるのだろうかと、伊能は当の野々宮を目の前にしているかのような、落ち着かない気分になった。

なんとなく、野々宮にはすでに渡瀬との関係を知られているのではないかという、居心地の悪い思いが湧《わ》き上がってくる。

自分で野々宮へと話を振っておきながら、我知らず溜め息のようなものをつきかけた伊能は、その様子を榛原がその体格に似合わない注意深さで見守っていたことに気づく。

太い眉の下の目に深い知性を宿した榛原は、口にしないまでも伊能の野々宮に対する微妙な思いに気がついたらしかった。

「お待たせしました、行きましょうか」

そんな榛原の気遣いを振り切るように伊能は明るめの笑いをつくり、鞄を持ち上げた。

「野々宮君は、大学の後輩だったか?」

黒木を店で待つことに決め、携帯の留守電に手短に用件だけを伝えたあと、二人でエレベーターに乗り込みながら、榛原は尋ねた。

「ええ、一年下の…」

言いかけて口をつぐみ、伊能はしばらくエレベーターの階段表示を眺める。

「僕のいちばんの仲のよかった男が、野々宮君を見どころのある奴だからって、ずいぶん可愛がってたんです。その関係で時々一緒に遊びにいったり、飲みにいったりしたことがあって。大学出てから…っていうより、その友人が修習時代に事故で死んでからは、まったく野々宮君とは会っていなかったんですが…」

「ずっと？　まあ、同期でもなし、任地も違うし、そう顔を合わせることもないか」

大柄な身体を壁にもたせかけた榛原の声が、狭いエレベーター内に響く。

「ええ。だから、あれから七年も経ってからまた、こうやって顔を合わせるのも不思議な縁だなぁと思って」

伊能の呟きとともに、エレベーターが止まる軽い振動があり、ドアが開く。

榛原はエレベータのドアを押さえ、伊能に降りるようにと促した。

地検を出ると、堂島川をはさんで向こうの夜の中之島公園に、大正時代からの赤煉瓦造りの中央公会堂がライトアップされているのが見えた。

「野々宮君に会うと、やはりどうしても死んだ友人を思い出すんです。中学の頃からずっと仲の良かった男で…、親友っていうのかな？　こいつとは一生つきあっていくんだって思っていた男でした。僕が検事になったのもその男の影響だし…」

なあ、検事はどうだ、興味ないかと尋ねてきた渡瀬の声を今も思い出す。

「だから、そいつを失ったことによって、僕の中に欠けた穴みたいなものはすごく大きくて…、野々宮に会うたびに、それをいつもはっきりと意識しますね」

榛原と肩を並べて歩きながら、川越しの公会堂の明かりを眺め、伊能は口だけを動かす。

「でも別にそれは野々宮のせいじゃないですから、だから野々宮には逆に申し訳ないような気がします」

榛原はわずかに苦笑する。

「そんなことを申し訳ながるのが、いかにも真面目な伊能らしいな」

桜が終わり、いっせいに青葉が萌えだす時期となったが、夜になると急激に冷え込み、川面をわたってくる風はひどく冷たい。

「…すみません、急にこんな話…」

「いや…、俺はかまわんよ」

ネクタイをあおるほどの冷たい風を受け、謝る伊能に、榛原は首を横に振った。

「さて、ちょっと身体の温まる酒を一杯、やりにいこうか」

伊能が完全には言葉にしなかった、そしてできなかった、野々宮に対して抱く複雑な懊悩《おうのう》をすべて見透かしているような榛原は、穏やかな口調で背を押した。


二人が出向いたのは、よく飲みに足を向ける小さな割烹《かっぽう》の店だった。

「親爺さん、まず燗で二本ほどつけてよ」

白木のカウンターに並んで腰掛け、温かいおしぼりで手を拭きながら榛原が言う。

私、あの人のあのどっしりとした安定感のある声が好きなのよ、聞いてると落ち着くの…、と昔、さらりと黒木にノロけられたことがあるが、確かに榛原の穏やかな声には人をほっと安堵《あんど》させるような深みがある。

「まずはお疲れ、というところだ」

少ししんみりとした伊能をどう思ったのか、榛原は明るい声で燗酒を盃《さかずき》についだ。

伊能は唇の両端を上げて盃を持ち、それに応じた。

「鶏の空揚げにきんぴら。なすの白和《しらあ》えに…それから、このアサリ鍋に揚げ出し豆腐もつけてくれる？」

よほど腹を空かせているのか、榛原が次々と注文するのを聞きながら、伊能は熱めの燗酒を口に含む。

「おい、伊能。何か好きなの頼めよ。このままだと俺の好物ばかりになっちまう」

「じゃあ、出汁巻きとヒラメのお造りください」

肘《ひじ》で小突く榛原に苦笑し、伊能はカウンター越しに白い割烹着に身を固めた店主に声をかけた。

「すみません、さっきはいきなりあんな…」

一通り注文を終えて、膝《ひざ》の上に両手をそろえた伊能に榛原は首を横に振った。

「え、野々宮君の話か？　別に俺にまで申し訳ながるほどのことじゃないよ。優等生の伊能の検事志望の理由も聞けたし」

大きな身体の榛原がその背を丸めるように、小さな猪口《ちょこ》で熱燗を口に運ぶ様子は、見ていて微笑ましい。

「優等生って、普段、そんなにイイ子ぶってますか？」

榛原の言いように、伊能は突き出しの挽《ひ》き肉の辛味噌和えを箸先で行儀悪くかき混ぜる。この歳で優等生などと言われると、なんだか枠にはまった面白みのない人間のように思える。

「そうだな…、イイ子ぶってると思ったことはない。本当に俺なんかと違って模範的で優秀な検事だとは思うよ。ただ、普段、温厚で理性的な分、言いたいことも中にため込むタイプだなと思うことはあるね。それじゃ疲れるんじゃないかと、たまにそう思うな」

珍しく伊能がぼやいたことが面白いのか、銚子を傾ける榛原は楽しそうだった。

「野々宮自身は、ひたむきでまっすぐな人間です。多分、榛原さんがお会いになっても、気持ちのいい男だと思われるんじゃないかな」

「ああ、そうかな」

「僕みたいな八方美人ではないですし、その分、学生の頃は少し取っつきにくかった面もありましたが、この間会って話してみたら、ずいぶん大人びて穏やかな印象になってました。

福岡の件ではいろいろと誤解された面もあって少し参っていたようですが、決して悪い人間じゃないので、また今度、よかったら一緒に酒でも飲んでやってください」

伊能は猪口を傾けながら、微笑む。

「おまえがそう言うんなら、きっと見どころのある男なんだろう。それにお前も八方美人っていうほど、軽い人間でもないぞ。榛原が一緒に飲もうって言ってたって、伝えておいてくれ。うちの奥さんも世話になってるしな」

榛原は頷き、伊能の猪口に酒をつぎ足した。

「そういえば榛原さんは、最初から検事志望でしたか?」

「俺? 俺は最初、裁判官、弁護士、検事の中なら、検事になりたいなぁっていうぐらいだったかな。司法試験さえ受かってれば、弁護士にはいつでもなれるしな」

確かに榛原の言葉通り、検事や裁判官は公務員なので、弁護士が途中から転身するというわけにはいかない。最高裁の判事に弁護士がなる例はあるが、最高裁に限っては法曹資格を持たなくとも判事になれるので、それはごく例外中の例外だ。

「それが修習の時の同期で一人、すごく頭が切れるくせにヤクザの妾の子っていうんで、えらくヤサグレてた男がいてね。修習終えたら、実家の顧問弁護士になるっていう。でも話してみると性格も頭も悪くない男だったから、こんな男にヤクザ稼業をさせるなんてもったいない、こいつを絶対更生させなきゃいかんと思って、検事志望になった」

「そうなんですか？」

へぇ、と意外な動機に伊能は目を見張る。

「まぁ、今はもうそいつも家の顧問を辞めて、地道にこつこつ仕事してるからいいんだけどね。それに加えて、奴が更生したのは俺の力じゃなかったっていう格好悪いことは、とりあえず横に置いといてだな」

「そうだったんですか」

榛原のぼやくような言い分に、伊能はつい笑ってしまう。

「だから、伊能が亡くなった友達の影響で検事になったっていう理由も、俺は十分にわかるよ。多分、昔からの憧れとかっていうよりも、むしろそんな直接的で身近なきっかけのほうが、志望の動機としては強いのかもしれないな」

「いらっしゃい！」

榛原の声に重なって、白木の引き戸が開く音に、店員の威勢のいい掛け声がかかる。

「おう、早いな」

入り口に向かって片手を上げる榛原とともにそちらへ顔を振り向けた伊能は、こちらに向かって会釈する黒木の後ろに、話題になっていたばかりの野々宮の姿を見いだして驚く。

黒木の背後に立つ長身の野々宮は、今日は濃紺のスーツをその身にまとっているにもかかわらず、やはり黒く無機質な印象が先に立つ。

「夕飯これからだっていうから、野々宮さん誘ったの」

黒木はお疲れさま、と伊能に手を振ってみせたあと、榛原に説明する。

「ご一緒してよろしいですか？」

腰を折って礼儀正しく問う野々宮に、榛原は立ち上がる。

「ああ、もちろん。今さっき伊能君と、今度一緒に飲もうって話してたところなんで」

「主人よ」

女らしいラインのスーツに身を包んだ黒木が、婉然《えんぜん》と笑って榛原を示すと、実直な榛原らしく、年下の野々宮にも丁寧に頭を下げる。

「榛原です、妻からお噂はかねがね」

「野々宮です。こちらこそ、黒木さんには本当にお世話になってます」

綺麗な奥さんでいいですね…、とひとしきり黒木をほめたあと、野々宮は伊能にも笑って会釈した。そうされてようやく、伊能の中で青年の無機質な印象がゆるむ。

「親爺さん、四人になったからテーブル席に移ってもいい？」

声をかけながら、榛原はさっさと自らの手で箸や盃を移し始める。

「だいぶ慣れた？」

それを手伝ってテーブルへと席を移したあと、伊能は隣り合った野々宮の盃に酒を注ぎながら尋ねた。

「ええ、おかげさまで。黒木さんについてもらってると、事務面での心配はまったくしなくていいんで、かえって福岡にいた頃よりも楽なぐらいです」

仕事量は半端じゃないですけどね、とつけ足しながら、野々宮は返杯する。

「そうだね、黒木さんと組めるんだから、野々宮君もついてるね」

「どうかしら？　黙ってミスを隠してるだけかもしれないわよ。あまり安心しすぎて、あとでがっかりしないでね」

伊能の相槌に、黒木は目を細め、少し意地悪く微笑んだ。

「うちのかみさんだって、若い男前の男の子と組めてラッキーだって喜んでたんだから、お互いさまだよ」

まったく…、と榛原は肩をすくめる。

「だって、お腹の出たご老体と組むよりも、若くていい男と組むほうが仕事にも張り合いが出るじゃない？」

ね、と黒木に笑みを含んだ目で同意を求められ、まぁ、そうですね…、と伊能は曖昧に言葉を濁して頷いた。

野々宮がいい男だという意見には異論はない。

髪も瞳の色も濃く、眉も鼻筋もまっすぐで、輪郭などに削いだように直線的な強い印象があるが、男らしく引き締まった造りの顔だと思う。

だが、もし渡瀬との関係を感づかれていたとしたら、野々宮は自分の容姿について伊能にどうこういわれることをどう思うだろう…、と妙な遠慮が働いた。

野々宮自身はそこまでこだわらないかもしれないが、伊能の中で大きな抵抗はある。

「あら、大学が一緒だったの？　でも、地検の数はこんなにあるのに、また再会するなんて奇遇ね。それとも大阪地検は大きいから、そう不思議でもないのかしら」

伊能と同じ大学出身なのだと説明する野々宮に、黒木はしっとりとしたアルトで首を傾げ、榛原を見上げている。

「出身大学にもよるな。中央大出身者なんかは多いが、一橋出身の検事はそう何人もいるわけじゃないから、やっぱり珍しいんじゃないか？」

運ばれてきたきんぴらに箸を伸ばしながら、榛原は首をひねった。

「第一、伊能や野々宮みたいに司法試験に現役で受かる奴は、本当に数が少ないんだから」

俺が受かったのは三回目だぞ…、と榛原はぼやく。

普段よりは少し口数の多い亭主のぼやきに、黒木と伊能は目交ぜして笑った。

「まぁ、そんなことはいいから、明日はせっかくの休みなんだし、ゆっくり飲んで帰ろう」

「野々宮、あんまり飲むなよ。黒木さん、勧め上手なんだから…」

榛原の言葉に、どうぞ…、と黒木が野々宮の盃に酒を満たす。

「あら、今日は初めてご一緒したんだし、そんなに飲ませないわよ」

伊能と黒木の言葉の応酬に、気をつけますと笑って、野々宮は満たされた盃を干した。

「まずいですね、うっかり黒木さんにつられて終電になった」

十本に近いホームが横に並ぶ広い阪急《はんきゅう》の梅田《うめだ》駅は、終電前のせいか電車も少なく、がらんとしている。

野々宮は足元の危うい伊能の腕を支え、高い天井から吊り下がった時計を眺めた。

日本初のターミナル駅だというコンクリート造りの広い駅は、その吹き抜けに近い天井の高さのせいか、どこか異国の駅を思わせる。

割烹店を出たのが十時半。そのときは伊能も比較的まともに歩いているように見えたが、次のバーで続けざまにショートカクテルがきたのが効いたようだった。

「大丈夫ですか?」

野々宮の問いに、目を片手で覆った伊能は、うん…と頷いたものの、もう片方の手で野々宮の肩にすがったままだった。

「珍しいですね、伊能さんがそんなに飲むの」

野々宮はかつて見たことのない伊能の酩酊ぶりに、少し意外な思いを抱く。

伊能と酒を飲んだのは十年近く前だが、伊能は比較的、酒には強いほうだった。どんなに乱れた酒の場でも、性格的に自重するせいもあったのだろう。こんな風に酔うのを見たことがない。

飲み過ぎるなと野々宮に注意を促していたことを考えても、伊能自身も自分がここまで酔っているという自覚はなかったのだろう。

すぐそばに立つ野々宮の声が遠いのか、目許をうっすらと赤く染めた伊能は、鈍くまばたきを繰り返すばかりだった。

そんな伊能の腕を引き、ホームに並ぶ。終電を待つ人々のざわめきが波のように聞こえる。伊能は重い頭を支えていられないのか、アルコール臭のある溜め息をつき、少し幼い仕草で野々宮の肩に額を預けてきた。

酒を飲んでいる途中も、人当たりのいい伊能らしく笑って話には応じていたが、横で見ていても盃を干すペースがやや速いように思えた。

話の中で、最近、仕事のために無理が続き、睡眠時間が少ないのがこたえると言っていた。体調も万全ではなかったようだった。

聞き上手の黒木が、巧みに酒を勧めるせいもあったのだろう。

酒が入ると、伊能はよく笑う。最初のちょっと構えていたような印象が消え、徐々に伊能は和《なご》やかに楽しそうに笑い声を上げるようになっていた。

野々宮も迂闊《うかつ》だった。伊能が自分の考えていた以上に酔っているのだと気づいたのは、あれだけしたたか飲んでまったく酔ったふうもない黒木が、榛原とともに電車の時間だからと立ち上がってからだった。

「塚口《つかぐち》から電車ありますか？」

腕の時計を差し出し、顔を覗き込むようにして尋ねると、伊能は首を横に振った。

「タクシーに乗るからいいよ」

「こんな金曜日の夜には、タクシーもつかまりませんよ」

軽くたしなめる野々宮にも、瞼が重いのか、伊能は肩に頭を預けたままで生返事を返すばかりだった。

「俺の家でよければ、泊まってください」

伊能を促して、ホームに入ってきた各駅停車に乗り込みながら言う野々宮に、伊能は大丈夫だからとひらひら手を振る。

「意識はしっかりしてるんだ、少し眠いだけで…」

呆れた酔っぱらいの言い分だったが、野々宮はそうですかと頷いただけで、それ以上は責めないことにした。

並んで腰掛けると、再び肩に頭をもたせかけてきた伊能が徐々に力を失い、その体重がかかってくる。

すぐに柔らかな寝息が聞こえた。

疲れもあるのだろうと、塚口の駅につくまで野々宮は伊能を起こさなかった。

それにしても…、と野々宮は規則的な呼吸を繰り返す伊能の、男にしては優しい顔立ちを見下ろす。

中性的というよりは、性の際立たない顔、あまり男性的なものを意識させない整った顔ではある。こうしてもたれかかってこられても、むさ苦しい気分にはならない。普通ならここまで酔われると多少は面倒に思うはずだが、どちらかというと酔った女性に甘えかかられているような、不思議な庇護欲をかきたてられる。

渡瀬が執着していた理由もわからないではないな…、と電車が各駅で律儀にドアを開ける様子をぼんやりと眺めながら、野々宮は考えていた。

明かりの少なくなった夜の中で、最終電車はホームの上の暗い空間に向かってぽっかりと扉を開く。青白い蛍光灯の光ばかりが、虚ろにその空を照らしている。

夜空に猫の爪のように細い月が黄色くかかっていたが、その繊細すぎる光は少しも闇を照らす助けにはなっていないようだった。

この間、母親に頼まれた妹の佳奈のこともあり、できることなら伊能のように真面目な男を妹には縁づけてやりたいような気がした。

けれども、もし渡瀬と伊能の間に友情以上の関係があったとしたら…、と野々宮は思う。

唐突に相手を失った伊能はなかなかその痛みを埋められないだろうし、伊能を残していった渡瀬自身も気がかりに思っているだろう。死者の思いをいつまでも引き合いに出すのは好きではないが、まったくなかったものとして無視するのも気が引ける。

それとも七年の月日の間に、伊能はそろそろ自分の中で整理をつけ始めたのだろうか。自分自身も酔いのために少し鈍い思考の中で、野々宮はずっと考え続ける。

気持ちに整理をつけられる時間は、人によってまったく違う。また、失ったものの重みによっても違う。だから、七年経ったからもうそろそろ忘れてもいいだろうなどと、とても一概には言えない。

それに渡瀬には偏見がないと答えたにせよ、それが妹の結婚相手ともなると、また答えは違ってくる。

各駅停車となった電車は律儀に扉を開き続け、塚口へとついた。

野々宮は伊能の肩を揺すったが、酔いのためにすぐには目が覚めきらないのか、伊能は少し顔を上げただけでまたすぐに目を閉ざす。

それをほとんど肩にかつぐようにして、野々宮は伊能を無理矢理ホームへと降ろした。

自分と歳の変わらぬ男とは思えないほどの、身体の軽さが気になった。服を着ると実際よりもしっかり見えるタイプなのか、これでは六十キロあるかなしかだろうと、野々宮は腕の中で揺れる身体を支える。

ようやく地面に足をつけた伊能がふらふらと、いつものように伊丹《いたみ》への乗り換えのホームへの階段に向かおうとするところを、野々宮は後ろから肩をつかむ。

「電車、もうないんでしょう?」

「じゃあ、タクシー乗らなきゃ…」

伊能がまたふらふらと逆の改札の方向へ歩き出したところを、さすがに今度は野々宮も呆れ顔で肩をつかんだ。

「タクシー組は、もうドアが開いた瞬間にみんな走っていきましたよ。今から列に並んでも、乗れるのは一時間後です。おとなしく泊まっていってください。ワンルームでも、一人ぐらい横になるスペースはありますから」

伊能の分の鞄も抱え、野々宮は改札のほうへ危うい足取りで歩き出した伊能の後を追いながら、たたみかける。

いつもより少し強い口調の野々宮がおかしいのか、伊能は嫌だ、官舎に帰るよ…、と笑いながら子供のようなわがままを言った。

「あなた、普段は利口なくせに、酔っぱらうと質が悪いな」

ぼやきながら、こっちです…、と野々宮は伊能の腕を引き、部屋探しの時に一度だけ一緒に足を向けた駅の南側へと歩き出した。

「泊まらないよ」

自分の腕を取って歩く野々宮の後ろ姿を見ながら、伊能は呟く。

「じゃあ、どうするんです。もう、こんなに列になってる」

案の定、長蛇の列となったタクシー待ちの人々の横を歩きながら、野々宮は呆れ声で言った。

「だって、君…、本気で僕を泊めるつもりがあるのか？」

年下の男に腕を引かれながらぽつりと呟く声に、野々宮はわずかに眉をひそめる。

「本気って、どういう意味です？」

すっかり明かりの落ちたスーパーの前で足を止め、伊能はうつつと酔いとの中で頭を振る。

切れ長のやや潤んだ目に細い月が逆さまに映っているのを、野々宮は綺麗な目だと思いながら見ていた。

「…ごめん、何を言ってるんだろう…」

片手を額に当て、頭を振る伊能の中で、わずかに酔いが醒めたようだった。

正気の戻りかけた目が、どこか痛々しかった。

伊能が、腕をつかんだままの野々宮の手に抗議するように指をかける。

野々宮は、黙ってその手を放してやった。

「ちょっと…、酔ってたみたいだ…」

伊能はまだまだ醒めきらない浮ついた意識を手探りで取り戻している途中なのか、歩きながらこめかみに手を当て、何度も首を振った。

何かを、ひどく悔やんでいるようでもある。

「楽しそうでしたよ」

自分の泥酔ぶりを恥じるような伊能をそれ以上は責めず、野々宮は少しだけ笑った。

駅前に並ぶビル街を抜け、住宅地に入ると、野々宮の部屋はすぐそこだった。

ベージュの化粧タイルの張られた、五階建てのごく普通のワンルームマンションだ。三階の部屋まで階段を上がってポケットから鍵を取り出すと、伊能はやはり首を横に振った。

「やっぱり、歩いてでも帰るよ」

呟く伊能に、玄関のドアを開けながら野々宮は振り向く。

「じゃあ、お茶ぐらい飲んで、もう少し酔いを醒ましてください。そうしたら、送りますから」

手探りで部屋の明かりをつけながら言う野々宮に、車はだめだよ、と伊能はまだアルコール臭の残った息を吐いた。

「車はだめだ。飲酒運転になるだろ」

「車は持ってません。福岡で売っ払ってきてしまいましたから」

土日もないから車も必要ないのだと野々宮が言うと、伊能は靴を脱ぎながら、僕もそうだと頷いた。

独身で家族サービスも必要がないから、維持費がかかるばかりの車は、庁との往復ばかりの毎日では必要がなくなる。土日の買い物に自転車があれば便利といった程度で、野々宮は福岡で持っていた車をこちらに来る前に手放していた。

七畳ワンルームの部屋には、ベッドとローテーブル代わりのこたつ、テレビを収めた本棚とスーツを吊るす生成りのクローゼットハンガーがあったが、ほとんどモノトーンの色調でまとめてあるせいで、そこそこ広く見える。

「お茶淹れますから、その辺に座っててください」

リモコンでテレビをつけながら声をかけると、伊能はお邪魔します…、とスーツの上着を脱いだ。

スイッチを入れただけのテレビは、今日のナイター結果を編集映像とともに報じている。ボールがバットにあたる高い音と、観客がいっせいにどっと沸く歓声だけが、狭い部屋の中で妙に俗っぽく響いた。

「野々宮、釣りするの？」

壁にケースごと立て掛けたままになっていた釣り竿をめざとく見つけたのか、伊能はおっとりと尋ねた。

「松山で覚えたんです。下手ですけど、今でもたまに行きますよ。水辺で、釣ること以外何も考えずにゆっくりできて、俺みたいに無趣味な人間にはちょうどいい暇つぶしです」

一口コンロのついた狭いキッチンスペースで湯を沸かしながら答えると、伊能が苦笑した。

「釣りはちゃんと立派な趣味だよ。無趣味っていうのは、僕みたいにインドア派で、趣味の欄に読書って平気な顔で書き入れる奴のことを言うんだ」

「なら、今度、俺と一緒に釣りでも行きません？　竿ならお貸ししますから」

野々宮がマグカップに緑茶をいれて振り返ると、釣り竿に気を取られていたはずの伊能は、壁に掛かったブルーの映画ポスターを見ていた。

「これ…」

「ああ…、『バーディ』のポスターですよ」

こたつの上にカップを運びながら、野々宮は答える。

アラン・パーカーが監督した、ベトナム戦争に精神を蝕《むしば》まれた青年とその友人との友情を描いた映画だ。その映画のブルーとモノトーンの基調が美しいポスターを、額装したものだった。色調の美しさや画面から漂う静寂に気を取られるせいか、青年が裸でパイプベッドのヘッド部分に鳥のような姿でうずくまる異様さも、よほどよく見なければ気にならない。

画面から漂う静けさのために一枚の絵画のように見えて、野々宮は気に入っていた。

「渡瀬の部屋にあった…？」

「ええ、一緒にリバイバル上映を見にいった時に買われて…、形見分けの時にいただきました」

そうか…、と伊能は片膝を抱えたまま少し目を細め、記憶の中の何かを追うような表情を見せた。

この人はやはり…、と野々宮は思った。

「伊能さん、もしかして…」

野々宮の手からカップを受け取りながら、何…と、伊能は酔いの残った目だけで応じる。

おそらく、尋ねた野々宮の中にもまだ酔いの名残があったのだろう。

普段なら遠慮のために決して続けない言葉を、野々宮はそのまま続けていた。

「あなた、渡瀬さんと、本当は…」

問いかけた野々宮の言葉の主旨を、伊能はすべて聞かずとも察したようだった。

野々宮を見上げるその表情に、怯《おび》えにも似た亀裂が走る。

普段は伊能の表情を覆っている知的なもの、理性的なもの、大人びた分別などが、ぼろぼろと音をたてて剝《は》げ落ちていくようだった。剝げ落ちた理性の下には、あまりにも無防備で飾りのない、生身で痛々しいほどの伊能が見える。

日焼けに縁遠い白い喉元が、伊能の緊張を示すようにゆっくりと上下した。

まだ酔いが残っているせいで動揺を隠しきれないのか、大きく見開かれたままの伊能の目には、哀れなほどに怯えが覗いていた。

野々宮は伊能が時折、表情を翳らせるわけを知った。

伊能は渡瀬との過去に怯え、そして過去の自分達を知っている野々宮がその関係を嗅《か》ぎあてることに怯えている。

野々宮は頭を一振りした。

「俺は本当に渡瀬さんの人となりが好きでした」

野々宮はあえて、その問いの先を続けなかった。

それは渡瀬と伊能の問題であって、二人がどういう結論に至っていたとしても、たとえその結論にさえ至らないままに渡瀬が逝ったのだとしても、野々宮にそれを尋ねる権利はない。

少なくとも、伊能の中ではあれから七年を経た今も、当時の渡瀬との関係を思い返すだけで迷いや痛み、怯えが生じている。それぐらいはその表情を見ればわかった。

「俺は長男ですけど、上に兄貴がいれば、ああいう人がよかった」

野々宮の言葉に、伊能はその先が続けられなかったことにほっとしたような表情で頷いた。

「あいつは本当に温かい、よく気のつくところがあったから、僕にとっても自慢の友達だった…」

ようやく緊張が解けたのか、ここにきて初めてネクタイの襟元をゆるめながら、伊能はまだ熱いお茶を少し幼い仕草で吹いて冷ます。

「今、渡瀬がいれば…、また少し、僕の人生も変わってたんじゃないかなって、よく思う…」

そう呟き、伊能はまたどこか遠くを見るような表情をした。

その表情をやはり少し危うく思い、野々宮は眉をひそめる。

何が…、という確固たる理由があるわけではないが、伊能が垣間見せた表情がひどくバランスの悪いものに思えた。

本来、こんな表情を持っていた人だろうか、こんな表情を見せなければならない人だっただろうか…、そんな言葉にはならない不明瞭な違和感だけが、妙にしこりとなって残った。

「野々宮も変わったね」

そんな違和感もつかの間で、すぐに伊能はいつもの人当たりのいい笑みに戻る。

目許にまだ赤みが残っているが、徐々にいつもの厳しい自律心が戻ってきたようだった。

「なんか学生の頃にあった飢餓感っていうのか、少し尖ってたようなものが消えた。今日も一緒に酒を飲んでて、人間的にすごく成長したんだなって思ったよ」

「本質的な部分は、ちっとも変わっちゃいませんよ。福岡でもあんな問題起こしてしまったし…、異動がなければもう検事でもない身です。まだまだ未熟者ですよ」

伊能がふっ…、と柔らかく目を細める。

「野々宮は犬に似てるって言われたことがない？」

「前の地検じゃ、『猟犬《イヌ》』って言われてましたよ」

先輩検事の陰口を思い返しながら、野々宮は苦笑する。

「違うよ、そんな意味じゃなくて」

伊能はまるでそこに大きな犬でもいるように、指で空をなぞった。

「真っ黒で大きくて、強くて頭のいい犬…、恐ろしいんだけど、すごく綺麗な犬」

「俺がですか？」

そうだよ、と伊能はテーブルに頬杖をつきながら頷いた。

「大学の頃から、いつも野々宮に会うたび、そう思ってた…」

そして、ほめ言葉だよ…、と断った。

「恐ろしいのに、すごく綺麗な犬なんだ…」

まだ少し、伊能は酔いの中にいるようだった。

朱の残った瞼を閉ざしたその表情を、野々宮はごく純粋に綺麗な男だと思って見ていた。


「自転車の二人乗りなんて、高校の時以来だよ」

スーツの上着だけをとって自転車にまたがる野々宮の後ろで、同様に夜風にネクタイをなびかせながら、伊能は言う。

二人がまたがるのは、サイクリング車や変速つきの自転車のように洒落《しゃれ》た自転車でもない。

タイヤだけは長身の野々宮に合わせて二十八インチと大きいが、俗にママチャリと呼ばれるような、買い物用の前カゴのついた、ありきたりのシンプルな黒い自転車だった。

「俺だって、中坊の頃以来です」

「僕たち、まだ酔ってるんだろうか？」

ラーメン屋やビデオ屋などの並ぶ夜の下町を、自転車で走り抜ける背中越しに聞こえてくる伊能の声は、珍しく楽しげで屈託がない。

真夜中を過ぎたというのに、ここいらの幹線道路の一つである県道の車量は多く、歩道を走る二人乗り自転車の横を、昼間よりもかなりスピードを上げた車やトラックがどんどん追い越していく。

その排気音にかき消されないよう、二人はほとんど怒鳴るように話していた。

「車の中から見てたら、僕たち、どう見えるんだろう？」

「どう好意的に見ても、ただの酔っぱらいでしょうね。パトカーからだったら、道交法違反」

「つかまらないけど、お説教だよねぇ」

「酔っ払い運転ですしね。俺、会社員を詐称《さしょう》しちゃいますよ」

「おまわりさん、ここに悪い人がいまーす」

つまらないことを言って、笑い声を上げる。本当にただの酔っ払いだった。

頬を撫でる夜気は、まだ少しひやりと冷たい。

どこに咲くのか、下町の風情には不釣り合いな、甘く濃厚なテイカカズラの香りが鼻をかすめた。

夜の町を自転車の二人乗りで走る子供じみた行為には、野々宮自身もここ数年間得たこと

のない、心の底からの高揚を感じる。もう少し走り続ければ、声をあげて笑い出したくなるような、愉快な気分だった。

「伊能さん、うちの妹覚えてますか？」

特に切り出すつもりもなかった妹の一件を口にしたのは、そんな高揚した気分のせいだったのだろう。

もしかして、次の新しい恋に出会ったほうが、伊能も少し楽になるかもしれない…、とふとそんな考えが浮かんだ。

「妹さん？　前に会ったときは、高校生だった？」

案の定、几帳面な性格の伊能らしく、一回会っただけの妹のことをちゃんと覚えていた。

「あいつももう、二十六になってますよ」

苦笑する野々宮に、そりゃあ、僕たちももう三十男だもの…、と伊能は応じた。

「ちょっとしか話さなかったけど、明るくていい子だったよね」

「不肖の妹ですが…」

少し息を切らせて赤信号の交差点でブレーキをかけながら、野々宮は後ろを振り返る。

「あいつも入れて、また一緒に飯でも食いません？」

うん…、と伊能は風で乱れた前髪をかき上げた。

「そうだね、また一緒に…」

分別を知る伊能の、いつもの穏やかな笑みだった。

野々宮は、別にそれが社交辞令でもいいと思った。

こんな馬鹿げた夜中の二人乗りをしていても、もう自分達は出会った頃のような、余裕のない学生ではない。

良くも悪くも、自分のことだけで手一杯だった、そのくせ、少しは世間を知ったような気になっていた、あの子供の頃にはもう戻れない。


飲み過ぎた…、レースのカーテン越しに窓から入ってくる頼りない街灯の明かりだけで、暗がりの中をキッチンへ向かいながら、伊能は鈍く痛むこめかみに手を当てる。

冷蔵庫を開け、ミネラルウォーターを切らしていたことを思い出し、水道水を口に含む不快感に眉を寄せながら、シンクの蛇口をひねった。

築三十年の官舎は3LDKと広いには広いが、設備のすべてが古い。

どこか錆《さび》臭さを含んだ水を手のひらに受けながら、伊能は顔を洗い、続いてそれを口に含んだ。上の給水槽が古いせいか、潔癖症の伊能は独特の臭《にお》いのついた水を結局飲み干せず、シンクへと吐き出した。

それでも喉の渇きに耐えかねて、伊能は飢えた生き物のように冷蔵庫を漁《あさ》る。

マーマレードやマーガリンなど、まともな食料と呼べるものなどほとんどない庫内から、唯一の飲料である野菜ジュースを取り出し、扉を開けたまま、オレンジ色の光を頼りに缶を開ける。

扉を閉じながら、青臭いが野菜独特の清涼感のあるどろりとしたジュースを一口含む。自分で考えていた以上に身体は水分を欲していたようで、伊能は一気に小さな缶の中身を飲み干していた。

一息つくと、持ち前の几帳面さで空けたばかりの缶をゆすぎ、シンク横の水切りラックへとあげた。

まだ襟元にまとわりついたままの、皺になったネクタイを指で引き抜きながら寝室へと戻りかける。

途中、通り過ぎた部屋から規則正しい寝息が聞こえてきた。振り返った伊能は障子を開け放ったままの和室に、上掛けも掛けずに横たわって眠る野々宮の姿を見いだした。

伊能を送ってきたはいいが、結局そのまま疲れてネクタイだけ抜き取り、空いた部屋で眠り込んでしまったらしい。

酔いに浮かれ浮かれて自転車などで送らせた後輩検事は、二駅ぶんも自転車をこがされた疲れか、彫りの深い男らしい顔立ちにあどけないような表情さえ浮かべて、片肘を枕にぐっすりと眠り込んでいる。

楽しい思いが去ったあとには、どうしようもなく深い寂寥感《せきりょうかん》が残る。

年甲斐《としがい》もなく、自分は何をしているのだろう…と、伊能は和室の入り口にたたずんでいた。

やがて伊能は、寝室に使っている部屋の押し入れからタオルケットを取り出し、眠り込んだ野々宮の上にそっと広げる。

この七年ほどで、野々宮は精神的な成長において、はるかに伊能を凌《しの》いでいるように見えた。

自分だけが過去に縛られたまま、あの頃から少しも成長できずに取り残されている。

そんな自分という人間の矮小《わいしょう》さ、器の小ささを思い知らされるたび、なんとも辛く嫌な気分になる。

伊能だけがあの夏の日に取り残され、渡瀬のいなくなった穴を埋めることもできず、そんな自分の未熟さを正視することもできずに、ただ日々を送っている。

わけもなく楽しかった酔いがすっかり抜けると、残ったのはただひしひしと迫ってくる寂寥感だけだった。

街灯の光に青白く照らされた和室の入り口で膝を抱え、伊能は長い間、健康的な寝息をたてて眠り込む野々宮の姿を眺めていた。

三章

Ⅰ

「野々宮…、お昼か？」

昼休み、食堂前の廊下ですらりと背の高い男の姿を見かけ、伊能は声をかけた。

とっさに誰に声をかけられたのかわからなかったのか、野々宮は目を眇《すが》めて振り向いた。

ごくありきたりな紺のスーツに身を包んでいても、頬や輪郭の少し削げたような鋭いラインも、上背のある引き締まったその体軀《たいく》も、やはりすべてがどことなく無機質だった。

古く薄暗い庁舎の中では不思議な存在感がある。

「伊能さん」

野々宮はかすかに首を動かして伊能の姿を認めると、少し口許をゆるめた。笑ってみせたようだった。

表情の少ない野々宮のそんな親しみの表現に、伊能はこの間までの苦手意識が薄らいでいることに気づく。自分でも意外なほどに、この後輩の検事に親しみが湧いてきていた。

「これから飯？」

ええ…、と頷く野々宮に、伊能は午後からの取り調べ予定をざっと頭の中でたどる。

「時間が大丈夫なようなら、外にでも出ようか？」

ちらりと腕の時計を眺め、野々宮は頷いた。

焦りや迷いといった感情とは無縁そうな野々宮には珍しく、何かに気を取られているようでもあった。

「無理ならいいよ」

声をかけると、野々宮は首を横に振る。

「いいえ、逆にちょっと気分転換がしたいぐらいなんです。よかったら、話を聞いてもらえませんか？」

何か担当事件で引っかかりでもあるのだろうかと訝《いぶか》りながら、暗い建物の中から外へと出る。初夏の日差しが思いもしないような強さで目を射て、伊能は少し目眩《めまい》を覚えた。

しかし、目の色素の濃い野々宮は頓着した様子もなく、先に立って裁判所のほうへと続く道路に出る。他人の動きに無関心そうに見えるが、もともと無頓着な男ではない。

よほど何かに気を取られているのかと、伊能はその背を追った。

「蕎麦《そば》でいいなら、比較的空いてる店を知ってるよ」

着ていた上着を脱いで片腕に抱え、五月も末のアスファルトの照り返しに目を細めながら、伊能はその背中へ追いつく。

「お願いします」

野々宮の短い返事に頷いて店へと先導しながら、伊能はここまで野々宮が気を取られるのなら、何か手応えのある事にでもぶつかったのかと思った。

普段、野々宮はむやみに人に意見を求める男ではない。

その分、何かを前にした野々宮の中の昂《たかぶ》りが気配だけでそれと知れる。

野生動物が敵を目の前にしたときに、一瞬にして全身に漲らせる緊張のようなものが、野宮の引き締まった背中からうかがえる。

「もともとはありふれた保険金殺人なんです。保険金額自体もさほど多くはありませんでした」

比較的テーブル数の多い蕎麦屋で、注文を取りにきた店員の背中を見送りながら野々宮は切り出した。

「浪速《なにわ》警察署の管内で男性が轢《ひ》き逃げにあいまして、その兄が保険金目当ての殺人教《きょう》唆《さ》容疑で送検されてきたんです」

野々宮の話はこうだった。

一か月ほど前に日本橋の路地で、小さな電気店の社員が乗用車に轢き逃げされた。

警察の捜査で、逃走した犯人は最近になって逮捕された。競馬やパチンコのためにサラ金に二百万円ほどの借金がある容疑者についての調書をとるうち、三百万で被害者の兄から依頼を受けて犯行を請け負ったことを自供したのだという。

その供述に添って、現在無職である被害者の兄に任意同行を求めたところ、保険金殺人の容疑を認めたために逮捕。そのまま警察から送検されてきたという。

「この間、少しニュースになってたね」

中学卒業後、日雇いで生計を立てていた兄は、少し前から体調を崩して日雇いにも出られず生活に困っていた。そこで弟に二千万円ほどの保険をかけて、サラ金から借りた金で競馬仲間に交通事故を装った殺人を依頼することを思いついたという。

よくあるタイプの借金絡みの生臭い親族殺人として、ほんのわずかの間ワイドショーや週刊誌のネタとなっていたが、すぐに大物映画俳優の離婚騒動にかき消された事件である。

犯人が逮捕されてしまえば、特に変わった手口でもないありきたりの保険金殺人など、すぐに人々の記憶から忘れ去られてしまう。

「見た目にはよくあるタイプの保険金殺人でしたし、警察の調書を見ても動機もはっきりしていましたので、特に問題がなければそのまま公判のほうへまわすつもりでした」

東京や大阪といった大きな地検では、一人の検事が取り調べから裁判までを受け持つわけではない。取り調べのほうは刑事部、裁判自体は公判部が受け持つことになる。

常に複数の事件を同時進行で抱えている検事は、一件一件の事件にそう時間を割くわけにもいかない。特に問題がないと思われる場合には、そのまま公判部へと事件を送るのが普通だった。

でも…、と野々宮は言葉を切った。

無意識なのか、野々宮の節の高い長い指がとんとんと机をたたく。

「でも…、どうもその被疑者である兄に違和感を覚えたんです」

「違和感？」

ええ、と野々宮は頷いた。

「何かしっくりこなかったんです。轢き逃げを依頼した共犯の男の自供ともつじつまは合っているし、警察のほうできっちり金融業者に借金の裏もとってある。保険会社のほうにも確認をとってありますが、保険金の振り込み先も被疑者です」

「ああ」

おそらく伊能も普通ならそれだけ供述通りの物証が揃っていれば、そのまま問題なしとして公判部へ事件を送る。

「両親は亡くなっていて、兄弟ともに独身。殺された被害者のほうは小さな電気店の店員ですが、兄のほうは昔から日雇いであちらこちらの住所を転々としています。しかし、特に前科もなく、取り調べでも間違いなく自分が殺人を依頼したと、逮捕されたあとの態度も殊勝なものでした。間違いなく共犯者の男に金を渡したのは被疑者だったという、目撃証言もとれているんです」

野々宮はそれが考える時の癖なのか、眉間を指先で押すようにして呟いた。

「…なのに、どうも引っかかった」

「引っかかる？」

「ええ、何がどうとははっきり言えないんですけど、違和感としか言いようがないんです」

野々宮の言う違和感がすぐには呑み込めず、伊能はしばし考える。

「もちろん、いろいろ被疑者にも探りを入れてみましたが…。なんていうんでしょう、いくつもの仕事で失敗して、借金に追われていくうちに感情が摩滅して、アルコールに溺《おぼ》れるようになって犯行を思いついたっていうように、一番感情の起伏が不鮮明な人種で…。事件にも該当しやすいタイプであるかわりに、言葉の裏の感情も読めないタイプでした」

保険金殺人の動機は、誰か共謀者にそそのかされ、欲にかられてというのが多いと思われているが、意外に地味なようで多いのが、ありとあらゆる資金繰りに行き詰まり、思いあまって家族などを手に掛けるというものだった。

もはや感覚的には、自分が首を吊るか、まわりが死ぬかという感じで、追いつめられすぎて前後の判断がつかないようなタイプだ。我に返ると罪を認めるし、犯行も自供するが、その顔にはすっかり生気がなくなっているような人間が多い。生気と共に感性も摩滅しきっているようにも見える。

自然、訥々《とつとつ》としゃべる言葉少ななタイプ、あるいはほとんど返事もしないようなタイプが多く、感情の薄い、疲れ濁った目からは喜怒哀楽などの感情の揺れを読みとるのは至難の業だった。

「警察の捜査にも問題がないのに…?」

「ええ、轢き逃げした車が盗難車だったので、警察側も轢き逃げした共犯者のほうを割り出すのに苦労したようですが、その後の被疑者逮捕までの手際も見事なもんです。先日、事件解決の打ち上げをしたとかで…」

つまりは警察のほうではもう捜査は終わったものであるということだ。

もっとも被疑者が容疑を否認している場合はとにかく、きっちりと犯罪を認め、裏付けのある自供がとれている場合には、それ以上は捜査のしようがないというのが現実だった。

犯人を追う刑事も、調書をとる検事もプロである。

多少でも自供につじつまの合わないところがあれば、そこに食い下がる。幾人もの捜査官を経る間に、その自供の中の嘘を見破れるはずだった。

ただし今の日本の司法体制では容疑を否認する者に対しては厳しい追及が行えるが、容疑を認め完全な自供を行う者に対しては、それ以上積極的な追及を行えないというのが、司法上の盲点でもある。

ごく稀に人身事故を起こした夫婦や親子などが、犯人をかばって自分がやったと出頭したりすることがある。仮にこのように犯人以外の者が犯行現場に居合わせて、事件の逐一を目撃した上で自分がやったと犯行を自供した場合には、その自供が通ってしまうこともある。

それに…、と野々宮は視線を巡らせた。

「大阪は昔から、比較的警察主導の捜査でしょう」

野々宮が暗に言葉の中に含めた意味はわかる。

もともと犯罪捜査のほとんどを行うのは警察だが、東京などの場合は検察官が主導権を握っている。検察官が被疑者を取り調べたいという言えば、たとえ捜査中であったとしてもいつでも警察はその要求に応じる。

しかし、大阪は昔からその土地柄か、警察のほうが主導権を握っていることが多い。

検察官は被疑者の身柄が送検されて初めて被疑者を取り調べることができるが、事件の途中で警察から報告を受けることはほとんどないといっていい。

送検されてきて初めて、警察の作成した調書や集められた証拠の類《たぐい》を受け取ることになるから、検事が被疑者の調書をとる頃には勾留時間がほとんど残っていないというのが実情だった。

それゆえに警察が事件が解決したといって送検してきた場合には、自供に曖昧な点があったり、捜査がずさんで証拠不充分などという場合以外には、捜査のやり直しを命じることができない。

もちろん、何かが引っかかるといった程度の理由では、再捜査を命じられるはずもない。

「なのに…？」

「ええ…、引っかかったんです。この男は本当に被害者と家族関係にあったのかと…。被害者を殺したことは認めているんですが、どうも家族に向けるにはあまりにも淡泊な感情のような気がしてなりませんでした。とりあえず時間になったので被疑者を留置場に帰して、警察のほうに捜査中に何か不審な点がなかったか問い合わせはしてみましたが…」

それは…、と伊能も口ごもる。

野々宮も肩をすくめた。相手の態度が目に見えるようだ。

「木で鼻をくくったような返事が返ってきました。向こうにしてみれば、苦労してホンボシ挙げてるのに、今さら何、寝言言ってやがるってところなんでしょうね」

「黒木さんは？」

伊能は尋ねる。本来、検事の抱いた疑問などの相談に真っ先に乗るのは、調書作成に同席する立会事務官だった。

「黒木さんも特に不審に思ったところはないと言ってました。…というより、本当に生気のない男で、ぼそぼそした声で尋ねられたことしか話さないので、疑問を挟む余地もなかったようです」

「だが、君は違うと思った。まだ他にも共犯がいるとでも？」

ええ…、と野々宮は短く答えた。

「共犯の有無などは明日以降、また話を聞いていくつもりですが、被疑者のあの何もかもに鈍い反応では、勾留期間内に明白な証拠もなしに自供を得られるとは思いません。だから浪速署のほうにも協力してもらって、その方向で被疑者の身辺をもう一度洗い直してもらうつもりです」

確かに野々宮の言うとおり、いくら優秀な検事でもすべての被疑者からなんの証拠もなしに供述が引き出せるわけではない。

伊能とて『落としの伊能』などと自供取りの神様のようなあだ名をつけられてはいる。しかし、それは伊能の担当した事件に、比較的証拠が多く残り、筋道立てて話をすれば供述の引き出しやすいタイプの知能犯などが多かったせいだった。

決して、はかばかしい反応は期待できないだろうに、野々宮はさらに警察に協力を要請するという。

「なんか今回は、奇妙な勘が働くので」

野々宮はわずかに目を眇めた。人より色素の濃い目に、やや残忍さにも似た影が宿る。そんな表情などを見ると、やはりまだこの男を恐ろしいと思う。

この男の強さはなんなのだろう、と伊能は息を潜めて目の前の若い男の顔を見守った。

優秀な検事に必要とされるのは、被疑者の心を開くことのできる人間的な懐の深さに加え、真実を引き出すことのできる取り調べ能力、被疑者の供述に惑わされずに事件を高い視点から分析することができる理論的な筋読みの能力がある。

それに加えて必要なのは、事件の奥に隠されているものに気づくための独特の勘だった。昔から伊能は、この野々宮が生まれ持った、独特ともいえる勘の冴えを知っている。ほとんど野性的ともいえる野々宮の直感は、伊能がこれまで恐れ続けてきたものでもある。

野々宮自身も、ある程度、自分のその本能的な勘に信頼を置いているのだろう。

まだ漠然としているようだが、野々宮が嗅ぎつけたというのは、単なる共犯者などという枠にはとどまらないものなのだろうかと伊能は思った。

二人が注文した天ざるが運ばれてきたが、二人は箸を取らなかった。

「黒木さんも特に違和感は感じなかったっていうし、警察のほうはもう捜査は終わらせたって言います。本当は被疑者から供述が得られないようなら、このまま黙って公判へ送ってしまおうかとも思いました。被疑者が間違いなく実行犯に金を渡して、保険金を受け取ろうとしたという殺人教唆と詐欺未遂の罪は動かないわけですから、それだけでも表面上は滞りなく事件は終わる」

確かに終わる。自分の感じた若干の違和感に蓋《ふた》をしてしまえば、おそらくすべては丸く収まる…、伊能は思った。

滞りなくという言葉は、宮仕えである身にとってはなんと魅力的に聞こえることだろう。

山ほど抱えた事件の中、自分がわずかに窺い見たものを記憶の端へ追いやってしまえば、それで何事もなく公判送りとなり、刑が確定する。

その流れにあえて波風を立てるのは、誰にとっても恐ろしく勇気のいることだ。

「警察のほうに再捜査の依頼を出せば、向こうもいい気はしないでしょうから、波風も立つ。これで何も出てこなければ、福岡でのこともありますから、えらく問題になることもわかってます」

でも…、と野々宮は額を大きな手で覆うようにして言葉を継ぐ。

「これが俺の性分なんだと思います。自分の信用もありますし、福岡で問題を起こした俺をかばってこちらへ動かしてくださった方達の顔もある。穏便にすませられるものならすませたいとは思うんですが、ここで保身ばかりを考えて、喧嘩した上司のような人間にはなりたくない」

知ってか知らずか、机の上を睨みつける野々宮の目がぎらぎらとした光を宿す。剣呑《けんのん》さすら孕《はら》んだそのひたむきさに、伊能は全身が総毛立つような思いを味わった。

獲物に向かってひた走る獰猛な獣でも前にしたように、これまで他の検事が抱えた事件の話を聞いた時には感じたことのない、ぞくぞくするような畏《おそ》れや興奮を覚える。

やっぱりただの『猟犬《イヌ》』などではない。

この男はこの上もなく恐ろしいが、黒くて大きく美しい獣だと思う。

「どうしてそんな話を僕に？」

尋ねると、野々宮は表情をふっと和らげた。

「さぁ…」

そして、運ばれてきたままになっていた天ざるセットを、食べませんかと指し示した。

「誰かに聞いてもらいたかったのかもしれません。勘が働くっていっても、どこかで不安なのかもしれません。表向きは、規模的にもまったくたいしたことのない保険金目当ての殺人ですから、何か裏があるなんて大騒ぎすることに自分でも抵抗があるんだと思います」

「抵抗？」

「何かあるっていうぐらいじゃ、上司にもおかしいって言えない。警察からも嚙《か》みつかれる。これで何も出てこなければ、自分の信用もガタ落ち…、そんな当たり前のことが不安なんだと思います」

野々宮は持ち前の硬質な声で低く語り、箸を取った。

伊能も箸を取りながら小さく笑った。

ただただ自分に比べれば強いように思える野々宮の中にも、周囲の目を気にかけたり、失敗を怖れる気持ちもあるのだと、どこかでその当たり前の人間臭さに安堵を覚える。

「…君は」

伊能は小さく呟く。

無鉄砲なのか、向こう見ずなのか、それともそれだけ正義感や信念が強いのか。

たとえ、本当に野々宮の勘どおりに事件にまだ奥行きがあったとしても、再捜査に反発する警察や周囲によって、やはりなんらかの返し波はかぶらざるをえないだろう。

なのに、この男の強さや信念はなんなのだろうと、伊能はしげしげと目の前の青年を眺め、そして微笑んだ。

「大丈夫だよ、何も出てこなければ、また君の話を聞くよ。愚痴や弱音はその時までとっておけばいい」

野々宮は少し首を傾げ伊能を眺めると、すぐに子供のように無邪気な顔で笑った。

「やっぱり伊能さんに聞いてもらってよかったな」

その顔を眺めながら、事件を追いつめる真摯《しんし》な検事の顔と、この子供っぽい表情とのギャップは、この男の魅力のひとつだなと伊能は考える。

処世術よりも己の信念をとる、頑《かたく》なで一本気な武士のような野々宮のあり方が好ましい。

そんなにがむしゃらで馬鹿じゃないのかと思う一方で、そこで反発をくらってもただただ自分の信念を通そうとする朴訥さを愛しいと思う。

何というのか、愛おしい…。それ以外の言葉を思いつかない。そこでうまく立ち回るような男だったら、多分、ここまで応援する気持ちにはなれない。この男を信じたい、味方でありたいとは思わない。

伊能はそんな野々宮の蒸籠《せいろ》の上に、陣中見舞いだと、二尾ある海老の一尾を箸先でつまんで移してやった。

「伊能さん、もう少し食べないと痩《や》せすぎですよ」

「普通だよ。君は若いんだから、もう少し食えよ」

「若いったって、一つ違いですよ。三十男なのにはかわりありません。せっかくだからありがたくいただきますが…」

邪魔にならないようにか、ネクタイの先を折ってシャツの胸ポケットにつっこみながら野々宮は年相応の若い男の顔でぼやき、ふと動きを止めた。

「…伊能さん」

さっきまでとは違った、やや遠慮がちな呼びかけに、蕎麦に取りかかっていた伊能は箸を止める。

「今度の土曜日にでも、渡瀬さんのお墓参りに行ってこようかと思ったんですが…、一緒にいかがですか?」

野々宮は努めて何気ないふりで尋ねてくれたようだったが、前触れもなく自分の禁忌《タブー》へと話を振られ、伊能はとっさに自分がどんな表情を作ったのかわからなかった。

「ああ、渡瀬の…」

口許に手をあてがい、内心の動揺がまともに表れた中身のない言葉を連ね、落ち着きなく視線を逸らした伊能を、野々宮はその目にどこか哀れむような色を浮かべて見る。

先日、伊能の腕を握りつかんだ野々宮の力を覚えている。

どこでどうして知ったのかは知らないが、やはり野々宮は、渡瀬と伊能との関係に気づいていたようだった。

もしかすると、生前、渡瀬が伊能とのことに関して何か言っていたのかもしれない。

まともに言葉にして問われることが恐ろしくて、不様なほどに怯えた伊能に、野々宮はそれ以上追及することはせず、あっさりと話を変えた。

伊能の中でこれまで以上に、野々宮に対する信頼や好意が深まったのは、おそらくあの時、野々宮が執拗《しつよう》に自分を問いつめようとせずにあっさりと解放したことにある。もうこれ以上は野々宮に必要以上に隠さなくていいのだと、頑なだったものが解けたのだろう。

それでも、はたして野々宮は自分をどう思っているのだろうと掘り下げて考えだすと、やはりこの場から裸足《はだし》で逃げ出したくなる。

「渡瀬さんのお墓にうかがうのに、伊能さんに声をかけずに行くのもどうかなと思っただけなので、お忙しいならべつにかまわないですよ」

すぐにフォローを入れる野々宮に、いや…、と伊能は首を横に振る。

「いや、たまに行っては、話をするんだ。答えが返ってくるわけじゃないんだけど…」

「ええ」

応える野々宮の顔が見られない。

「…行くよ、誘ってくれてありがとう」

「大丈夫ですか？」

野々宮がわずかに眉を寄せて尋ねるのに、伊能は小さく頷いた。

店の引き戸が開き、年輩の五、六人ほどのサラリーマンの団体が入ってくる。すぐそばの席で陽気に話が始まったことによって、急に二人の周囲が賑やかになる。

ごくありふれた、昼食時の蕎麦屋の賑わいだった。

「ああ、せっかくだし、一緒に行こう」

伊能は野々宮と視線を合わせないまま、笑みで取り繕うと頷いた。

友人のあの頼りがいのある笑みを失ってから七年、長いようでいて、ほんのわずかのようにも感じられる。

「じゃあ、今週の末あたり、空けといてください」

「わかった、また詳しいことを決めよう」

野々宮の声に、伊能は頷いた。

Ⅱ

「谷崎《たにざき》と被害者が一緒に写ってる写真ですか？　さあ、谷崎のほうはかなり昔に家を出て、被害者とはほとんどつながりがなかったようですから、家族写真なんて出てきませんでしたねぇ。はぁ、谷崎の中学時代のアルバム。…はぁ、捜してはみますが…」

浪速警察署のホームレス連続殺人事件特別捜査本部のデスクで、電話をとった係長の松木《まつき》が言葉を濁している。

言葉つきは丁重だが、その顔は苦虫を嚙みつぶしたようだった。

「なんや、松木さん、えらい機嫌悪いなぁ」

若い刑事と一緒に地取り調査から戻ってきたばかりの強行犯係の岸辺《きしべ》は、机で煙草をふかす同僚に声をかけた。

「あれや、この間、終わった轢き逃げの保険金殺人。若い検事が担当なんやけど、このクソ忙しいのに何度も電話かけてきて確認とりよるから、松木さんカリカリしてんねや。機嫌悪いから、近寄らんとけよ」

「なんや、新米検事か？」

「新米やないよ。検事になって五、六年は経つらしいで」

「へぇ」

最近薄くなり始めた頭を気にしている同僚の佐野《さの》は、短くなった煙草を吸い殻でいっぱいになった灰皿でもみ消しながら、耳を貸せと岸辺を手招く。

「なんか、前の福岡地検で問題起こしてこっちに異動になった変わりもんの検事らしぃて。

福岡じゃ『猟犬《イヌ》』って呼ばれてたんやと。たまーにおるやろ、なんやかんやって、しょうもないイチャモンつけては、終わった事件掘り返す変わりもんの検事」

声を潜める佐野のヤニ臭い息に、岸辺はああ…、と頷いて少し身を引いた。

佐野の言葉どおり、たまにホシを挙げて送検しても容疑者から思うように供述がとれず、警察の捜査が悪いのではないかと細々とくだらないことを訊《き》いてくる検事はいる。

確かに最難関といわれている司法試験に受かった大卒のエリート検事様かもしれないが、頭でっかちで自分の能力を過大評価しているから、そうやって人のせいにしなければならないのだと、岸辺は係長の電話の向こうのなまっちろい顔をしているであろう検事を軽蔑する。

昔は警察も強引な捜査をやったし、その捜査の杜撰《ずさん》さを正面きって咎《とが》める骨のある検事もいたが、最近は仕事をサラリーマンのデスクワークのように考えている検事が増えた。

容疑者と向き合い、懐を開いて話をするということができないから、自供がとれない。

自供がとれないから容疑者を頭から怒鳴りつけ、やがては警察の捜査が悪いのではないかと言い出す。

ならばおまえが捜査しろと言ってやりたいところだが、一応法律上では検事の捜査権は認められているものの、実際には特捜部以外の検事自らが捜査に乗り出すことはできない。

検事にできるのは警察に対する捜査指揮だけであるが、それがまた、警察と検察との間に微妙な溝を生む。

優秀な検事にはやはり岸辺ら刑事の側も、自然と頭が下がる。人に尊敬される人間というのは、元来そういうものだ。誰に強要することもなく、相手に頭を下げさせるオーラのような物を持っている。

しかし、そうでないのには、やはりそれなりの対応になるため、よけいに向こうの検事もムキになる。

「そらまた、えらいやっかいな検事さんやな」

いくら高卒でも俺はそんな人間よりは百倍ましだと、岸辺は妙に血色の悪く見える蛍光灯の光の下、シャツの胸ポケットからつぶれた煙草の包みを引っぱり出した。

「岸辺、ちょっと来てくれ」

立っていたのが目についたのか、電話を置いたばかりの松木が手招きした。

そんな雑用など下っ端の若い刑事に押しつけてやればいいのだが、さっき一緒にまわっていた刑事は小用にでも立ったのか、部屋の中にはいなかった。

「自分、ツイてへんな」

佐野の言葉に頷きながら、岸辺はしぶしぶ取り出しかけていた煙草をしまい、松木の前に立った。

「なんや地検の検事さんが、この間の保険金殺人のホシの身元をもう一度洗い直せ言うてはる。戸籍に間違いはないことは確認とれてるから、悪いけど男の卒業中学まで行って、卒業アルバムの写真借りてきてくれ」

「はぁ…、ホシが何か言いましたか？」

岸辺は、捕まって今は署の留置所にいる犯人の、無精ひげを生やした生気のない顔を思い浮かべながら尋ねた。

取り調べをしたのは自分ではないが、警察の捜査とて、そこまで粗雑なわけではない。今回は、ホシが現金の受け渡しをしていたという確実な目撃証言もある。

それで自供がとれずにホシの身元を洗い直せというのなら、松木でなくても不機嫌になる。四十を越えた自分がこんな雑用に使われるのは不本意だが、唇を不機嫌そうにへの字に曲げたこの係長に逆らうことほど無益なことはないと、岸辺は不承不承頷きながらも、せめてもの腹いせに無難な問いを上司に向けていた。

「いや、検事さんは他の事件で忙しいらしいから、ここの留置所のほうに足を向けるのは明日以降になるらしい。そんなたわごとみたいな思いつきになんの根拠もあるかい。写真照合さえすりゃ気がすむらしいから、忙しいところ悪いけど行ってきてくれ」

ほんまにこのクソ忙しいのに勘弁してほしいもんや、と毒づく松木に、そうですね…と適当な相槌を打ち、岸辺は合服の上着を抱えて煙草の煙がこもった捜査本部をあとにした。

他に余罪があるのではないかといった確認ならともかく、戸籍も割れた犯人を確認しろというのはどういう了見なのだと、まだ見ぬなまっちろいうらなり検事の顔を、腹いせに頭の中でボコボコに打ちのめしておく。

大阪の南部、天王寺《てんのうじ》一帯を管轄とする浪速署は管内に繁華街を含むため、北の曾根崎《そねざき》署などと並んで取り扱い犯罪件数が多い。

今も四人ほどのホームレスが同じ手口で殺害されているのが次々と見つかった事件のために、府警から署内に捜査一課が出向いての特別捜査本部が設けられている。強行犯係は全員が地取り捜査に駆り出されているような状態だ。

誤認逮捕であるというならともかく、間違いなく証拠をそろえ、ホシを挙げて、こちらではすでに解決済みとなったはずの事件を、自分が供述をとれないといった理由などで蒸し返されるのは、迷惑以外の何ものでもない。

「…勘弁してくれよ」

岸辺はすでに日の落ちかけた署の廊下を歩きながら呟いた。


「今日は思ってたより、かからなかったわね」

取り調べが予定より早く終わったため、帰り支度をしながら黒木が言うのに野々宮は笑った。

「助かりましたけどね、自発的に話してくれて」

それでも腕の時計はすでに九時半を指している。

「予想外だった？」

「正直、もうちょっと手こずるかと」

言いかけたところで卓上の電話が鳴る。黒木が受話器へと手を伸ばそうとするのを遮り、野々宮は受話器を取った。

「はい、野々宮ですが」

『浪速署の松木です』

電話口の向こうで、中年の男はさっきの露骨に迷惑そうな口調とは異なり、少し興奮したような声で名乗った。

「ああ、お世話になります」

目で相手を問う黒木に、大丈夫だと合図を送る。

『ご依頼された谷崎の件、調べましたら、被疑者は谷崎本人ではありませんでした』

「本人じゃない？　犯人のすり替わりですか？」

やはり何か出てきたか、と思いながら問うと、いいえ、いいえ、と男はさらに興奮したような声で、言葉を重ねた。

『まったくの氏名詐称とでもいいましょうか。今、留置所にいる男がいつの間にか勝手に住民票を変造し、被害者の兄である谷崎陽造《ようぞう》という男になりすまして、保険金詐欺を企てたらしいのです。いわゆる「背乗り《はいの》」っていうのとは違うんですが、基本的にやってることは同じです』

「『背乗り』に似た、なりすまし…ですか?」

『背乗り』というのは、いわゆる警察用語だ。

外国の工作員が、他国でその国の人間の身分や国籍を乗っ取る行為を言う。日本では北朝鮮の工作員が、たまにこうした乗っ取りを行う。いわゆる日本人拉致も、これに関係することが多いといわれている。

むろん、今回の男は他国の工作員ではなく日本人なので、この用語の使い方にはあたらないが、何食わぬ顔で他人の戸籍を乗っ取って、赤の他人になりすましているというのだろう。

はたしてそこまで計画的で能動的な犯罪のできそうな男だっただろうかと、野々宮は長年の日焼けとアルコール焼けのために、血色の悪い、茫洋とした印象の被疑者を思い起こす。

「単独犯ですか?　その住民票の変造っていうのは?」

『それは、ちょっとまだ…。今、こちらのほうで谷崎陽造の中学時代の写真を入手して、留置所内の男と人相が一致しないために本人が谷崎を詐称していることがわかったばかりなんです。今も引き続き取り調べ中ですので、とりあえずは検事さんに一言ご報告させていただこうと思った次第です』

さっきとはうって変わった慌てた口調で綿々と言い訳を続けようとする男を遮り、とりあえずは今からそちらに一度向かいます、と野々宮は電話を切った。

「この間の保険金詐欺？」

電話のやりとりですぐに勘よく相手を察したのか、黒木が尋ねてくる。

「ええ、やはりまだ何か裏がありそうです」

手早く机の上を片づけながら、野々宮は頷いた。


谷崎陽造として捕らえられた男は、岸辺が持ち帰った中学校時代のアルバムを目の前に突きつけられると、さすがにあっさりと自分が谷崎になりすましたこと、本名は国安浩《くにやすひろし》、無職であることを白状した。

「なんや、けったいなことになってきたなぁ」

進展のない連続殺人はそっちのけで、解決済み事件の犯人のなりすましに大騒ぎになった署内で、岸辺は帰宅するという佐野にすれ違いざま囁《ささや》かれた。

「ほんまにな…」

頷く岸辺自身も、若い検事の一言で一変した署内の雰囲気に、どこか狐に化かされたような思いだった。

とはいえ、中学校でわざわざ居残ってくれていた教員にアルバムの写真を見せられた時には、それこそ全身が総毛立つような興奮を覚えた。

団体写真の中で二センチにも満たない、三十年以上昔のまだまだ幼い輪郭の少年の顔は、留置所の中の男の顔とはまったく似ても似つかないものだった。

三十年を経たとはいえ、誰がどう見てもこれは赤の他人であると言いきれるほどに違う。

すぐさま教員に断ってアルバムを署に持ち帰った。

途中の地下鉄の中、岸辺はまだ興奮が冷めやらなかった。自分の中で、刑事になりたての頃のような捜査に対する情熱が久しぶりに盛り返してくるのを感じた。

久々に大事件になりそうな予感がし始めていた。

自分よりもはるかに若いはずなのに、まったくの赤の他人が被害者の兄の名を騙《かた》っていたことを見事に見抜いていた検事に、会ってみたいと思った。

子供がテレビのヒーローに憧れるような、まったく純粋な憧憬と感嘆だった。

強行犯係では留置所の被疑者を引っぱり出し、再び取り調べが始まっている。

自分達に必要以上の負担を強《し》いる検事を、さんざんに罵《ののし》っていたはずの松木でさえ、これはまだまだ奥が深いのではないかと、少し興奮した様子を見せていた。

所轄署内の刑事達には、できることなら本庁の捜査一課が乗り出してくる前に、事件のあらましだけでも容疑者の口から訊き出しておきたいという思いがある。

別にそれによって表彰されたり、ねぎらいの言葉をもらえたりするわけではないが、所轄署としてのせめてもの意地でもある。

署内が浮き足立ったまま、夜も十時をまわっていた。

コーヒーでも飲むかと廊下の奥の自販機を目指して部屋を出たところで、一人の若い男に出会った。

人よりも濃い色の真っ黒な髪を短く刈り込んだ、すらりと背の高い男だった。蛍光灯に不自然なほどに明るく照らされた真新しいリノリウムの廊下の上でも、男は夜の闇の装束でもまとったように冴え冴えと黒い印象があった。

ふいに姿を現した若い男に、岸辺は一瞬ぎょっとして立ち止まりかけ、煙草の煙でしょぼついた目をまばたかせた。

現代に死神というものが存在するなら、こういう若い男の形をとっているのではないかと、やくたいもない想像が胸をかすめる。

岸辺は信仰心など人並み程度にしか持ち合わせていないが、それほどに男の存在は異質で、何かが無機的に見えた。

「大阪地検の野々宮ですが」

若い男は姿そのままの低い硬質な声で名乗り、軽く一礼する。

こんな時間にわざわざ検事自らが警察署にまで赴いてくると思っていなかった岸辺は、少し驚く。そしてすぐにこの男が、自分がさっきまで会ってみたいと思っていた検事本人であることに気づいた。

最初の黒ずくめの印象とは異なり、その若い検事は糊《のり》のきいた白い長袖シャツの袖をラフに肘まで折りあげ、濃紺のスーツの上着を無造作に腕に引っかけていた。

一見したところ、同じ年頃の若いサラリーマンたちと変わらない身なりだ。しかし、手にした上着の襟元には、検事の証《あかし》である白に中央に赤く一点のある鋭く尖った検察官記章が光っている。

いわゆる『秋霜烈日《しゅうそうれつじつ》』と呼ばれる、紅色の旭日《きょくじつ》に菊の白い花弁と金色の葉とをあしらった検事のバッジである。

秋霜烈日とは秋に降りる霜と夏の厳しい日差しを指し、刑罰や志操の厳しさを表しているともいわれている。

他には類を見ない、鮮やかなまでに鋭い印象のあるバッジだった。

「国安浩容疑者の保険金詐欺目的の殺人に関連する件で、おうかがいしたのですが…」

ゆっくりと聞き取りやすい口調で来署の目的を説明され、ああ、ああ…、と少しうわずった声で頷いた岸辺は、自分が少なからずこの若い検事の前で緊張していることに気づいた。

「容疑者は今、新たに詐称の件で取り調べ中ですが…」

知らず口の中に溜まっていた唾液《だえき》を飲み込み、岸辺は自分が出てきた強行犯係の部屋の中を示してみせた。

「それでは松木さんも？」

それがものを問うときの癖なのか、男は色素の濃い目をわずかに細め、尋ねる。

この若い男をひたむきなようにも、残忍なようにも見せる不思議な癖だった。

「松木はちょっと別件で打ち合わせ中です。もう二、三十分で終わると思いますが…、なんなら、中で少しお待ちになりますか？」

キタの地検からミナミにある浪速署まで、わざわざこんな時間に足を運んだ検事の労に報いようと、そして一方では若い英雄にでも接するような少し浮ついた気持ちで、岸辺は男の前に扉を開いてみせた。

「それではお言葉に甘えて」

野々宮と名乗った若い検事は、岸辺に導かれるままに部屋の隅の応接セットへと、長い四肢を折るようにして腰を下ろした。

そのまま野々宮をそこに待たせ、岸辺は自販機で冷えた缶コーヒーを二本買ってくると、一本を野々宮の前に置いた。

夜になり、昼の三十度近い暑さは引いたが、すでに初夏の気配を思わせて、最近になって改築されたばかりの新しい建物の中には、むっとするような湿気がこもっている。

大きく開けはなった正方形の窓からは、すぐそばの阪神高速環状線のうなるような騒音や排気音が、途切れることなく聞こえてくる。

他にも、赤信号を無視して渡る通行人への怒号やけたたましいクラクションの音など、ひっきりなしに何かしらの雑然とした音がして、夜になっても静まりかえるということを知らない地区だった。

窓から入り込んだ羽虫が、天井近くの蛍光灯の周囲をうるさく飛び回っている。

視線を上げた検事に、どうぞ…、と勧めて、岸辺は自分も缶のタブを押しながらその前に腰を下ろす。

「ありがとうございます、ごちそうになります」

野々宮は律儀に礼を言い、よく冷えた缶へと手を伸ばした。

若い検事の異様な存在感に圧されて気づかなかったが、よく見ると野々宮は鼻筋の通った、かなり端正な顔立ちを持っていた。

今は削いだような輪郭の鋭さばかりが目立ち、青いような印象もあるが、もう数年を経ればそれなりに貫禄も備え、そこそこの苦みが走ったいい男になるのではないだろうかと、岸辺は目の前の男を観察する。

「検事さんの指示で、谷崎陽造の写真を出身中学へ確認に行ったのは私なんですが、写真を見た時には本当に驚きました」

缶のタブを押した若い検事は、少し驚いたような目で岸辺を眺める。

「それはお手数をおかけしました」

頭を下げられ、いえ…、と岸辺は顔の前で手を振る。

「うまくは言えませんが、一瞬身体が震えるような興奮で…、こいつは大物がかかったんじゃなかろうか、とね。ちょうど釣りでガツンとすごい引きが来たような感覚ですよ」

そう簡単に表情を動かすと思えなかった若い男は、初対面であるにもかかわらず、驚くほど屈託のない笑みを口許に浮かべた。

「刑事さんは釣りをなさいますか？」

「ええ…、ええ、たまの休みにね。それ以外には趣味らしい趣味もないもんだから。あ、申し遅れましたが、私は強行犯係の岸辺と申します」

改めて名乗りながら、岸辺は黒い合皮の椅子の上でかしこまって一礼する。

予想していたよりもはるかに男らしく、二枚目ふうの容貌を持つ検事に、自分でも少しおかしいぐらいに、この若い英雄の前で気分が高揚しているのを感じた。

「私も下手の横好きでたまにぶらりと足を向けます。岸辺さんは主に何をねらって？」

「いや、私もせいぜいが浜の突堤なんかで釣るぐらいで、よくてチヌぐらいですがね」

「チヌがかかれば上等ですよ。私はこの間、須磨《すま》まで行って、まったくのボウズでしたから」

自分よりも一回り以上年下の検事が乗ってくるとも思っていなかった釣り談義にしばらく花を咲かせたあと、岸辺は松木達上司らがまだ打ち合わせ中の部屋の扉をちらりと眺め、声を潜めた。

「ところで検事さん、国安の件ですが、ちょっとうかがってみたかったんですが、谷崎陽造の身辺を洗い直せとおっしゃったのには、国安が取り調べの時に何か不審なことでも言ったからですか？」

野々宮は苦笑する。

「いえ…、どちらかというと訊かれたこと以外はほとんど何もしゃべらない男ですね。ああいうタイプの被疑者に多いように生活疲れしていて、感情の起伏がほとんどない。…鈍重《どんじゅう》っていうと言葉は悪すぎますが、実際のところは何を言っても感情自体が摩滅してしまっているようで、こちらの言葉が向こうの心に響かない。いちばん供述を引き出すのが難しいタイプですから、刑事さん方が取り調べで得られたこと以上は引き出せないでしょうね」

「じゃあ、なぜ？」

岸辺がずっと疑問だったことを短くつっこむと、野々宮は真顔でまっすぐに視線を岸辺の顔に当てた。

「向かい合って膝をつき合わせて座っていますと、はたしてこの男にこんなに手の込んだ殺人、保険金詐欺ができるのだろうかと思いました。もしかして誰かが筋書きを書いて、そのとおりになぞっただけなんじゃなかろうかと思いました」

岸辺は自分が考えているよりもはるかに容疑者を客観的に観察している男に驚く。

それとも、検事とは皆、こういう風に淡々と突きはなして観察するものなのだろうか。

「その共犯者については明日以降の取り調べでおいおい訊いていくつもりでしたが、一番引っかかったのは、被疑者が被害者の弟に対して申し訳ないことをしたと言うばかりで、その生い立ちや家族間の関係をほとんど話さなかったことでしょうか…。訥々とした答えを聞けば聞くほど、話したくないんじゃなくて、話すことがないんじゃなかろうかと、不思議な違和感を覚えました」

野々宮はわずかに目を細めると、首をかしげる。

「これははたして、血のつながった家族に対する感情なのだろうかと」

「それで身辺を洗い直せと？」

「ええ、実際には何かおかしいっていう、言葉にはしにくいほとんど勘に近い感覚だったんですが…」

結局はそれをうまくは言葉にできないのだろう。男は小さく肩をすくめる。

確かに勘とはそういうものだ。言葉ではない。何か別の感覚だ。

「数時間が経ってもしこりとなって引っかかっていたので、こちらのほうに問い合わせました」

ふむ…、と唸り、岸辺は空いた缶を何度も手の中でまわした。

若い検事の顔には、被疑者の身辺を洗い直せとあれほど執拗に松木に食い下がり、それをまともに取り合おうとしなかった警察の鼻をあかしてやったのだというような、青臭い気負いや驕《おご》りのようなものがいっさい見られない。

ただ、事件を一心に追うひたむきさばかりが感じられた。

向かい合って座っていると、その真摯なまでの人間性にひどく胸を打たれる。

この男は本人、あるいは周囲が思っている以上に不世出の検事なのではないかと、岸辺の胸が再び動悸を打ち出す。

世に名検事と呼ばれた検事達は何人かいるが、この若い検事もそうなのではないだろうかと、岸辺はじっと野々宮の男っぽい硬質な顔立ちを眺めた。

「失礼ですが、国安の取り調べのご担当の刑事さんは？」

野々宮という検事は、缶をテーブルの上に戻しながら尋ねてくる。

「明日は私が担当しますが」

岸辺が答えると、膝の上で軽く指を組んだ野々宮は、それはちょうどよかった…、と頷いた。

「住民票などが勝手に変更されたことなどを含めても、まず間違いなく国安には事件の協力者、あるいは指示者がいるはずです。共犯は誰か、どういう手口で銀行口座を作ったのか、そしてその手に入れた金を何に使うつもりだったのかなど、場合によっては勾留期間を延長してもかまいません。じっくり時間をかけて訊き出してください」

もしかしたら…、と野々宮は言葉を切った。

「もしかしたら、これはなんらかの組織的な犯罪の一端なのかもしれません」

Ⅲ

「伊能」

国税庁と合同で進めている商社の大型脱税事件に関する会議を終えたあと、会議室を出たところで伊能は後ろから短く声をかけられた。

「榛原さん」

会釈すると、大柄な男は廊下の隅で少し身をかがめて囁いた。

「野々宮君、また一つ事件のしっぽをつかんだらしいな」

「野々宮がですか？」

「そう、保険金詐欺目的の殺人事件。赤の他人が住民票やら健康保険証やらを勝手に書き替えて、本人になりすましてたのに気づいて捜査指揮だって」

榛原は腹の底に響くようなバスをさらに低め、ちょっとコーヒーでも飲みにいくか、と伊能を自販機コーナーに促した。

高度経済成長期に建てられた地検の建物は、コンクリートの固まりを重ねたような特有の重苦しいデザインのために、窓が小さく、建物の中は薄暗い。

七月――外はすでに日差しがきつく照りつけ、朝からうっすら汗ばむほどの季節だ。なのに建物の中は、昼間も蛍光灯で照らし出さねばならないほどに暗く、陰鬱な空気がこもっている。

どこか窒息しそうな閉塞感《へいそく》があって、伊能はあまりこの建物は好きではなかった。庁内を歩く時には、いつも無意識のうちに窓を目で探してしまう。

幸い、自販機の置いてあるコーナーからは、わりに明るめの光の入ってくる窓が見えることもあって、伊能は榛原がその場所を選んでくれたことにどこかでほっとしていた。

「で、その事件の住民票の変更や健康保険証の再発行なんかに、暴力団が関与していたらしい。保険会社から受けとった金は三割が暴力団に資金として流れることになってたとかで、警察のほうではあらたに計画に携わっていた暴力団幹部を逮捕したんだそうだ。これが暴力団の新しい資金源の一つじゃないかと引き続き捜査中らしいが…、たいしたお手柄だ、やるねぇ」

黒木から詳しい話を聞いたのか、自販機にもたれかかった榛原は愉快そうに目を細めた。この間、野々宮が言っていたあれか…、とその隣の自販機に硬貨を入れながら、話を聞いている伊能自身も、自分でも意外なほどに誇らしいような気分になる。

それではやはり野々宮の勘は当たっていたのだと、伊能は紙コップのコーヒーを口に含みながら少し笑った。

「なんだ、もう聞いてたか？」

伊能の笑みの意味を取り違えたのか、尋ねてくる榛原に、いいえ…、と伊能は首を横に振る。

「がんばってるなぁ、と嬉しくなって」

榛原も目を細める。

「福岡から異動してくる時の前評判を聞いたときには、たいした問題児なんじゃないかと思ったけど、どうしてなかなか優秀じゃないか。この間、話してみても気持ちのいい男だったけど、このままがんばってくれるといいね」

ええ…、とスラックスの隠しに片手を突っ込みながら、伊能はまるで自分のことのように晴れやかな気分で、初夏のまぶしい日差しの差し込む窓を眺めていた。

Ⅳ

七月、夏休みまであとわずかとなった土曜日、京都行きの電車の中は家族連れのレジャー客などでかなり混みあっていた。

——こいつが伊能、俺の中学校からの腐れ縁なんだ。

阪急京都線の特急の二人がけのシートに揺られながら、野々宮は渡瀬に伊能を紹介された時のことを思い出していた。

まだ野々宮が大学一年の時の話だ。昼の賑わいの去った学食で渡瀬に会い、頼まれていた自主制作の映画の主演の話を断った日だった。奨学金だけでは補いきれない生活費を工面するために、バイトで忙しいからと誘いを辞退した。

しかし渡瀬はまったく気を悪くしたふうもなく、あっさりと頷いた。

その時に渡瀬の横に一緒にいたのが、伊能だった。

渡瀬もすっきりとした容姿の男だったが、伊能も清潔感のある柔和な容貌だった。

長年のつきあいのせいなのか、二人そろって並んでいると不思議なほどにバランスのいいしっくりとした空気があった。

こんにちは…、と笑いかけてくれた伊能の笑顔は穏やかで、腐れ縁とは言ったものの、渡瀬自身もどれだけその長いつきあいの友人を大切にしているか、すぐにわかった。

その後も学内で、よく一緒の二人を見かけた。

互いの下宿も同じワンルームマンションの階違いにあるとかで、渡瀬に呼ばれて部屋に行くと、しばしば伊能がやってきていた。

広めのマンションなどを借りて、部屋代を折半にすればいいのにと言った野々宮に、さすがに男同士で部屋を借りるのは不毛だからね、と渡瀬に笑い飛ばされたこともある。

伊能が渡瀬を指差し、僕が一緒だとこいつが女の子を連れ込めないからね…、と笑いながら皮肉っていたこともある。

額面どおりにまともに言葉を受け取ったことはないが、実際、渡瀬はよくもてたし、伊能に強烈なアタックをかけている女の子がいたことも知っている。

それでも二人は時には仔犬のように無邪気にじゃれ合っていた。昔から気心が知れているとはこういうことかと、そこまで長いつきあいの友人はいない野々宮にとっては羨ましく思えたものだった。

それなのに…、と野々宮はかたわらで窓枠に肘をつき、窓の向こうに流れる景色を眺めている伊能の横顔を盗み見しながら思った。

淡いブルーの半袖のコットンシャツに身を包んだ伊能は、あの頃と変わりない清潔感を漂わせながらも、どこか疲れたような顔をしている。

少なくとも、十年前の伊能にとっては、渡瀬は誰よりも心を許し、頼れる存在であったはずだった。渡瀬の隣で、誰よりも打ちとけた様子であった伊能を、野々宮はよく知っている。

昨日もあまり眠れなかったと言っていた。

きっと、渡瀬とのことを考えて鬱々《うつうつ》としていたのだろう。

おそらく、伊能は真面目すぎるのだと思う。真面目すぎて、渡瀬に取り残された自分を、七年経った今でもまだ許せずに、責め続けている。

野々宮に会うことによって、さらにその罪悪感が増幅されたようにも思える。

「…何？」

野々宮の視線に気づいたのか、スーツを着ているときよりは幾分ラフに前髪を落とした伊能は取り繕うように笑い、寝不足のためか少し疲れたような目で鈍くまばたく。

「もうすぐ夏休みのせいか、家族連れが多いですね」

ああ…、と視線を巡らせた伊能は、父親の腕に抱かれて自分たちのほうを興味深げに眺める赤ん坊と目が合ったのか、にっこり笑って手を振った。

「僕たちももうすぐ休みをとれるけど、もう、昔みたいに休み前だからってわくわくしないね。しばらく休めるなあってほっとはするけど…、休みの間にあれもしなきゃ、これもしなきゃって考えるだけでまた疲れる」

「確かに学生の頃の充実感とは、ちょっと違いますね。あの頃は休みだっていうだけで、手放しで気力が盛り上がってきたから」

頷きながらも、野々宮は本当にこの人は疲れきっているんじゃなかろうかと、伊能が膝の上に抱いた緑の濃い樒《しきみ》を眺める。

野々宮は普段はほとんど無信仰に近いので、これまで渡瀬の墓前に行くときも、深く考えずに通りすがりの花屋などで仏前花を購入していた。

しかし、渡瀬の家とつきあいの長い伊能によると、渡瀬の家は戒律のかなり厳しい禅宗であり、仏前花などはすべて花のない樒になるらしい。

野々宮は宗教関係のしきたりには詳しくはないので、そのあたりはすべて伊能に任せた。

伊能のいる特捜部では、根気のいる裏付け調査や奸智《かんち》に長《た》けた被疑者との渡り合い、最低限これだけの自供はとれという上からの心理的圧力などで、時によっては取り調べを受ける被疑者自身よりも、取り調べを行う特捜検事のほうが消耗するという。

消耗しすぎて、一つの事件が終わると、次の事件までにある程度の充電期間を必要とする検事も多いと聞いている。そんなぎりぎりのせめぎ合いを延々続けていれば、渡瀬の問題を抜きにしても、伊能の過度な疲れはわかる。

京都に近づき、電車が地下に入ったせいで、急にあたりは暗くなった。

目に痛いほどに鮮やかだった夏の日差しは遮られて、代わりに人工的な白さを持つ蛍光灯が車内にいっせいに灯《とも》る。

「もうすぐですね」

野々宮は腕の時計に目を落とし、烏丸《からすま》での乗り換えを示唆する。

「そうだね…」

伊能は膝の橀に目を落としたまま、どこか上の空のような返事を返した。

二人は烏丸で地下鉄に乗り換え、鞍馬口《くらまぐち》で降りた。

渡瀬の家の墓は、京都の寺町通りにある曹洞宗《そうとうしゅう》の寺の境内《けいだい》にあった。

地下から上がっていくと、盆地である京都特有の暑さを証明するように、影も干上がるような暑さがすでにアスファルトの上に溜まっていた。

それでもぎらぎらとした外の暑さとは裏腹に、白っぽい石を敷き詰めた境内は綺麗に掃き清められ、表の通りとは一線を画した静けさがあった。

大きな欅《けやき》の木に止まった蟬の鳴く声だけが、その境内の静寂を破るように響く。

勝手を知った伊能がバケツや柄杓《ひしゃく》を借りに寺の建物の中へ入っていくのを、野々宮は見送った。

やはり伊能はスーツを着ると若干、しっかりとした身体つきに見えるタイプなのか、普通のコットンシャツを着ている背中はかなり細身だった。

すぐに伊能がプラスチックのバケツを提げて出てくるのを手伝い、野々宮はすぐ脇の水場でバケツに水を満たしながら、昔、渡瀬の死亡を連絡してきた伊能の電話を思い出していた。

――渡瀬が亡くなったんだ…。

普段と不思議なほどに変わりない平静な声で、伊能は一息に言った。

あまりに普段と変わりがなさすぎて、一瞬、何を言われているのかとゾッとした。逆にかえって平静すぎる声に、その内心の動揺が伝わってくる気もした。

おそらく伊能は、内心で動揺したり、落ち込んだりしていることを人には見せまいとして、かえって消耗するタイプなのだと思う。

「行こうか」

バケツがいっぱいになったのを見て、伊能が声をかける。

先に立って、眩《くら》むほどに日差しのまぶしい墓地の中を歩く伊能の背中に、野々宮は黙って続いた。

どれほど何度となく足を運んだのか、伊能はよく似た墓石の並ぶ中で、驚くほど正確に渡瀬が眠る場所を覚えていた。

しばらく黙って墓石の前に立ったあと、伊能は野々宮から受け取った柄杓で丁寧に墓石に水をかけた。

ぎらぎらとした照りつけるような日差しの中、御影石の上に水の滴り落ちる音が涼やかに響く。

一人っ子だった渡瀬を弔うために両親がよく参っているのか、両脇に挿された樒はまだしおれきってはいなかった。

古い樒を抜いて、新しい樒を挿す野々宮には、事務に向いた細い指で線香に火をつける伊能の白い横顔が、普段以上に血の気がないように思えた。

また、内心で一人残った自分を責めているのだろうかと、野々宮は少しやりきれないような、切ない気持ちになった。

渡瀬家之墓

渡瀬も決してそんなことを望んでいるわけではないだろうに、そして、伊能も充分にそれを承知しているだろうに、伊能が内心で自分を責め続けるのはいったいどうしてなのか…。

野々宮は両手を合わせる伊能にならい、自分も目を伏せて手を合わせる。

おそらく生真面目な伊能は、これからもずっと自分を責め、苛み続けるだろう。

うっすらと唇を開き、何かを一心に祈っているその様子は、かたわらで見ていても痛々しい。

伊能がその薄い瞼の裏に描いているだろう渡瀬への葛藤をすべて理解したい…、理解してやりたいと初めて思った。

そして、渡瀬との記憶に縛られて今にも窒息しそうな伊能を、そろそろ解放してやりたいと願った。

V

渡瀬の墓へ参った次の週の土曜の午後、一週間分の食料を買って帰ってきた伊能は、スーパーの白いビニール袋を提げたまま、官舎のドアのポストに無造作に突っ込まれたいくつかのチラシを取った。

外は昨日に続いて三十度を超える真夏日で、汗で濡れた半袖シャツが不快だった。

牛乳や卵を冷蔵庫にしまい、シャワーでも軽く浴びようと考えながら、キッチンのテーブルの上に置いていたチラシをなんの気なしに開く。

中古販売の不動産のチラシの間から、両面刷りのピンク色の紙がひらりと落ちた。

それを拾い上げかけ、伊能は細い眉を少し神経質に寄せる。

ピンク色の上質紙にいくつものあざとい写真が墨で刷られた、宅配AVビデオのチラシだった。

こんなチラシが官舎内のポストに放り込まれてゆくことが、普通に考えると珍しい。配る側が何も考えていないのか、それともある程度の需要でもあるのか、捨てても捨てても執拗にチラシは投げ込まれる。

昼日中から、自分は必要としていない猥褻なチラシを目の前に突きつけられるのは不快なものだ。また、それが直接ドアのポストに放り込まれていること自体、見知らぬ他人の不潔な欲望を一緒にポストの中へ入れていかれたようで、ひどく気分が悪い。

SM、スカトロものあります…、などのあからさまな文字に顔を歪めながら、拾ったチラシを指先でつまみ上げるようにしてゴミ箱へと持っていきかけた伊能の手が、チラシの裏面のある単語に反応して止まる。

卑猥な煽り文句に交じって、ゲイ、シーメールものあり…、という一文が見えた。

伊能は息を詰めるようにして、チラシをひっくり返す。

中身を紹介する文章のすぐ上の写真は、ノーマルなAVビデオのものよりはるかに不鮮明で粒子が粗い。数人の人間が絡まり合ってる程度のことしかわからないが、これまでまともに見ようとしたこともなかった吐き気がするほど卑猥で赤裸々な煽り文に、口の中がからからに渇く。

知らず、伊能はその場にへたり込んでいた。

『ゲイ』の文字から目が離せない。

何か欲望に直結する消せない呪文を、ふっと耳許にささやき込まれたようだった。

こめかみで血管が大きく脈打っているのがわかる。

唾液を飲み込もうとしても口の中は渇ききっていて、喉が痛い。

普通なら正視できないほどに猥褻なキャッチコピーを何度も目でなぞると、瞬時に腰からうねるようにダイレクトな欲望が突き上げてくる。

目の前が真っ白になっていくような、背筋が攣れるほどに強烈な欲望だった。

頭の中で何かがはじけ飛ぶ。

窓のレースのカーテンがすべて閉まっていることを慌ただしく目で確認すると、チラシを前に伊能はチノパンの前を震える指で開いていた。

自分の中の根強い嫌悪感から、そのゲイビデオの写真を正視できない。あえて若い女達があられもない姿で並んでいるチラシの表面だけを見て、ただの欲望処理にすぎないのだと自分の中で懸命に言い訳する。

すでに反応を始めたものに手を触れると、自分が目眩するほどに飢えていたことが知れた。

粒子の粗い写真の中でも見事なボディラインを誇る女達を前に、自分の豊かとは言えない女性経験を重ね合わせ、その柔らかさを想像する。

指に触れる髪のしなやかさ、温かな肌の質感、首筋を伝う汗、甘い匂いなどの既成のイメージが、異様なまでの速さで昂っていく行為に追いつかず、伊能は荒い息をつきながら唇を嚙む。

取り出したものを手の中で懸命に嬲《なぶ》りながら、伊能は最初に自分の欲望に火をつけた直接のイメージから、必死で目を逸らそうとした。

だが、際どいポーズで腰をひねった女達を眺めても、その下の卑猥な言葉の羅列を眺めても、欲望の大本から目を逸らせているせいか、ある一点よりは昂らない。

喘ぐ女を押さえつけ、後ろから激しく腰を使う想像を追っても、湧き上がる別の想像に気を取られる。

はち切れんばかりに反り返ったものを握りしめ、伊能は奥歯を嚙みしめた。

誰も見ていない、誰にも知られるはずがない…、自分の中で懸命にそう言い訳して、伊能はゆっくりと女達の裏に隠していたイメージを解放した。

七年前、渡瀬に抱き寄せられたときに感じた肩の厚み、腕の力の強さ、首筋に押しつけられた唇の熱さ。ゆっくりと脚の間を嬲られるときの焦《じ》れるようなもどかしさ、羞恥心。渡瀬の死から封印したきりになっていた行為を、そのまま重ねて想像していく。押さえつけられて、組み敷かれて、身体を開かれる。

ゆっくりと男の頭が下へ下がっていく。

立場を変えて女のように抱きすくめられることの快感、押しつけられる腕や胸の筋肉の硬さ、自分よりもまだ大柄な男の重み。

固く目を閉ざし、歪んだ妄想にふける伊能は両膝を立て、いつにない興奮に乾いた唇を何度も舐《な》めた。

ソックスの中で足の指が強く反り返り、フローリングの床を滑る。

一方的に主導権を握られ、両脚を大きく開かされ、熱い男の口中にねっとりと含みこまれる。舌使いは女などよりもはるかに強引で、巧みだった。

白い喉元を強く後ろに反らせ、顎を震わせて淫《みだ》らな想像に溺れる伊能は、やがて上半身を支えきれずに床へと倒れ込んだ。

妄想の中で自分を喉元深く咥《くわ》え込んだ男に、切れ切れの言葉にならない声で許しを請う。

こめかみを汗が伝い、湿った髪が硬い木の床にこすれた。

大胆に伊能を追い上げていた男が、伊能を口に含んだまま、ゆっくりと顔を上げる。

「…っ…！」

その顔を見た瞬間、反射的に腰が攣れるような感覚が走り、伊能は一気に達していた。

次々と吹き上げてくるものに腰を細かく痙攣《けいれん》させながら、伊能は涙目でレース越しの光を鈍く反射する硬いフローリングの床を眺める。

自分が何をしたのかはわかっているつもりだった。

目眩がするほど強烈な快感と解放感が去ると、どうしようもない虚無感が気怠《けだる》さとともにやってくる。

とうとうやってしまった…、そう思うと自然に涙が溢れ出した。

いつもならとうてい我慢できないはずの、生温かくどろりとした白い液体が手や衣服を汚す不快感にすら気づかないまま、伊能はキッチンの床に横たわり、いくつも涙をこぼす。

渡瀬の死から長らく目を背け続けてきた欲望を目の前に突きつけられ、あまりの虚脱感に打ちのめされて、しばらくは身動きすらできなかった。

達する直前、最後に両脚の間で顔を上げた男の顔にもショックを受けた。

それは昔、そうやって伊能を追いつめた渡瀬の顔ではなく、恐ろしいことに今の野々宮のものだった。

最後に野々宮の顔を思い描いて絶頂に達したことが、どうしようもなく伊能を打ちのめしていた。

まわりにいる男なら、誰でもいいのか…、そんな虚しさがこみ上げてくる。

欲望を覚えた相手が渡瀬だけであれば、まだ、渡瀬の人となりに惚《ほ》れ込んで同性同士というタブーを乗り越えたのだと言い訳できる。

しかし、野々宮ですらその歪んだ欲望の範疇《はんちゅう》に取り込んでしまっているのなら、もう自分は同性愛者ではないのだから、という言い訳は利かないだろう。

どれだけそのままの姿で転がっていたのか、やがて伊能はのろのろと床の上に身を起こした。

取り出した自分のものを握ったままになっていた指には、固まりかけた精液がこびりつき、潔癖な一面のある伊能をさらに滅入《めい》らせる。

汚れたチノパンを、伊能は同じように汚れたボーダーのサマーニットや下着、靴下などとともに、キッチンの隅のダストペールに放り込んだ。身につけたものすべてが、自分の歪んだ欲望で汚れたようで、視界に入ることすら我慢できなかった。

そして、そのままの姿で風呂場へと向かう。

どこかで放心したまま、伊能は長い時間をかけてシャワーを浴びた。

結局は…、伊能はしぶきをたてて流れ落ちてゆくぬるま湯を見下ろしながら思った。

結局は本質的な部分で自分は同性に惹かれるのか…、と。

ずっと昔から、それこそ中学の頃から、渡瀬には焦がれ続けてきた。

ただ、自分の中で決してそんな欲望を認めたくはなくて、ずっと目を逸らし続けてきた。

だから、学生の頃も女の子から交際を申し込まれれば応じた。

修習時代のあの日、渡瀬に抱きすくめられた時には、まったく叶《かな》うとは思っていなかった恋に、狂喜するよりも先に、思考のいっさいが止まった。

喜びとは裏腹に、心のどこかで、同性に惹かれる自分が無意識のうちに渡瀬をどこかで誘っていたのではないかと、恐ろしかった。

渡瀬と肌を合わせたのは一度きり。

好きな相手に抱きすくめられる行為に一度は恍惚《こうこつ》となったものの、一方で日増しに罪の意識で恐ろしくなっていった。

おそらく、先に親友を好きになるという禁忌を犯したのは伊能だ。

それは誰にも言ったことのない、渡瀬にすら言ったことのない伊能の秘密だった。

自分でも許せないほど卑怯なことに、関係したあとも伊能は自分の気持ちを渡瀬に告げなかった。告げないまま、ただ渡瀬に迫られ、戸惑うふうばかりを装い続けていた。

伊能は自分の保身を考えるあまり、醜くよじれて歪んでいた。

結局は自分に振り回された渡瀬の想いなど、とても考える余裕はなかった。

渡瀬が真剣になればなるほど、恐ろしくてたまらなくなった。

何も知らない渡瀬は、腕の中で達した伊能の髪を撫でながら、伊能が完全に自分のほうを向くまで、時間をかけて待つと言った。

それでも、二人きりになった時に自分の恋愛感情を危うく漏らしてしまうことが恐ろしくて、前から約束していた北海道への旅行に野々宮を誘おうと、伊能はなんの計算もないようなふりで言い張った。

野々宮が家の都合で来られないと聞いた時、参加する義理の薄い親戚の葬儀を言い訳に、渡瀬と二人での北海道への旅行を断ろうとした。

少しでも結論を先送りにしたかった。その旅行の時でなくとも、まだまだ考える時間はあると思った。

社会からの白眼視、崩れ去る世間体、剝き出しにされる好奇心、両親への親不孝など、考え出すときりがなかった。

同性愛など、不毛なばかりの響きを持つように思えた。

日本で最難関の試験と呼ばれる司法試験に合格し、未来は明るく開けているはずなのに、今後、渡瀬との間にその不毛な関係を作ることを考えると、恐ろしさに息も詰まりそうだった。少しでも結論が先に延ばせるのなら、延ばしたかった。

だから、下手な言い訳を盾に、伊能は逃げようとした。

おそらく、渡瀬はそんな伊能の狡さや保身、葛藤に気づいていたことだろう。

渡瀬は少しも伊能を責めようとしなかった。

おみやげを楽しみにしてろよ…、との渡瀬の言葉に、とうとう伊能も覚悟を決めた。

葬儀が終わったら途中から渡瀬に合流したいと、電話口で渡瀬に伝えた。

多分、蚊の鳴くような声だったと思う。

無理しなくてもいいんだぞ…、と言った渡瀬に、伊能は大丈夫だと答えた。

それははっきり言えたと思う。

わかった…、と渡瀬は答えた。

楽しみにしてるからと言い残して、あの夏の北海道へと渡っていった。

そして、それきり渡瀬は帰ってこなかった。伊能と離れた北の街で、たった一人で逝ってしまった。

あれ以来、恋などしたことがない。

もう、自分にはその資格すらない。

あれが同性相手に叶う最初で最後の恋であったかもしれないのに、宙ぶらりんとなった伊能の想いも性的指向も、すべてはあそこで止まったままだ。

渡瀬への欺瞞《ぎまん》の報《むく》いなのか、一人不様に取り残され、何もかも未消化のうちに止まったままだった。

渡瀬への申し訳なさで、もう、思い出すことすら辛い。

タイルの壁に手をつき、伊能は頭の先から滴り落ちる湯を拭いもせず、赤く充血した目でじっと排水溝へと流れていく水を見下ろしていた。

ふいにけたたましく鳴るベルの音に、伊能は跳ね起きた。

鳴り響く電話の呼び出し音に重なって、遠くで雨の音が聞こえる。

雨のせいか、それともそれだけの時間が経過したのか、障子越しに入ってくる光は乏しく、部屋の中は薄暗い。

そして、クーラーのせいもあるだろうが、真昼とは違ってやや肌寒くも感じられた。

シャワーを浴びたあと、畳の上でいつの間にか眠り込んでしまっていたようだった。

伊能は薄暗い部屋の中でじっと身を起こしたまま、しばらくの間電話をとろうか、とるまいかと考えていた。

そうやって迷っていると、やがて電話は切れた。

少しほっとして身体の緊張を解くと、すぐにまた電話のベルが鳴り始める。

伊能は溜め息をつき、のろのろと立ち上がった。

この時間ならおそらく高槻《たかつき》の実家からだろうが、気分的には胸に何かが重苦しく塞《ふさ》がったようで、あまりのんびりとした母親の世間話などにつきあいたい気分ではなかった。

早く諦めて切ってくれるといいのに…、と思いながらも、電話を鳴りっぱなしにしておくのも気分が悪くて、伊能はリビングを横切り、受話器を上げた。

『伊能さんのお宅ですか？』

意外なほどの近さで、硬質な男の声が名乗った。

はい…、と答えながらも、声の近さから市内電話かとちらりと思った。

『野々宮ですけれども…』

野々宮は短く名乗り、そして少し笑った。

『なかなか出てこられないからお留守かと思った』

「ああ…、少し…、少しうとうとしてたから…」

あれだけの罪悪感に苛まれながらも、野々宮の声を聞いてどこかほっとしている自分を感じ、伊能は歯切れ悪く口ごもる。

『寝てらっしゃったんですか？　お休みのところをすみません。べつにたいした用事じゃないので、なんだったら切りますが』

「気がついたら寝てただけだから、起こしてくれて助かった。何か用？」

言い募る自分が、どこかで野々宮の声にすがろうとしていることを意識する。

電話に出ることすら億劫《おっくう》であったのに、野々宮の声を聞いたとたん、一人きりでこの暗い部屋の中に閉じこもっていることが、急に寂しく思えた。人恋しくなった。

『妹がね、今、こっちに車で向かってるらしいんです。兄妹で飯食うのもなんなので、よかったらご一緒にいかがかなと思って』

そういえば、前に自転車で送ってくれた時に野々宮が、今度妹と一緒に飯でもどうかと言っていたことを思い出す。伊能は無意識のうちに頷いていた。

こんな惨めな気分で、一人きりで夕飯を食べる気にはとてもなれなかった。

野々宮の妹がどんな子だろうとかまわない。とりあえずは、ほっとできる相手と一緒にいたかった。

「行くよ。どうせ、何も予定なんかなかったし」

『よかった。じゃあ、ご一緒しましょう』

野々宮は、妹が来たら直接拾いにいくから…、と断り、電話を切った。

受話器を置き、そのまま薄暗い部屋でなんとなくずるずるとリビングの床に座り込みながら、伊能は雨の音を聞く。

野々宮の声を温かいと思った。

人恋しくて、どうしても一緒にいたくなって、おそらく妹と引き合わせてくれようとしているのだろうに、そんな手前勝手な都合で食事を承諾した。

また、自分勝手な都合で相手を振り回した、渡瀬の時の二の舞になるのだろうかと怯えながら、伊能は素足に触れるひんやりしたフローリングの床を見下ろす。

それとも、本当に男なら誰でもいいのだろうか…と頭を抱え、伊能は初めて渡瀬以外の同性を思い描いて自慰で達した瞬間、頭の中で無意識のうちに描いていた野々宮の顔を苦く思い起こす。

どうしようもなく最低な、行き場のない濁った思考は、雨音の中に暗く澱《よど》んでいる。


「伊能さん、やっぱりお兄ちゃんとやる時は、ハンデ五十ぐらいじゃだめですね。七十ぐらいつけさせてもらわなきゃ」

赤いマーチのハンドルを握りながら、運転席で妹の佳奈がぼやく。

伊能が後部座席で薄く笑った気配がした。

「じゃあ、俺はハンデ五十つけとくよ、なぁんてさくっと言うから、ああ、そうなのかって流しちゃいましたけど、あのレベルでプラス五十なんて狡いわよ」

安価で美味しいと評判のイタリア料理店で夕食をとったあと、身体を動かしたいという妹の提案を受け入れて三人でボウリングに行ったが、結果は二人に大きく差をつけて野々宮の圧勝だった。

「わかったよ、今度一緒に行ったら、好きなだけつけろ」

野々宮は息巻く妹を軽くいなし、少し沈んだ雰囲気の伊能を振り返る。

「伊能さん、お疲れなら寝ててください。ついたら起こしますから」

「うん…。ごめんね…」

いつもの穏やかさに比べるとかなり倦《う》んだ声で答え、伊能は目を閉ざす。

街灯に照らされたその顔は疲れのせいなのか、かなり青ざめて見える。

「お疲れなのかな？」

その伊能の表情の一部始終をバックミラーで見ていたのか、佳奈は声をひそめて言った。

「過酷な部署だしな」

野々宮も短く応じる。

今日も会った時から、伊能の冴えない表情や雰囲気が気になっていた。

電話で誘った時も、疲れたような声とは裏腹に、どこか人と話せてほっとしたというような雰囲気があった。

物静かで、疲れたとか体調が悪いだとかいった、愚痴めいたことを一言もこぼさない男なだけに気になった。渡瀬のこと以外にも、仕事や対人関係で過剰なストレスでも抱え込んでいるのだろうか。

「だいたいおまえ、どうして今日、わざわざ来たんだよ？」

「だって、休みだっていうのに、お兄ちゃんがうちに帰ってこないからじゃなーい。お母さんが保存の利くお総菜作ったし、お兄ちゃんに持ってけ持ってけって言うから、わざわざ堺から運んできてあげたの。せっかく大阪に戻ってきたのに、うちに帰ってこずにさっさと部屋借りちゃうし。お兄ちゃん、もうちょっと親孝行してあげてもいいんじゃないのー？　お母さん、寂しがってるよー」

根が陽気な妹は、おかげで休みが半日つぶれちゃったのよ、と笑いながら軽く睨む。

薄い夏物のニットに薄化粧で、そんな無邪気な憎まれ口でさえ、我が妹ながらなかなか可愛いじゃないかと、野々宮はあえて口には出さずに心の中でだけほめておいてやる。

妹がやってくるというので、母親との以前のやりとりもあって伊能に声をかけてはみたが、はたして伊能がそれをどう思ったかはわからない。

妹はこのように人なつこくて明るい性格だし、伊能もいつものように穏やかで紳士的な物腰で、表面上はとても和やかに時間は過ぎたが、二人にとってはかなりの過干渉であったかもしれない。

次の恋をすれば伊能も少しは楽になるのではないかなどというのは、所詮、野々宮の勝手な思いこみだ。男女間の取り持ちなど慣れない真似はするもんじゃないと、野々宮は溜め息をつきながら助手席のシートにもたれ込んだ。

昼過ぎから降り出した雨は夜になっても一向にやむ様子もなく、梅雨明け前のしとしとした静かな雨を降らせ続ける。ワイパーが規則的に動くなか、対向車のライトがいくつも過ぎていった。

伊能の官舎は、比較的広い敷地の中にこれといった特徴のない、まったく同じ形の四角い棟が五つほど並ぶうちの一つだった。

法務省だけでなく、他省の独身から四十代ぐらいまでの世帯が入った、どちらかというと家族向けの広さを持つ官舎である。

極力、伊能が濡れなくてすむよう、野々宮は妹に言って棟の前に直接車をつけさせた。

「今日は本当にありがとう。楽しかった」

黄色い蛍光灯に照らされた、コンクリート造りの官舎への階段の上り口で、伊能が丁寧な礼を言って頭を下げる。

「伊能さん、本当に大丈夫ですか？　顔色が悪い」

ボウリング場で見た時よりもはるかに顔色の悪い伊能の顔を眺め、野々宮は眉をひそめた。

「大丈夫。平気だから…、誘ってもらって嬉しかったし。気をつけて帰ってね。佳奈ちゃんも」

「じゃあ、部屋に帰ったらゆっくり寝てください」

もう濡れるから上がってくれと言ったのにもかかわらず、伊能は雨の中で律儀に手を振って車を見送った。

「伊能さん、しんどかったのかなぁ」

官舎の敷地内を門のほうへ向かって車を走らせながら、佳奈がぽつりと呟く。

「ああ…」

笑ってはいたものの、ひどく疲れたようだった伊能の表情を思い出しながら、野々宮は生返事を返す。

「どう見ても大丈夫な顔じゃなかったよね。伊能さんって、すごく温厚でまわりに気を遣う人みたいだから、倒れるぐらいに辛くても、笑って大丈夫って言いそうだもんね」

「…そう見えるか？」

妹の目から見てもそうなのかと、野々宮は佳奈の横顔をあらためて見る。

「うん、保育所のほうにもいるんだぁ、ああいうタイプの子供。聞き分けがよくって、私達にとってはすごくいい子で扱いやすいんだけど、すっごく自分の中ではストレスためてるのよね」

「ストレス…、子供がか？」

「子供だってストレスはあるよ。大人ほどうまくものが言えなくて純粋な分、すごくピュアなストレス溜めるよ」

「ピュアなストレスな。初めて聞いたよ、そんな言葉」

茶々を入れる野々宮に、佳奈は真面目に聞いてと横目に睨む。

「でね、そういう子って他の子みたいにわがままの言い方とか、喧嘩の仕方を知らないから、まわりの大人の気を引けないのよ。それでもって大人のほうは、何々ちゃんは優等生だから大丈夫って思ってるもんだから、必要以上に甘やかさないでしょ？　そしたら、結局は自家中毒みたいなかたちになって、極限まで達したストレスが爆発しちゃうの」

からかってみたものの、妹の言い分にも一理あると野々宮は身を起こす。

「それってどう対処するんだ？」

「だいたいは感受性の強い子供が多いから、『甘えても大丈夫だよ、わがまま言ってもいいんだよ』って、言い聞かせながらゆっくり甘やかしてあげる感じかなぁ。そういう子って、安心して甘えられる相手もけっこう限られてるから、そういう人じゃないとダメなんだけど」

「それはなかなか難しいな」

伊能にとってはそれが渡瀬だったのだろうかと、野々宮は思う。

昔の伊能はそんなに脆《もろ》くも見えなかった。その分、渡瀬と共にいた時の独特の空気感は今も覚えている。

「まさか伊能さんは大人だし、自家中毒なんか起こさないでしょうけど…、一人暮らしだし、誰もご飯とか用意してくれないから心配よね」

確かに野々宮も松山にいた時、中学の頃以来ひいたことのなかった風邪で、三日間ほど高熱を出し、立会事務官が心配して様子を見に来てくれるまで、お粥《かゆ》一つ口にできずに、ずいぶん消耗した。

明日も休みだ。ゆっくり寝る分にはいいだろうが…。

「おい、佳奈。やっぱり車停めてくれ。伊能さんの様子見てくるから」

唐突に言い出した野々宮にも異を唱えず、妹はおとなしく敷地の門のところで車を停めた。

「あ、お兄ちゃん」

降りようとドアを開けたところで、佳奈は野々宮を呼び止めた。

「なんだ？」

「お母さんに誰かいい人でも紹介してやってくれって、頼まれたのかもしれないけど…」

妹は母親似の大きな目で、まっすぐに野々宮の顔を見上げた。

「私、一応、今つきあってる人いるからね」

「え？」

野々宮は半袖のシャツが濡れるのにもかかわらず、しばらくの間、少し間の抜けた顔をつくっていた。

「ちゃんと彼氏がいるの。すっごく、オットコマエな彼氏がね。だから、伊能さんはすごくいい人だとは思うけど、そういうわけで紹介されてもおつきあいできないの。ちゃんと先に確認してよ、別に隠しちゃいないんだから」

運転席から助手席のほうへと身を乗り出したまま、今日のボウリングは楽しかったけどね…、と妹は呆れ顔で肩をすくめた。

「なんだ…、そうなのか…」

やはり最初に妹に会った時の自分の勘は外れていなかったのだと、野々宮は今さらながらひどくばつの悪いような思いになる。

誰かと引き合わせるとあらたまって言えば、見合い話などといった形式張ったものを嫌う妹のことなので、きっと嫌がるに違いないと黙っていたのが裏目に出た。

「ねぇ、濡れないように、これ持っていって」

佳奈は後部座席から赤い女物の傘を取り出し、野々宮に渡した。

「ごめんね、せっかくお兄ちゃんに気を遣ってもらったのに。まさかお兄ちゃんが、私に誰か紹介してくれる日が来るなんて思いもしなかったのよ」

嬉しかったわ、ありがとう…、と最後に手を振り、佳奈は車を発進させた。

やっぱり慣れない真似はするもんじゃない、と野々宮は溜め息をつき、女物の一回り小さな赤い傘の下から、車のテールランプを見送った。


ピンポーン…、と少し間延びしたチャイムの音に、玄関を入ったばかりの暗がりの中で、膝を抱えて座り込んでいた伊能は、のろのろと顔を上げた。

野々宮やその妹と笑って別れたまではいいが、部屋に戻ってくると考えていた以上の途方もない虚無感がやってきて、結局、玄関のドアを閉めるなり座り込んでしまっていた。

こんな時間に、いったい誰がやってくるのだと思いながら、伊能は身を起こした。

さらに続けて、ピンポーン…、とチャイムが鳴る。

暗闇の中でソックスのままコンクリートのたたきに下り、手探りで重い鉄の扉を開けると、そこには少し呆れ、驚いたような顔の野々宮が立っていた。

「…野々宮？」

階段の踊り場の蛍光灯の明かりに少し目をしょぼつかせながら、自分よりも背の高い男を見上げると、強い力でドアをさらに外側へ引き開けられる。

「伊能さん、明かりもつけずに何やってるんです？」

野々宮はいつにない強引さで、半身をドアの内側に割り込ませながら尋ねた。

野々宮の指がそのまま手探りで壁のスイッチをつける。

すぐに真っ暗だった玄関先が、天井のライトに照らし出された。

「どうしてここへ？」

尋ねる肩を押され、そのまま部屋の中へと押し入れられる。

すぐに野々宮も靴を脱ぎ、白いビニール袋を手に提げたまま、リビングやキッチンの明かりを次々とつけていった。

「具合が悪そうだったから、様子だけ見てすぐに帰るつもりでした。少し、謝りたいこともあったし…」

野々宮は、レトルトのお粥やカップスープなどの箱が透けて見える、コンビニの袋を掲げてみせる。

「妹さんは？」

「あいつは先に帰しました。俺なら、ここから電車で充分に帰れますし」

野々宮は振り向き、そして眉をひそめた。

「伊能さん、気分が悪いんですか？」

手を伸ばして額の熱を確かめながら、野々宮は尋ねる。

しっかりした熱さを持ったその大きな手のひらから、伊能は邪険にならない程度に身を引き、逃れた。

「たいしたことないよ、少し…」

少し…、と言いかけたものの、そこから先の適当な言い訳の言葉が浮かばず、伊能はゆっくりと目の上を覆う。

「精神的に弱ってるのかもしれない…、それだけだよ」

部屋に向かい合って立つ野々宮の存在が異様に大きく見えるせいで、普段は漏らさないはずの本音がぽろりと漏れる。

「今日、泊まっていっていいですか？」

半袖シャツにジーパンというラフな姿の野々宮は少し身をかがめ、伊能の視線を下からすくい上げるように覗き込み、低く尋ねた。

形は疑問形だったが、その意志をくつがえすつもりがないことは、声の迫力だけでそれと知れた。

この男を泊めれば、自分の後ろめたい性的指向を知られてしまうかもしれないと思いながら、それを拒む強い理由もない伊能は、愚鈍な家畜のようにのろのろと頷いた。

もう野々宮は知っているのだから…、という怯えと諦念、開き直りも、同時にちらりと胸をかすめる。

「布団敷いときますから、風呂に入ってきてください」

野々宮は、意外なほどに優しい仕種で伊能の背を押した。

無骨に見えるが、自分が考えているよりもこういう場に慣れているのかもしれないと、伊能は自分の知らない野々宮の過去の女たちを憎んだ。

そして、野々宮にすらこんな思いを抱くようになればおしまいだと、伊能はぐずぐずに崩れ始めた思考に耐えかねて、洗面所の床に座り込む。

伊能にかわって浴槽に湯を落とし、脱衣所も兼ねた洗面所へと顔を出した野々宮は、伊能の腕をつかんで引っぱり起こし、逆らえないほどの強引さでシャツのボタンを外し始めた。

「大丈夫、少し疲れてるだけですよ。ゆっくり温まったら、ほっとしますから」

お湯はちょっとぬるめにしておきました、と野々宮は色っぽさとはほど遠い、母親が子供にするような仕種で伊能のシャツを脱がせる。

「あとは自分でやるからいいよ」

伊能は野々宮の目から自分の肌を隠すようにしてうつむいた。

野々宮が過剰なまでに心配しているのか、それともここまでの心配をかけてしまうほど、自分の行動が常軌を逸しているのかよくわからない。

野々宮はそれ以上は何も言わず、洗面所とリビングとの境の引き戸を閉める。

伊能は動揺が過ぎて頭の中が真っ白のまま、のろのろと時間をかけて身体を洗い、半ばまでたまった湯の中に手足をつけた。

そのまま浴槽がいっぱいになるまでの時間をかけて、ゆっくりと温まる。

狭いステンレスの浴槽の中で、色素の薄い手足は異様なぬめりを帯びて見え、気持ちが悪い。

今日、これまで感じたことのないほどの快感と引き替えに、はっきりと認識した自分の同性愛指向は、優等生的な価値観を持つ伊能にはあまりにも強烈すぎて、これからどうやって向かい合っていけばいいのかわからない。

自分は淡泊なのだとばかり思っていた。普段はずいぶん機械的に処理していただけに、今さらになって抱えた性的指向が重い。

もちろん、アブノーマルさを嫌う潔癖な性格上からも、職業倫理上、最も硬派ともいえる検事の仕事柄からも、カミングアウトするような勇気はかけらもない。

かといって、これから先、ずっとこの性指向を人の目から押し隠していかなければならないかもしれないことを考えても、その重圧だけで吐きたくなるほどの抑圧感を感じる。

男子校育ちのせいで、渡瀬以外の人間は目に入らなかっただけだと自分に言い訳していた理由も、これまでつきあった女性達との関係にあまり身を入れることができなかった理由も、すべて見事なまでにつじつまが合って、それ以上は想像したくもなかった。

発展的な思考が何もできないままに黙って湯の中の自分の手足を見つめていると、部屋のほうから野々宮が立ち動く気配がした。

まなじりをいっぱいにまで吊り上げ、水棲動物のように生白い自分の手足を睨みつけていた伊能は、反射的に浴室のドアのほうを振り返る。

立ちこめた湯気の中で、ピチャ…、と湯が鳴った。

それでも野々宮が布団を敷いている気配、人がいる気配にほっとした。

マイナスのほうへと大きく傾いたまま、ピリピリと張りつめていた神経が、ふっとゆるんだようだった。

野々宮が泊まると言い張ってくれたわけはこれなのかと、少し安堵しながら伊能は膝を抱える。

こんなにも人の存在を恋うている、こんなにも他人の存在に安堵する自分がいる。

なのに、こんな性指向を抱えていては、これから先もずっと一人だ…、そう思うとまた惨めになって、目頭が熱くなった。

これまで何とか自分を取り繕っていたみっともない鎧《よろい》が、たわいもなくぼろぼろと剝がれ落ちてゆくように思える。

どうすればいいのか…、あてどない思考に溺れ、伊能は長い間、浴槽の中で膝を抱えていた。

野々宮の横で何度も寝返りを打っていた伊能が、ようやく寝息をたて始めたのを野々宮は背中越しに感じていた。

伊能が恐ろしく消耗しているのがわかる。

張りつめた神経は、横にいても痛々しいほどだった。

この人がこんなに弱るなんて…、と野々宮は、以前に自分の部屋で見た伊能のひどくバランスの悪い表情を思い出していた。

妹には特捜は過酷な部署だからと言い訳したが、本当は伊能のストレスは渡瀬との関係や、それにまつわる性的指向が原因なのではないかと思っている。

これまでにも徐々に伊能の中に巣くいつつあったのが、自分と再会することによって触発され、最近になって急に伊能の中で大きく膨らみ始めたのではないか…、野々宮は寝返りを打つ。

この前、一緒に渡瀬の墓へ行ったのも、またなんらかの原因になっているのかもしれない。

闇に目が慣れたせいか、枕元のデジタル時計の薄明かりに、同性にしては驚くほど華奢な伊能の肩がはっきりと浮かび上がって見えた。

確かに男の骨格だったが、もともと着太りして見えるのだろう。パジャマ一枚の肩は、スーツを着ているときに比べれば格段に薄かった。

学生時代に比べても、やはり痩せたのだと思う。

このまま一人にすれば、思いつめて何かしでかすのではないかと無理やり泊まり込んだが、野々宮とてこれから毎日泊まり込むわけにもいかない。

根本的な問題を解決しなければ…、とゆるやかな寝息に上下する伊能の肩先を見つめていた野々宮は、その伊能の息が次第に乱れ始めたことに気づいた。

不審に思って身体を起こしかけると、さらに伊能の息は乱れた。荒い呼吸の合間にまるで子供のひきつけのように、ひくっ、ひくっ…、と喉の奥が小さく攣れるような音が漏れ、伊能の肩や布団から覗く手首が、細かく震える。

「…伊能さん…?」

野々宮は低く声をかけ、そのまま無理にでも揺り起こそうかと腕を伸ばしかける。

「…あ、…あ…」

何かから身を守るように、徐々に華奢な背を丸め始めた伊能が、小さく呻《うめ》くような声を漏らした。

「…伊能さん？」

何かの発作ではないかと、身体を起こした野々宮は、伊能の肩に手をかけた。

瞬間、横たわった伊能の身体が、何度か大きく引きつるように反り返る。

「…あ、…あっ、…あーっっ！」

止める間もなかった。

ふいに、伊能は強く喉元を指先で掻《か》きむしったかと思うと、長く尾を引く大きな悲鳴をあげて、跳ね起きた。

「伊能さん⁉」

伊能は叫び声をあげた口を強く押さえ、肩で大きく喘ぎ続ける。

その間も叫びが止められないのか、手で覆われた伊能の口許から、悲鳴にも似たかすれた声が漏れ続けた。

「伊能さん！」

肩をつかんで強く揺さぶると、ようやく伊能の声が止まる。

「大丈夫ですか？　しっかりしてください…」

夢からまだ醒めきらないのか、口を覆ったまま、呆然《ぼうぜん》と宙を見据えた伊能に穏やかに声をかけながら、野々宮はゆっくりとこわばった背中をさすってやった。

「…野々宮…？」

ひどく頼りない伊能の涙声に野々宮は頷いてやる。

「何か悪い夢でも見ましたか？」

穏やかに尋ねると、伊能は顔を覆い、やがて静かにすすり泣き始めた。

「大丈夫、伊能さん。何も怖いことなんてないから…」

突然泣き出した伊能に驚きながらも、野々宮は子供をあやすように何度もその薄い背中を撫でてやる。

自家中毒という妹の言葉が、今さらながらに頭をよぎる。

「渡瀬がバラバラになってる…、道の上に、轢《ひ》かれてバラバラに散らばってるんだ…」

「渡瀬さんが…？」

らちもない夢の話に穏やかに尋ね返してやると、伊能は布団を握りしめたまま、こっくり頷いた。

「償わなきゃいけない…。僕は僕の罪を償わなきゃいけない…」

あとはほとんど聞き取れないすすり泣きとなった。

「伊能さん、明かりをつけますよ。いいですね」

取り乱した伊能を暗がりの中でうまくなだめるすべを思いつかず、野々宮は短く断って天井から下がった蛍光灯のひもを引いた。

軽いちらつきのあとに灯った電気の眩しさに何度か目をしばたたかせ、野々宮は布団の上に膝を抱える伊能を見下ろす。

ふいの明るさに驚いて泣きやんだ伊能の表情は、泣き疲れた子供のように放心しきったものだった。

「渡瀬さんが夢に出てきたんですか」

布団の上にあぐらをかいて座り直しながら、野々宮は尋ねる。

蛍光灯の明かりのせいで夢から醒めたものの、今度は激しい虚脱感にとらわれているのか、伊能は無言で頷いただけだった。

ただ無意識なのか、自分で掻きむしった喉元を何度も指先で撫でている。

「喉、痛みますか?」

尋ねると、伊能は首を横に振った。

「…いや、もう平気だから…、よく見る夢なんだ…。渡瀬が包帯でぐるぐる巻きにされて、白い柩の中にいたり…、道路に散らばった肉片を僕が集めてたり…」

いつもの伊能の声だったが、圧《お》し殺したように低いのが気になった。語る夢の内容も尋常ではない。

「渡瀬さんとのこと…、訊いてもかまいませんか?」

伊能は力のない視線をゆっくりと野々宮へ向けた。

「伊能さんが嫌なら無理強いする気はないんですが」

まっすぐに見つめ返すと、今度は逆に伊能のほうが視線をシーツの上に落とした。

観念したのか、シーツの皺を見つめたまま、伊能は何度か深く息を吸い込む。

「昔…、渡瀬に好きだって言われたんだ」

伊能は足首をさすりながら、ぽつぽつと話し出した。

「修習時代にあいつの部屋で…、いつもみたいにたわいもないことを話してた時だ」

こんな話を聞いて軽蔑しないかと、伊能が涙目で何度も念押しするのに、野々宮は頷いてやる。

「突然で、何をどうしたらいいのか、その時は動揺しててよくわからなくて…」

言いかけて、伊能は鈍く首を横に振った。

「いや…、本当は僕は、ずっと渡瀬のことが好きだったから…、どこかでずっとそうなることを望んでた」

伊能は無意識なのか、息を詰めて何度も唇を噛みしめる。

「でも…、渡瀬は多分、僕の後ろめたさに気づいていたんだと思う。悪かったって…、ゆっくり結論を出してくれればいいって…」

悪いのは渡瀬のほうじゃなかったのに…、そこまで言って、伊能は深く溜め息をつく。

「僕は怖かった。そんな実りのない関係…、これから先も渡瀬とはずっとつきあっていきたいのに…、そんな世間から後ろ指をさされるような、人目を忍ばなければならないような関係になる勇気は、僕にはとてもなかった。だから…、渡瀬に押し切られたようなふりをした」

野々宮はあの日、渡瀬の部屋の玄関で見た伊能の靴を思い出す。

何があったか、知らないわけではなかった。でも、それが二人の選択なのだと思った。

「好きだと言われても、どこかで自分はそうじゃないからっていう顔を装い続けてた。でも、あの時約束していた北海道旅行に一緒に行けば、もう、いつまでも黙ってはいられない。渡瀬に強いられなくても、自分が応じてしまうんじゃないかって、そう思うと恐ろしくなって…、その覚悟もなくて…、親戚の葬儀を口実に旅行を断ろうとした」

だからあの時、渡瀬は一人で…と、野々宮は今さらながらに合点がいく。

「旅行の後でも、考える時間なんていくらもあると思ってた。渡瀬が待つって言ってくれてるなら、他にも何か方法があるはずだって思ったから…。そうしたら、渡瀬は気にするなって、おみやげ買ってくるから楽しみにしてろって…、それを聞いて、やっと僕も腹が決まった。多少のことがあっても、こいつとなら乗り越えられるかもしれないって…、そう思って、途中で合流するからって、そう言ったんだ」

伊能は悲痛な呻き声を上げる。

「まさか、そのまま渡瀬が帰ってこないなんて考えてもみなかったから…」

こみ上げてくるものをこらえるようとしてか、伊能は手の甲を口許に押し当てる。

「もう二度と会えないなんて思わなかった…」

伊能は子供のように涙をこぼした。

「渡瀬さん、昔、俺に伊能さんが好きなんだって…、中学の頃から好きだったって…」

野々宮の呟きに、伊能は能面のように表情の削《そ》げ落ちた顔で、まっすぐに野々宮の目を見返した。

「…多分、先に好きになったのは僕だった…」

野々宮はその瞑《くら》い目に引き込まれるように、伊能の目に見入っていた。

「あの時、渡瀬を誘っていたのは、本当は僕なのかもしれない…。渡瀬は犠牲者なのかもしれない。今頃になって…、僕は今頃になって、本当は自分が同性のほうに惹かれることに気づいた。今になって、今頃になって…」

もう、どうしようもない…、と伊能は顔を覆い、低く嗚咽《おえつ》を漏らした。

行き場のない、長年にわたって幾重にもたたみ込まれた伊能の苦悩や怯えの正体を、野々宮は初めて目のあたりにしたような気がした。

野々宮は身体を丸めるように布団の上に伏した伊能の頭に、そっと手を伸ばし、ゆっくりとその髪を撫でてやろうとした。

とっさに思いもしない強さで、伊能が腕を振り払う。

驚く野々宮を、伊能は痛々しいほどの表情で睨みつけてくる。

「たった今、男が好きだって言っただろう。僕が君に欲情するかもしれないって、どうして考えない？　君をそんな対象として眺めてるかもしれないって、どうしてそう思わないんだ？」

今にも壊れそうな表情で伊能が叫ぶのを、野々宮は眉を寄せて見つめる。

「触らないでくれ。自分も充分、性的なターゲットになるってこと、少しは考えてくれ」

ケージの隅に追いつめられたハツカネズミが、全身の毛を逆立てて歯を剝く様子にも似て、どうしようもなく痛々しい。

普段はあれだけ穏やかなこの人に、こうまで言わせるほどの痛みが、すぐそばにいる野々宮にもまさに痛いほどに伝わってくる。

尖った伊能の言葉には傷つかない。

今、伊能が傷つけ、責め苛んでいるのは、野々宮ではなく、伊能自身だ。

野々宮は溜め息を一つついた。

おそらく、今の伊能に野々宮の言葉は響かない。

野々宮自身、何をどう言ってやれば、伊能がうまく安らげるのかわからない。

今の野々宮の存在は伊能の気を昂らせるばかりだったし、これ以上無理にそばにいて、軋《きし》み続ける伊能の神経を圧迫したくはなかった。

「俺がここで寝てるのは迷惑でしょうか？　なんでしたら、隣の部屋に行きますが」

野々宮の言葉を身じろぎ一つせずに聞いていた伊能は、やがて小さく頷いた。

「…ごめん」

「じゃあ、おやすみなさい…」

野々宮は薄い夏布団と枕だけを抱えて立ち上がり、布団の上に身を起こしたままの伊能に声をかける。

部屋の電気を消す間際に、おやすみ…、と蚊の鳴くほどに小さな声が答えた。


さらさらと水の流れるような静かな雨音の中、野々宮は目を覚ました。

野々宮が寝ていた和室には時計がないため、正確な時間はわからない。それでも障子越しに入ってくる雨の日独特の薄ぼんやりとした白い光で、まだ八時前なのではないかと思った。

今朝も昨日の夜に引き続き、一か月分ほど気候が逆戻りしているらしい。クーラーは入っていないはずだが、暑さは感じなかった。

昨日の晩、あれから伊能が眠ったのかどうかは知らないが、まだ起き出してくる気配はない。

昨日の夜の出来事を思うと勝手に起き出すわけにもいかず、野々宮は枕をずらして肘枕のまま畳の上に身体を横たえ、柔らかく物憂い雨の音を聞いていた。

昨日は伊能にかける言葉もなく、とりあえずはこの部屋にやってきたが、これから先も苦しみ続けるだろう伊能をそのままにはしておけない。むしろ、しておきたくない。

自分でも、不思議なほどに伊能のことが気にかかる。

渡瀬のことで悩むのはわかるし、無論、野々宮自身も渡瀬と親しくしていたから、その魅力的な人となりはよく知っている。

だが、それとは別のところで、いつまでも伊能の中で大きな存在を占め続ける渡瀬に苛立《いらだ》つ自分がいる。憎しみとは別の奇妙な苛立ち、焦燥だった。

苦しむ伊能を理解したい。少しでも、その悩みをわかってやりたい。

そして、伊能があの澄んだ綺麗な目で見つめ続けているものを、自分も見たい。

昔から、伊能のあの穏やかな眼差《まなざ》しで見る世界は、伊能が渡瀬とともに見ていたものは、何か自分が見ている俗世とは違うような気がしていた。

伊能が、時には無垢にすら見えるほどのあの目で何を見ているのか、どんな世界を見ているのか、自分も知りたい。一緒に見たい。

そんなわけのわからない、それでいてどこかに心当たりがある感情をなだめるために、野宮は優しい雨の音にじっと耳を傾けていた。

しばらくそうしていると、やがて壁越しにかすかに伊能が起き出す気配がした。

野々宮がその気配に耳をそばだてていると、静かにドアが開き、伊能が部屋を出てくる。

どんな言葉をかけていいのかよくわからないままに、そろそろ自分も出ていこうかと野々宮が算段していると、伊能は足音を忍ばせ、そのまま野々宮の部屋の前を通り過ぎる。

あ…、と野々宮は顔を上げた。

妙な違和感が頭をもたげる。

はっきりと何とは言えないが、足音を忍ばせ、自分の部屋の前を通り過ぎた伊能の気配が、常とは少し違うような気がした。生気が希薄…、とでもいうのだろうか。

それでいて、足音を忍ばせる伊能の気配が尋常ではないような気がした。

野々宮は、時折走る自分の本能的な勘に、重きを置いていた。これまでも、そんな勘の働きに救われたことは多々ある。

二者択一を迫られた場合などは、自分の勘が働くほうを選ぶ。その勘が外れることは、まずないといってもいい。

だから、今も、伊能のまとった奇妙な気配には、こめかみのあたりがチリつくような異様なものを感じた。

なんとなく嫌な気配がして、野々宮は畳の上に身を起こした。

案の定、伊能は洗面所もそのまま通り過ぎ、玄関まで向かったようだった。

履き物のこすれる音がして、鍵が外され、重い鉄の扉が開く。

野々宮が飛び起きた時には、すでに鉄の扉は重たい軋み音をたてて閉まっていた。

コツコツ…と、コンクリートの階段を上がるのか、下りるのか、伊能の足音が遠ざかっていく中、野々宮は玄関まで走っていった。

素足のまま、スニーカーに足を突っ込み、鋭い動きの鉄製のドアを押し開けた野々宮は、コンクリートの階段の下を覗き込み、続いて上を仰ぎ、とっさに伊能が上へ上っていったのだと判断する。

すぐにその判断を裏づけるように、階上で屋外に出るらしい鉄製のドアが開く音がした。

この雨の中、屋上などに出て、いったい何をしようというのだ…、ひやりと冷たい予感が胸をよぎる。

野々宮は何段かずつ、まとめて階段を駆け上がっていった。

屋上へと上がっていくと、少し湿った雨の匂いがして、流れるような雨音がさらにはっきりと聞こえてきた。

屋上階は、ガラスがはめ込まれた扉が、大きく外へ開け放たれていて、白く明るかった。

その開け放たれた扉から、野々宮はがらりと広い屋上へと飛び出した。

雨の中、コンクリートの敷き詰められた屋上の端近く、少し錆びた鉄の柵のすぐそばに、パジャマ姿の伊能は立っていた。

「伊能さん！」

野々宮の声に、濡れた伊能はゆっくり振り返った。その痩身に、少し湿ったパジャマがまとわりついている。

ひと目見れば、異様な状態であるとわかる。

「伊能さん、そんなところで何やってるんです？」

野々宮の言葉に、伊能は一歩、後ろへ下がった。

「馬鹿やってないで、こっちへ来てください」

手を差し伸べる野々宮の腕や肩にも、次々と細かな雨が降りかかる。

野々宮が一歩、伊能のほうに近づくと、さらに伊能は一歩後ろに下がり、華奢なその背が手すりにぶつかった。

「…伊能さん」

呟く野々宮に、伊能は手すりに手をかけ、少し伏し目がちに下を窺う。

意図するところは明白だった。

五階建てとはいえ、下は植え込みも何もない地面だった。飛び降りれば、助からないだろう。

勢いあまって、馬鹿という言葉を口にした野々宮は頭を一振りし、語調を和らげた。

「ねえ、伊能さん、お願いですから、こっちに来てください」

伊能は目を伏せ、ゆっくりと首を横に振る。

「終わりにしたい、野々宮…。もっと早く、渡瀬を失ったあの時に…、僕もいつまでもずるずると生きていくより、こうしてちゃんとけりをつけるべきだった…」

伊能の呟きに、野々宮は濡れて落ちかかってきた短い前髪をかき上げ、空を仰ぐ。

梅雨空の雲はぼんやりとミルク色に白く、そこから細かな雨が一面に降り注いでくるのをしばらく見上げ、野々宮は腹を決める。

「伊能さん…、こっちに来てください」

さらに一歩近づくと、伊能は柵に腕をかけてずり上がる。

野々宮はそんな伊能に向かって、なんの前置きもなくふいに走り出し、距離をつめた。

伊能は顔をこわばらせ、すでにぐずぐずに濡れたパジャマ姿のまま、柵の上に乗り上げ、それを越えようとする。

わずか五、六歩の距離が、恐ろしく長く感じられた。

鉄の柵が雨に濡れているせいか、思うように越えられずにいる伊能の身体を捕らえ、横抱きに抱えて柵から引き剥がす。

抱えた伊能の身体を傷つけぬように受け身の姿勢をとってコンクリートの上を転がると、肘に鈍い痛みが走ったが、かまっていられなかった。

「何するんですか⁉」

とっさに大阪弁が出たが、それも意識の外だった。

細かな雨の中で、濡れそぼった伊能は思いもしないような強い眼差しで睨んできた。思っていたよりもはるかに細い腕で、伊能は野々宮の腕の中、ただ無言で抗《あらが》う。

「いい加減にしてください。ほんまに怒りますよ！」

反射的に両の手首をつかんだ野々宮は、伊能がなおも暴れるのを、上から抱き込むようにして押さえつける。

とうとう観念したのか、伊能は身体の力を抜いた。

その手の甲に、コンクリートの上を転がった時にできたらしい擦り傷があり、赤く血が滲《にじ》み出している。

昨日の晩はあれから一睡もしていないのか、普段は綺麗に澄んだ瞳は充血し、目の下にはうっすら隈さえ浮かんでいる。

こんな濡れたコンクリートの上に惨《みじ》めに押さえつけられ、痛く辛いだろうに…、そう思うと、たまらない感情が湧き上がってくる。

肉の薄い肩を大きく上下させ、辛そうに目を閉ざす伊能の手を取り、野々宮は血の滲んだ傷口にそっと唇を押し当てた。

傷口に舌を這わせると、伊能が驚いたように目を見開く。それを見下ろしながら、野々宮は自分でもわけのわからない凶暴な衝動にかられて、そのまま唇を重ねていった。

仰向《あおむ》けに押さえつけた伊能の唇は、おののきに細かく震えている。

柔らかな舌が怯えたように逃げるのを、無理に搦め捕って、噛みつくように吸い上げた。

少し冷たい雨の中でも、腕に抱えた細い身体は温かい。

そして、重ね合わせた唇も温かかった。

雨が野々宮から伊能の顔へと伝い落ちる。

優しい雨の音がしていた。


なんの前置きもない荒々しい口づけに、伊能は毒気を抜かれたようにおとなしくなった。

野々宮は伊能を抱き起こすと、それ以上逃げられないようにその手首を握り、屋内に入った。

二人ともすっかり濡れ鼠《ねずみ》だったし、もし、向かいの棟から二人が柵のところで争っているのを見て、自殺者がいるとでも通報されたら大騒ぎになる。

手首を捕らえたまま先に立って階段を下りていく途中も、伊能はただ諾々《だくだく》と従う。

野々宮は鍵もかけずに飛び出してきた部屋のドアを開ける。伊能が気まずそうに中に入ると、そのまま鍵をかけてチェーンをおろした。

伊能がその音に怯える間もなく、野々宮は再び腕の中に伊能を捕らえ、さっきの続きのように荒々しく唇を重ねる。

伊能が何度か抗うように身体をよじったが、その身体ごとドアに押さえつけ、抵抗を封じた。

野々宮に唇を貪《むさぼ》られている間、伊能は何かに耐えるような表情でじっと目を閉ざしていたが、ようやく野々宮が唇を離すと、そのままずるずると床に崩れ落ちた。

「あなた…、馬鹿がつくぐらい真面目なんだ。真面目すぎるんだ。今頃、俺たちぐらいの歳で、死んだ相手に七年も操立てする人間なんていませんせん。せいぜい、三、四年がいいところだ」

野々宮の言葉に伊能は深くうなだれ、それでもまだ頑固に首を横に振る。

「誰かを好きになるのに、そんなに難しく考え込まなくていいんですよ…」

座り込んでしまった伊能の前に同じように膝をつき、野々宮はその細い輪郭を手の中に押し包みながら言った。

我ながら、渡瀬に対してずいぶん酷《ひど》い言いようだとは思ったが、このどうしようもなく生真面目で臆病な生き物の心を開くには、それ以外にうまい言葉が見つからない。

また同時に、いまだに渡瀬に心を捕らわれている伊能に、言いようのない苛立ちも覚える。

さっきはそれが何かをはっきりと認めたくはなかったが、今ははっきりと、自分が伊能の中の渡瀬の影に抱いているのは、嫉妬なのだとわかる。

泥沼だ。泥沼なのはわかっているが、はまりこんでしまった以上は、野々宮はそこから伊能も共に上へと引き上げたかった。

伊能は鈍く首を振り、頰を捕らえた野々宮の手を拒む。

「君は…、何もわかってない…」

「わかろうとしないのは、あなたのほうでしょう?」

再び野々宮は伊能の顎を捕らえ、強引に視線を合わさせる。

充血していても、奥には伊能の純粋さが覗く綺麗な目だった。

水を吸ったジーンズが不快だった。それでも、濡れて肌に張りついたパジャマ越しに感じられる伊能の体温に、じわじわと自分の体温が上昇していくのがわかる。

野々宮は伊能のうなじに張りついた髪をかき上げ、ゆっくりとそこに唇を押し当てる。

短い悲鳴をあげて、伊能の身体が腕の中で跳ねた。

「俺も充分に、ターゲットに入るって言いましたね?」

野々宮は囁き、獲物を捕らえた腕に残酷に力をこめていった。

「俺の言葉がうまくあなたに伝わらないなら…、何を言っても響かないなら…」

伊能が怯えたように自分を見上げてくるのが、愛しい。

「あなたの人間性が、男と女の境なんて簡単に越えさせるんだってこと…、教えてあげましょうか?」

熱いシャワーを浴びながらも、伊能はガチガチと歯の根が合わないほどに震えていた。自分でも、どうしてここまで震えが止まらないのかよくわからない。

結局、野々宮にはずぶ濡れのままリビングまで引きずられていった。そのまま馬乗りになられ、乱暴なキスの延長とともに肌に張りついていたパジャマを引き剝がされたが、そこまでだった。

力と根気、気迫とで明らかに負けている伊能が、とうとう目を閉じて観念すると、逆に野々宮はこめかみや額のあたりに子供にするような優しいキスをいくつか落としたあと、身体を起こして伊能の濡れた髪を撫でた。

「…やらないのか…?」

ふいに柔らかく態度を変えた野々宮に、覚悟を決めていた伊能はかえって拍子抜けしたような気がして、閉ざしていた目を開ける。

「強姦なんかできるわけないでしょう? 俺、検事なんだから」

今のも十分強制猥褻で立件できますけどね…、と野々宮は苦笑すると、手を差し伸べて伊能の身体を起こした。

「風邪ひきますから、シャワーでも浴びて着替えてきてください」

それでも伊能がまだぼんやりとしていると、野々宮は立ち上がって伊能を引っぱり起こす。

「そんないつまでも、襲われた女の子みたいな顔しないでくださいよ。もう、これ以上、乱暴はしませんから」

そう言って、伊能を風呂場のほうに押した。

どういうつもりなのだろう…、伊能はシャワーのコックを閉め、濡れた髪を絞りながら思った。

からかわれているのでないことはわかる。馬乗りになられた時、明らかに野々宮が本気になりかけていたことは、触れ合った下肢からわかった。

それに対する嫌悪感はなかった。伊能も意地になっていたためにかなりの抵抗をしたが、野々宮の存在自体は依然好ましい。このまま流されてしまえば楽かもしれないという考えも、どこかにあった。

浴室を出てバスタオルにくるまりながら、衝動的に飛び降りてしまおうと思ったことが、野々宮の逆上のせいでどこかに飛んでいってしまっていることに伊能は気づいた。

それどころか、驚きのせいで、渡瀬のことも、自分が同性愛者なのではないかという衝撃も、一睡もできずに悩んだことがすべて飛んでしまっている。

これが狙いだったんだろうかとも思うが、あの時、とっさに野々宮がそこまで計算していたかどうかはわからない。

あの乱暴なキスは…、と伊能は考える。

乱暴だったが、下手ではない。野々宮のこれまでの女性経験をかすかにうかがわせるようなキスだった。

まだどこかショックでぼんやりとした頭で、伊能がシャツにジーンズという姿で出ていくと、リビングでテレビを見ていた野々宮が振り返る。濡れたシャツは脱いでハンガーに引っ掛け、首にはバスタオルをかけた姿で、エリアラグの上に長い脚を伸ばしていた。

野々宮は思いもしないような柔らかい笑顔で、伊能を手招く。

自分が野々宮にかけた迷惑を考えると、どんな表情をしてみせたらよいかわからなかった伊能は、少しほっとするような思いでかたわらへ行った。

野々宮は伊能の腕を引き、すぐ隣に座らせる。

「落ち着きました？」

野々宮の穏やかな声に、伊能は小さく頷く。

「迷惑かけてごめん」

野々宮は笑って首から下げていたバスタオルを膝の上に広げ、伊能の頭をその上に抱え寄せる。

伊能が抗おうとするのを軽くなだめ、伊能の頭を横抱きに抱いて、野々宮は何度もあやすように若い。

下から見上げた野々宮の顔は、いつもは整えてある髪が落ちていると学生の頃のようにその髪をすいた。

「こうしてると落ち着きませんか？」

野々宮の問いに、膝の上に頭を預けたまま、身体を硬くした伊能は尋ねる。

「君は気持ち悪くないのか？　僕は今の僕自身にも、嫌悪を覚えるのに…」

「さあ…、そんな難しいことより先に、好きだと思えば身体のほうが反応しますから」

ケダモノじみてますね…、と笑う野々宮に、わずかに伊能は緊張を解く。

「身体は心の入れ物にすぎないと思うんです」

伊能が少し視線を上げ、野々宮の表情を下から覗く。

「別に同性愛指向があろうと、今日び、それぐらいでおかしいなんて言いませんから。見損なわないで下さい」

「見損なう…？」

「外見が男の形をしてようと、女の形をしてようと、相手の精神性に重きを置く恋なら、それは相手が女性であることにこだわるよりも、数段崇高なことかもしれませんよ？　第一、さっきも言ったでしょう。伊能さん、真面目なんだ。真面目すぎるから、ずっと悩まなけりゃならない。誰かを好きになるのに、そんなに難しく考え込まなくてもいいと思います」

伊能はかすかに苦笑した。

「野々宮は強いね…」

野々宮は質の柔らかな伊能の髪に、何度も指を通しながら頷く。

「物事は、あまり難しくは考えません。俺の場合、考えすぎると、本質を見失ってしまうことが多いから。時々それを忘れて、福岡にいた頃のように尖ってネガティブになることもありますが」

野々宮は苦笑する。

「僕とのこと、渡瀬に何か聞いてたの？」

「前に一度…、酒を飲みながら、そんな話を聞いたことがあります。でも、聞いても気持ち悪いとは思わなかったな。伊能さんを見るたびに、この人のこういう部分に渡瀬さんは惹かれてるんだろうなって思ったことはありましたが」

話しているうちに少し落ち着いてきて、伊能は薄く笑った。

「俺は人にこうしてもらうのが好きなんですけど、ちょっと安心しませんか？」

「うん、すごく落ち着く。温かいし、ほっとする…」

「福岡でつきあってた彼女が、俺が仕事でいらついてる時によくこうしてくれた」

伊能は問うように視線を上げた。

「そんな人いたの？　福岡ではもっと嫌なことばかりあったのかと思ってた」

「向こうの人間は好きでしたよ。温かくて、ざっくばらんで、とても優しい人間が多かった。地検の人間は嫌いでしたけど…、地元出身の検事なんてほとんどいなかったし。職場の雰囲気なんて、本当に集まる人間によって良くも悪くも変わるもんですから」

「どうしてその女の人、連れて帰ってこなかったの？」

伊能の問いに、野々宮は苦笑した。

「こっちに帰ってくる前に終わってましたから。仕方ないです」

いい別れ方だったのだろう。後を引くようでもない言い方に、そうか…、と伊能は呟いた。

「ねえ、伊能さん、約束してください」

何を…、と視線を上げる伊能の手を野々宮は取る。

「何かあったら、必ず俺に話してください」

手を取られたまま、伊能は視線を泳がせた。

「まだ隠してることありますか？」

そんな迷いを見透かすように、笑いを含んだ野々宮の声に、伊能はまだかすかに潤んだままの瞳で苦笑する。

「ごめん、僕はこんなだから、とても君の妹さんには紹介してもらえるような資格はない。佳奈ちゃんがいい子だってわかってるから、よけいに申し訳ないけど。昨日、本当は一人になりたくないっていうだけの理由で、のこのこ出ていったんだと思う。ごめんね」

「ああ…」

野々宮は破顔した。

「それについては、佳奈にやっつけられたところです。あいつ、どうもつきあってる男がいるらしくって、ちゃんと先に確認とれって。最初に紹介するとか言ったら、恥ずかしがって来ないかなとも思ったのが裏目に出たみたいで…。それもあって、昨日、伊能さんに謝ろうと思って来たんです」

伊能は薄く笑って、首を横に振る。

それに…、と野々宮は言葉を続けた。

「もうあなたを誰かに紹介しようなんて思うのはやめました」

野々宮の言いように、伊能は首をすくめる。

そんな言われ方をされるのは辛いが、野々宮の言い分ももっともだと思った。

「他人には渡しません」

一瞬、驚いて目を見開く伊能の細い指を、野々宮は強く握り込んだ。

「野々宮は、外見ほどクールじゃないね…」

野々宮の言葉をくすぐったいような思いで聞きながら、伊能は照れを隠すためにわざとはぐらかす。

「伊能さんだって、外見ほどおとなしい人じゃない。見かけなんかより、よっぽど情熱的な人ですよ」

さっき、衝動的に飛び降りようとしたことを揶揄《やゆ》されているのかと、目を伏せた伊能の頬を、野々宮の大きな手のひらが押し包む。

「辛くなったら話してください。軽蔑なんかしません。だから一人で抱え込まないでください。一人で消化しようとしないでください。俺にも言わずに、未消化の問題に一人で決着をつけたりしないでください」

「それって、自殺なんか考えたら…っていうこと？」

虚ろな伊能の声に、野々宮はさらに握り込んだ手に指を絡める。

「あんな真似、二度とごめんです」

そう言って、野々宮は握った伊能の手を口許に運び、すでに血は止まっている傷口に口づける。

握った指先から少し力を抜き、伊能はその行為を許した。

身体の一部にであっても、こうして誰かから愛情のこもった口づけを受けるのは、ここまで胸が震えることだったのだと思い出す。

こんな甘く愛おしい感覚を、伊能は長く忘れていた。

「死んだりしたら、軽蔑しますよ。もし、また目の前が真っ暗になるような日があったら、俺とこうして指切りしたこと思い出してくださいね」

小指を絡ませ、一言一言、野々宮は言い含める。

「…どうして、ここまでしてくれる？」

絡ませた小指をそっと胸許で抱くようにしながら、伊能が尋ねる。

「あなたが気になるからです。生真面目で不器用なあなたがどうしようもなく愛おしいから…」

野々宮はゆっくりと伊能の髪に指を絡めながら囁いた。

硬質な声がここまで甘い響きを覗かせることを、伊能は初めて知った。耳許から首筋にかけてが、ぞわりと熱くなる。

「人の一生っていうのはうまくバランスがとれていて、大きな苦しみを得た人は、そのぶん、大きな喜びを得るんだそうです」

「…そうなの？」

「逆に、少ししか辛い経験をしなかった人は、そのぶんだけの幸せしか得られないって…、昔、父の葬儀の時に、従兄弟が俺にそう言ったんです」

言葉の真摯な響きに、伊能はまっすぐに野々宮の目を見上げた。

「必ずしもその言葉は真実じゃないかもしれないけど、少なくとも俺はそれを信じてる。むしろ、それを支えにしてきたから」

だからきっと…、と野々宮は言葉を継いだ。

「だからきっと、伊能さんも苦しんできたぶんだけ、これから先に幸せが待ってるって思ってもいいんじゃないかな」

伊能はその言葉を聞き、初めて自分から腕を伸ばした。

野々宮の頭を抱え寄せ、その頬と目許に感謝をこめて口づける。野々宮は少し照れたように笑って、伊能からのキスを受け入れた。

この男がこんな柔らかい表情で自分のキスを受け入れるのだと知り、伊能はじわじわと嬉しくなってくる。

長く凍えて乾ききっていた胸の内に、何か温かく湿ったものがゆっくりとやさしく染み入ってくるように思える。

「少し疲れたんじゃないですか？」

伊能が腕を解《ほど》くと、野々宮は自分の膝を枕に横たわった伊能の目許を片手で覆った。

「うん、少し…」

爆発した感情が治まったせいか、徐々に睡魔がやってくる。

伊能は髪を続けてすかれながら、目を閉ざし、かすかに頷いた。

「昨日もうまく寝られなかったんじゃないですか？　このまま寝てもいいですよ。俺は平気ですから」

「言葉に甘えてもいい…？」

とろとろと溶けいるような安らぎに、小さな声で呟き、やがて伊能は柔らかな眠りについた。

四章

I

「すみません、松木《まつき》さん。このまま、国安《くにやす》や上野《うえの》のみを送検っていうのは、いったいどういう意味なんでしょう？　この取り調べ調書を見ても、先日の保険金目的の殺人と詐欺未遂、公正証書原本不実記載のみに終始していて、捜査をお願いしていた背後の暴力団の資金調査絡みの件に関してはまったく触れられていない。勾留期間ぎりぎりの今頃まで抱えておいて、これでは、こちらは合点がいきませんが」

送られてきた警察の調書を指先で小さくたたきながら問う野々宮《ののみや》に、受話器の向こうの浪速《なにわ》署の係長の返事は、今ひとつ冴えがない。

『それは充分承知しているのですが、捜査に乗り出した府警の捜査四課のほうが、これ以上の背後関係はなしとしているもので、こちらとしてはそれ以上はなんとも…』

「その捜査四課のご担当の方は？」

歯切れの悪い部長の返事に、野々宮は容赦なく尋ねた。

『はあ、辰巳《たつみ》という捜査官なんですが…』

「承知しました、こちらのほうで直接、その方に連絡を取ってみます」

野々宮は受話器を置き、その手で大阪府警の捜査四課へと連絡を取る。

二十分近く、電話をかけては待ち、新しくかけ直しては待ち、ということを繰り返したあげくに、野々宮は溜《た》め息混じりに受話器を置いた。

別件の調書を調《ととの》えていた黒木《くろき》が顔を上げる。

「たらい回し？」

「ええ、この件に関しては自分だけが担当じゃないからとか、今、席を外してるからとか。お役所勤めの俺が言うのもなんですが、本当にお役所仕事ですね。嫌になります。結局、正規の担当が誰かも、どうして捜査完了とされたのかもわからずじまいです」

「おかしいわね、上から圧力がかかったっていうこと？　それとも何か府警のほうで裏で捜査でも進めてるのかしらね？　だったら、もしかしたら部長に訊《き》いたほうが早いかもしれないわね」

供述調書をプリントアウトしながら、黒木は首をひねった。

「ちょっと、部長のところへ行ってきます」

隠密裏の捜査というには割り切れないものを胸に抱きながら、野々宮は立ち上がる。

「がんばってね」

上とかけあって野々宮が得られる結果を、すでに知っているような表情で黒木は頷《うなず》いた。

「冴えない顔だね」

食べ終えた定食のトレイを前に、職員食堂で一人うつむいていた野々宮の目の前に、紙コップのコーヒーが置かれる。

「伊能《いのう》さん…」

やはり定食のトレイを片手に、いつもどおりの穏やかな顔で、伊能は野々宮の隣の席を指し示す。

「隣、いい?」

「ええ、どうぞ」

椅子を引いてやると、今日も細身の身体《からだ》を紺のスーツに包んだ伊能は、なめらかな仕種で腰を下ろした。

あの晩のことは自分の中で整理をつけたのか、幼い子供のように激しく取り乱していた気配は、もう微塵も感じられない。

「この間はありがとう。本当に助かった」

お礼だよ…、と野々宮の前に置いたコーヒーを指し示し、伊能は箸《はし》をとる。

職員が入れ替わり出入りする食堂内は、昼休みのピークは過ぎたものの、いつものように騒然とした雰囲気で、ステンレスのカウンターで遮られた調理場からは、ひっきりなしに水音や炒め物の音が聞こえ、まかないのオーダーを告げる声が響いている。

ごく普通の日常風景の中で、野々宮は自分が垣間見た伊能の弱さについてはそれ以上問わず、ただ、ありがとうございます…、と短く礼を言って、コーヒーに口をつけた。

まだしばらく、伊能が自分の中でそれなりの整理をつけるまでの間は、待つ余裕のあるつもりだった。

追いつめれば、またこの生真面目《きまじめ》な相手は自分の中の何かが野々宮を煽《あお》ったのではないかと考え込みそうなので、伊能のほうからアクションをとり始めるまでは辛抱強く待つ。

多少の時間はかかっても、いずれ伊能が完全に自分のほうを振り向くという手応えのようなものが、野々宮の中にあるためだった。

「伊能さん、この間、俺が相談した事件のこと、覚えてらっしゃいます?」

「保険金目的の殺人?」

少し薄めの自販機のコーヒーを口に含みながら尋ねると、味噌汁のお椀《わん》を手にした伊能は切れ長の目を向けてくる。

野々宮はその後のあらましを短く語る。

「捜査の再依頼をかけて一度はそれが通ったんですが、結局、上野っていう事件に直接関わった暴力団幹部が逮捕されたきりで、勾留期限ぎりぎりの今頃になっても、その背後関係などについては何も捜査がなされずです」

「府警の捜査四課には尋ねた？」

「ええ、たらい回しにされたあげくに、ろくな答えももらえませんでしたが」

「山下《やました》部長はなんて？」

「四課のほうで何か他の事件とも関連づけて捜査をしている可能性もあるので、詳しい報告があるまでは、事件の背後関係については保留だそうです。部長のほうでもう一度、四課のほうに連絡をしてくださるそうなので、とりあえずはそのまま普通の殺人教唆《きょうさ》として処理するようにっていうことでした」

アジフライに箸を入れながら伊能は首をひねる。

「このまま一気に切り込んでいけるはずなのに？」

「ええ…」

珍しく煮えきらない返事を返し、テーブルの上に両肘《ひじ》をついた野々宮は宙を睨《にら》む。

暴力団を担当する捜査四課が動かないというのなら、おそらくは刑事部長の山下の力をもってしても、事件をそれ以上追及するのは無理だった。

直接捜査に乗り出す権限を持たない地検の刑事部の管轄では、それ以上の捜査のしようがない。

取り調べ慣れした暴力団幹部が、そう簡単に事件の背後関係について自供するとはとても思えない。

また、仮に自供が得られたとしても、警察によってそれを裏づける捜査がなされ、証拠を得ることができなければ、いざ裁判になった時に自白をくつがえされ、なんとも無惨な判決を下される危険がある。

ことに、公判まで同一検事が事件を受け持つのではなく、公判部の検事に担当が替わる大阪地検では、なおのこと検察側に不利だった。

「もう少し何かわかれば特捜のほうが動くかもしれないけど、今は他の事件で手一杯で、多分、それだけの情報じゃ動かないだろうね」

伊能は呟《つぶや》いた。

特捜部の検事の数は限られている。

三十人以上の検事を抱える東京地検特捜部でも、一度に捜査できる事件は二つから三つまでだといわれているのに、それよりもまだ規模の小さな大阪地検の特捜部では、とても同時進行では事件を処理できない。

もちろん、野々宮の所属する刑事部の決裁官である部長の山下の判断があれば、いずれ特捜のほうへ事件を移行する話も持ち上がるだろう。しかし、今のところ一介のヒラ検事である野々宮の独断では、特捜のほうへ勝手に事件を持ち込むわけにもいかない。

それが一枚岩と呼ばれ、検察官のすべてがいつでも一体の組織として活動する『検察官同一体の原則』の強みであり、同時に弱みでもある。

実のところ、独立した司法組織のように思われている検察の立ち位置はそれほどに脆く、何かひとつの失敗、内部分裂が検察という組織そのものを揺るがしかねない。

「少なくとも普通の検察官なら多分見落としていた暴力団との関係が洗えたんだから、いいんじゃない？」

そんな言葉が伊能の口から出ることに驚き、とっさにその顔を眺めた野々宮をまっすぐに見つめ返し、伊能は言葉を続けた。

「…なんて、安易な慰めは言わないでおくよ」

伊能は視線をもとのトレイの上に戻す。

「悔しかったら、忘れちゃだめだよ。その悔しさを次の事件につなげていくんだ」

野々宮のジレンマがわかるのか、伊能は横顔だけで静かに言った。

少なくとも伊能も、事件の深き浅きを見通す力の充分にある、優秀な捜査官だった。

「話を聞いてもらえただけで、充分ですよ。多分、検事をやってる以上、こんな壁には何度でもぶつかるんだ」

組み合わせた指の上に顎《あご》をのせ、自分に言い聞かせるように呟く野々宮に、伊能は黙って頷いた。

「岸辺《きしべ》といいます。刑事部の野々宮検事、お願いします」

地検の代表番号にかけると、毎回応対する無愛想な中年女性に内心舌打ちしながら名乗る。素っ気ない返事のあと、すぐに回線が切り替わった。

『お待たせしました、野々宮ですが』

先日、話した若い検事は相変わらず硬質な響きのある低い声で、歯切れよく名乗った。

「検事さん、先日、保険金殺人の件で少しお話しした浪速署の岸辺です」

公園の隅の電話ボックスのガラス越しに、今日、一緒に動いている同僚がベンチで雑誌片手に菓子パンをほおばるのを見ながら、岸辺は再び名乗った。

『ああ、あの時はありがとうございました。教えていただいた釣りのポイントには、今度の休みあたりに行ってみようと思ってます』

名前だけでちゃんと思い当たったのか、若い検事はすぐに折り目正しい返事を返す。

「いえ、こちらこそ、あの時はくだらない自慢話ばっかりしゃべってしまって、恐縮です」

切れる検事とはこういうものなのかとその記憶力の良さに感心しながら、岸辺は地検の電話番号を書き込んだ手帳を閉じた。

『今日は出先ですか？　どうかされましたか？』

さすがに、終わった事件の担当だったヒラ刑事が、外から直接電話してくることの目的をある程度察しているのか、青年は穏やかな口調で尋ねてくる。

「この間の件、捜査は終了してるんですけれども、私自身、ずいぶん気になっておりまして…、さしでがましいとは思うのですが、もし検事さんがいいとおっしゃるなら、私個人のツテで一度話を聞いていただきたい人間がおります」

『何かご存じなんですね？』

おそらくこの検事ならわかってくれるだろうと思っていたが、やはり野々宮という青年は少しも怖《お》じたふうなく尋ね返してくる。ヒラの刑事の持ち込んだ話にも、侮ることなく丁寧に向き合おうとしてくれている。

「あまりおおっぴらにはできないのですが…」

『承知しました、一度お会いしましょう』

若い検事は七月末の裁判所が夏期休廷に入る時期を指定し、自分もその時期に休みを取るからと断って、岸辺の言う場所をメモに取り、復唱した。

受話器を置く岸辺の手が、興奮のために少しこわばっていた。

あの保険金目的の殺人事件は、事件から見えた背後関係を洗うため、府警からマル暴対策の捜査四課の刑事たちがやってきて、本格的な捜査陣が敷かれる予定だった。

なのに、その上のキャリアたちの意見で、事件は知り合いの暴力団幹部と共謀した国安らの単発的な犯行ということで、呆気《あっけ》にとられるほど尻切れとんぼのかたちで送検されてしまった。

現場はみんな、狐につままれたようだった。

強引に送検を決めてしまったキャリア達は、いつ顔を合わせても何を考えているのかわからない、もともとは警察庁所属のエリート集団である。

どこからか捜査を中止するように圧力がかかったのか、それとも本当に無能な連中で、それ以上の背後関係はないものと勝手に判断したのかなどは、普段からまともに口をきくこともないために、わからない。

それでも岸辺自身は、今回の処置にどうしても納得いかなかった。

野々宮という検事の指示でアルバムを見た時にひらめいた直感、その後、直接に野々宮と署内で顔を合わせた時に得た手応えは、こんな単発的な犯行というだけで片づけられるものではなかった。

はたして野々宮にまともに取り合ってもらえるかどうか、自分の中でも賭《かけ》にも近いような思いだったが、ちゃんと岸辺のような一刑事の言葉にも向かい合おうとする検事の真摯《しんし》さを見抜くことができた興奮がまた胸を満たしてくる。

そして、とうてい一兵卒たる自分では歯が立たないだろう事件に、自分よりもはるかに力ある若い勇者が向かおうとするのを、少しでも先へと導くことのできる興奮がある。

そういったものがないまぜになって、自分の中で久しく感じることのなかった熱い高揚感がゆっくりと全身を巡りだす。

「待たせたな」

蒸して小便臭さのこもった電話ボックスを出ると、岸辺は菓子パンをほとんどたいらげた同僚に手をあげた。

Ⅱ

岸辺という刑事が待ち合わせに指定してきたのは、浪速署管内ではなく、意外にも地検にほど近い、北浜《きたはま》のコーヒーショップだった。

夏期休業中だったが、一度他の仕事の関係で地検に寄った野々宮は、そのまま中之島《なかのしま》公園を越え、歩いて北浜へと向かった。

七月も末になると川の中洲にある中之島公園ではうるさいほどに蟬《せみ》が鳴きたて、歩いているだけで汗が噴き出してくるほどの暑さだった。

暑さもいちばんピークとなる午後三時過ぎ、むっとするような熱風の吹き上げてくる難波《なにわ》橋《ばし》を渡りながら、野々宮は人より色素の濃い目を眇《すが》め、ぎらぎらとまぶしく夏の日差しを照り返すビルが川沿いに居並ぶ様子を眺める。

大阪では、証券街を含むオフィス街のうち、もっとも端正な景観の一つともいえる。

待ち合わせの五分前に野々宮がコーヒーショップに入ると、すでに中年の刑事は先に来て待っていた。

スキンヘッドに近い二分刈りで一種の異相ではあるが、大阪の街ではかえって人混みの中に紛れてしまえば目立たない容貌ともいえた。

目が合うと軽く会釈した岸辺は、この間のだらしなくネクタイをゆるめて皺《しわ》だらけのシャツを肘までまくり上げた姿とは異なり、あまり上等とはいえないまでもきっちりとネクタイを締めたスーツ姿だった。刑事には珍しくブリーフケースのようなものを提げ、いっぱしのサラリーマンのような格好をしている。

「お久しぶりです」

「こちらこそ、お忙しいところを申し訳ありません」

声をかけて頭を下げると、律儀な一礼が返る。

そして、そのままの足で出ましょうと、中背の男は足元に置いたブリーフケースを持ち上げる。

「恐縮ですが、バッジのほうを外していただけますか。万が一にでも、これから行く先に検事さんが出入りされたことが割れると、検事さんに申し訳ないので」

「いえ、こちらこそ、気がつかずに申し訳ないです」

野々宮は店を出ながら、手にしていた上着の襟から検事章を外す。

「これから行く先は、表向きは株取引などを扱う会社の一つですが、裏では嶽嶋《たけしま》組系の仕手戦関係を担当しているヤクザの会社です」

「ヤクザ？」

「ヤクザっていっても、慶応の法学部を卒業してる、いわゆるインテリヤクザっていう奴で、恐ろしく切れる男なんですがね」

岸辺は野々宮と並んで歩きながら、それでも極力声を抑えて説明した。

嶽嶋組といえば、神戸に本拠地を構える関西最大の広域指定暴力団である。

「その男が仕切っている組は柳栖《やなす》組といいますが、もちろん、会社の事務所には代紋なんか掲げてません。株関係では相当のやり手で、何も知らない一般の客もかなり出入りしていますから、少しでも刑事であることをにおわすと、ずいぶんヘソを曲げてしまうんです。一度、私の同僚がそれでポカをしましてね。この辺のヤクザからは二度と情報をもらえなくなっちまいました。マル暴相手の刑事としては、完全に失敗です」

だから、今日はこんな下手な変装なのだと、岸辺はブリーフケースを示してみせた。

「岸辺さんはこの管轄の署にいらっしゃったことが？」

「ええ、数年前までは東《ひがし》署の四課にいました。でも、強行犯なんかに移ってしまえば、せっかくそれまでこつこつ築き上げてきたヤッちゃんとの信頼関係もすべてパーです。マル暴の刑事は、自分の作った情報筋を引き継いだりしないんです。全部がヤクザとの一対一の信頼関係ですよ。刑事がヤクザと信頼関係築くだなんて…、因果な商売です」

それでも岸辺は少し楽しそうに目を細めた。

「今日は申し訳ないですが、私の後輩刑事のふりをしてください。話は私がします。おそらく、直接的なことはほとんど訊き出せないと思います。でも、何か突っ込んで訊きたいことがあっても、直接尋ねることは遠慮しといてください。わざわざご足労いただいたのが無駄になるかもしれませんが、異常に勘のいい男なので何か感づかれるかもしれない。そうなるとまたやっかいですので…」

岸辺は微妙に言葉を濁す。

虎穴に入らずんば虎児を得ずとはいうが、話の持っていき方次第で吉と出るか凶と出るのかわからない、諸刃の剣のような相手なのだろう。

「わかりました、よろしくお願いします」

折り上げていた長袖シャツの袖をなおしながら、野々宮は岸辺に続いて小綺麗《こぎれい》なオフィスビルのエントランスへと足を踏み入れた。


エレベーターを降りると、厚手の絨毯《じゅうたん》が敷かれた天井の高い廊下を挟んで、横文字の名前が入った磨《す》りガラスの両開きのドアがある。

そのドアを開けると、淡いブルーのベストにタイトスカートという、ごく上品な制服に身を包んだ受付嬢が、明るい笑顔で二人を迎えた。

なるほど、ヤクザの組事務所というイメージはまったくない。岸辺に教えられていなければ、野々宮とてごく普通のコンサルタント会社か何かだと信じた。

「岸辺です、毎度お世話になります。原口《はらぐち》さんはいらっしゃるかな」

岸辺のほうもごく腰の低い中年客を装い、受付嬢ににこやかな挨拶を向ける。

「確認いたします。お掛けになって少々お待ちくださいませ」

丁重な応対で受付嬢は素早く奥の事務所へと、内線で確認をとる。

もしかして、この女性は自分が勤めている会社がヤクザに関連していることを知らないのではないかと思いながら、野々宮はまだ若くかなりの美人である受付嬢を眺めた。

その間も、ごく普通の堅気《かたぎ》の客らしい男が、社員らしき物腰の低い男に見送られて出ていく。

社員らしき男はちらりと二人を眺め、にこやかな会釈を残して奥へと戻ったが、おそらくこの男は知ってるな…、と野々宮は見当をつける。

銀行員のようにおとなしいスーツに身を包んだ、慇懃《いんぎん》で教育のよく行き届いた社員のようだが、なんとなく気配が違う。

だが、それも仕事柄、何度かその筋の男達に会ったことのある野々宮だからこそ気づくぐらいで、普通の客なら気づきもしないだろう。

原口は来客中だからと少しの間待たされたあと、二人は窓のある広い応接室へと通された。途中に前を通ったいくつかの部屋は、すべて使用中なのか人の気配がする。

「もうしばらくお待ちください。原口はすぐに参ります」

受付嬢とは別の女性社員が、高価そうな蓋つきの茶碗を二人の前に並べ、下がっていった。

「玉露《ぎょくろ》ですか？」

座り心地のいいソファーに腰を下ろした野々宮自身は茶に手をつけぬまま、美味《うま》そうに茶をすする岸辺を眺める。

「玉露だかどうだか知りませんが、ここへ来て不味《まず》い茶を出されたことはないですよ」

岸辺は肩をすくめた。

「お待たせしました」

すぐにノックの音がして、四十歳前後の長身の男が姿を現す。

部屋の入り口でそつのない笑顔で二人に会釈したのは、かなりはっきりとした目鼻立ちの男だった。

身長はほぼ野々宮と互角、体格においてはジムか何かで作りあげているのか、野々宮よりもさらに一回りほどがっしりしていて、なるほど、これだけの会社の経営者といわれても納得できるほど充分な貫禄と余裕のある男だった。

姿勢が良く、都市銀行の管理職のように上質な仕立てのグレーのシングルスーツに身を包み、綺麗に磨き上げた靴には少しの汚れもない。

いかにもやり手そうな秀でた額としっかりしたわし鼻ぎみの鼻筋、がっしりとした大きめの口許《くちもと》を持っている。美丈夫と呼ぶには少しあくの強すぎる造作だったが、目に強い力があり、かえってそれが壮年の一流俳優のように、ある種の安定感を与える。

「岸部さん、浪速署のほうに異動になられてからはごぶさたしてますね。その後、元気になさってるんですか？」

二人の前に腰掛けると、男は耳に心地よいハイバリトンで岸辺に問う。

「おかげさんでね。毎日、殺人犯だのの後を追っかけて、地道に聞き込みしてまわってるよ。もう、ここみたいに上等なお茶を飲ませてくれるようなところは、どこにもない」

男は目を細めて岸辺の繰り言を聞き流し、やがて野々宮のほうへ視線を流した。

「今日はどうしました。こちらはあまりお見かけしない顔ですね」

原口は正面からまっすぐに野々宮の顔を眺めてくる。

一見、ヤクザとはなんの関係もなさそうな北浜のオフィス街に事務所を構え、上質なしつらえをしているが、その抜け目ない目の光だけは、やはり完全に極道者の目だった。

「俺の後輩の若いの。また、この辺担当するから、いろいろ教えてやってよ」

時には反抗的だと上司の反感を買うことすらある自分の表情をあまり覗《のぞ》かれることのない

よう、少し顎を引き、野々宮はおとなしめの会釈だけをした。

普通の相手に向けるよりはわずかにだけ長く、その野々宮の顔に視線を当て、原口はすぐに破顔する。

「それはどうも初めまして。原口と申します。岸辺さんにはいつもお世話になってます」

原口は懐から名刺入れを出し、横文字の会社名の入った洒落《しゃれ》た名刺をくれた。

ベージュ色の紙に横書きで代表取締役社長、原口厖士《あつし》と刷られてある。

同僚の検事に本物のヤクザの名刺は、はがき大で墨書き朱印入りだと聞いたことがあったが、渡されたものはごくノーマルな趣味のよいものだった。

名刺をもらった以上、まったく名乗らないわけにもいかず、野々宮はただ名前だけを言って頭を下げる。

「今日はまた、何か訊きに来られたんですか？」

野々宮から視線を戻すと、原口は岸辺に尋ねる。刑事を社内に引き入れるにはそれなりの危険を冒しているだろうに、どこか岸辺の来訪を面白がっているような口ぶりだった。

「何、ちょっとしたご機嫌うかがいも兼ねてるんだけどね、もし、あんたが何か知ってるっていうなら、教えてもらえると助かるよ」

どうぞ…、と原口は少し首を傾《かし》げて口許に笑みを浮かべた。

「住民票から赤の他人の健康保険証を作ったりするのって、最近流行《はや》ってるのかい」

原口はにやりと笑う。

「そういうシノギのやり方は、結構前からありますよ。市役所行って住民票とるのは誰にでもできますからね。そのとった住民票で健康保険証を再発行させたり、銀行口座作ったりっていうのは簡単なことでしょう？　それを応用していろいろやっていくのは、それぞれの頭の使い方次第なんですけどね」

「じゃあ、それで赤の他人に保険金かけといて、なにくわぬ顔して保険金をもらうっていうのもありかい」

原口は膝《ひざ》の上で組んでいた両手をそのまま口許に持ってゆき、顔に浮かんだやや残忍な笑みを隠した。

やり手の実業家を装った顔の裏から、ヤクザとしての原口という男の本性が見えたようでもあった。

「そういうのは、このあたりじゃ藤田《ふじた》さんが得意ですよ」

へぇ…、と岸辺は頷いたが、それがどこの藤田なのかまでは尋ねなかった。

野々宮はその横顔をちらりとうかがったが、岸辺がその藤田という男を知っているのか、知らないのかまでは、とっさには判断できなかった。

「そういえば、この前あんたが教えてくれた環境整備会社の株、ほんとに上がったね。かみさんに結婚の十年祝いにちっちゃいダイヤモンドやったら、涙流して喜んでたよ」

それ以上は問題に突っ込まず、岸辺はごくたわいもないほうへと話題を変える。

「あそこはね、堅実に技術開発してますから、業界での評価も少しずつ上がってきてたんですよ。ダイオキシン問題が去年あたりから話題に上り始めてましたし、東北大から優秀な講師を研究員に抜いてきて、新しい環境プロジェクトを動かし始めたこともあって、純粋にうちのお勧めだった。ちょうど堅気のお客さんにも二、三人勧めてみたら、喜ばれましてね。上がったっていっても、お小遣い程度だったでしょう?」

「警官が株なんかで小遣い以上にもうけちゃいけないや。こつこつ地道に聞き込みでまわってるのが、馬鹿らしくなるからね」

別に隠し立てしている様子もない二人の言葉どおり、純粋に原口は岸辺に有望株を勧めただけなのだろう。

おかしなヤクザもあるものだと、野々宮は楽しげに株相場を語る原口の顔を見守る。

その後、ひとしきりたわいないプロ野球の話で盛り上がり、最後に岸辺は今年こそ阪神が勝てるのだろうかといった口調で、さらりと尋ねた。

「ところで、さっきの藤田さんって、どちらとご懇意なんだい?」

「松島屋《まつしま》さんとか、丸井《まるい》物産さんとかですかね」

老舗の有名デパートや一流商社の名を挙げ、原口はまた少し目を細めた。

総会屋か…、と野々宮は内心で見当をつける。

「ずいぶん助かったよ。ありがとう」

十分そこそこで話を切り上げると、岸辺は野々宮を促し、立ち上がりかける。

「ねえ、せっかくここまでいらっしゃったんだ。もう一ついでに教えておいてさしあげましょう」

原口はそろえていた脚を組み、今度は野々宮の顔を覗き込むようにして言った。

口許に笑みを刻んでいたが、視線を外せば呑《の》まれるような迫力で、野々宮は決して視線を逸《そ》らすまいと原口の目を見つめ返す。

「藤田を追ってゆくと、驚くほどに大きな水脈に当たりますよ。それこそ警察の捜査に圧力をかけることなど、造作もない大きな水脈にね。だから調べる時はご用心なさい。下手をすると…」

原口は一息置いて、言葉を継いだ。

「潰《つぶ》されますよ」

まっすぐに野々宮の顔を見据える原口の口調は、脅しとも忠告ともつかない不思議なものだった。

「肝に銘じておくよ、ありがとう」

岸辺は頷くと、野々宮を促し立ち上がった。

「ねえ、岸辺さん。その野々宮さんって方、刑事さんなんかじゃないでしょう。あなたとは持ってる雰囲気が全然違いますよ」

岸辺が部屋のドアに手をかけたところで、ソファーに腰掛けたままの原口は顔だけを二人のほうへと振り向ける。

「岸辺さんとつるんでるところを見ると公務員だとは思うけど、国税局のお役人とも雰囲気が違うようですしね」

岸辺は少し苦笑し、肩をすくめた。

「刑事だよ」

原口はもう一度野々宮を眺め、楽しそうに笑って手をあげた。

「まあ、いいですよ。調べればわかることですから」

まるで友達を送り出すような気安さで、気をつけて…、と原口は野々宮に向かって手を振った。


「たいした男ですね。岸辺さんのおっしゃるとおり、怖いぐらいに勘がいい」

「まあ、ヤクザだの殺人犯だのを相手に走り回ってる私と、若いのにどっしり構えてらっしゃる検事さんとじゃ、確かに雰囲気は全然違いますがね。だが、まさか原口に向かって、本物の検事さんを連れてきたと紹介するわけにもいかないですから」

小さなシティホテルの客のまばらなティールームでコーヒーを前に感嘆する野々宮に、岸辺は首を横に振る。

「面白い男ですね」

「もともとはちゃんとした一流の損保会社にいた男らしいんですがね、親戚がヤクザで原口の会社相手にちょっとした揉《も》め事を起こしたせいで、会社にいられなくなった。それであの稼業を始めたらしいです。だから、頭も非常に切れる。もとの会社に残れていたら、今は取締役の肩書きぐらいはついていたかもしれませんが」

身上調査というのはある程度は必要なのだろうが、身内、親戚筋というのは、ある意味、本人にも選べない。因果なものだ。

「その頭がいい分、ユニークな一面があってね、差し支えのない限りはいろんなことを教えてくれたりする。ただし、それがどこから得た情報だとか、実際にこれこれこんな情報が得られたっていうのを署内でばらすのは御法度です。そんな真似をすれば、すぐに情報元がばれてしまいますからね。原口の首を絞めることになる。せいぜいが、自分の捜査のあたりをつける程度です」

どうして原口がそんな真似をするのかはわからないが、確かに少し普通のヤクザとは意識が違うのだろう。

「私が下手な変装をするのは、そのせいもあるんです。もっとも、今はマル暴の担当も外れたせいで、そんな情報も必要なくなってしまいましたがね」

相手の懐に飛び込む刑事達のこういった捜査方法は、法を遵守する検察のやり方とは相容れないが、野々宮自身は刑事たちのやり方を頭から否定する気はない。

こうして相手の懐のうちを知る者がいなければ、いくら検察とて、暴力団関係については手も足も出ないはずだった。

「でも、あれは原口も、相当に野々宮さんのことを気に入ったんだと思います。もともと好き嫌いは非常にはっきりした男ですから。普段以上に、いろんなことを教えてくれてましたよ」

「変わった男ですね」

「検事さんは、まだ自分の人間的な魅力を充分に認識していらっしゃらない」

あれだけの時間で自分のいったい何を気に入ったのかと首を傾げる野々宮に、岸辺は笑った。

「藤田というのは、総会屋か何かですか？」

「おそらく…。一度帰って調べてみますが」

「警察に圧力をかけることなど造作もないって、言ってましたね」

「やっぱり捜査が打ち切られたのは、理由があってのことやったんですね。そうなると、俺みたいな一介のヒラの刑事には、これ以上動くこともできませんわ」

ちらりと大阪弁で本音を覗かせ、岸辺は少し疲れたような顔で目頭を揉んだ。

「身を入れて捜査さえすれば、おそらくなんらかのしっぽをつかめるはずなのに…、多分、これは大きな水脈につながってるはずなのに…、上に容易に圧力をかけられるほどに強い力を持ってる相手なのに…、悔しいですね」

岸辺の言葉に、野々宮も無言になる。

野々宮が検察官を目指したのは、むろん父親が検事であり、その法と正義を信奉する父親の姿を小さい頃から尊敬していたせいだ。父を見て検事になりたいと思いながら育った。一検察官として正義を全うした父のその人生を、今も誇りに思っている。

あの父も、こうして歯がゆい思いを味わったことがあったのだろうかと、野々宮は唇を嚙《か》んだ。

「先日、私の上司と事件について話しました。しかし、ご存じのように私のいる部署は普通の刑事事件を扱う場所。特捜などと違って、事実上は独自の捜査権のない部署です。潰される間もなく、おそらく、これ以上は…」

野々宮は両手の拳《こぶし》を強く握りしめた。

ゆっくりと大きな闇が、黒い汚濁を垂れ流しながら、目の前を通り過ぎていく。

その汚濁が自分の足元を濡《ぬ》らしているのに、自分たちにできることは、歯嚙みしてその闇を見送ることだけだった。

己の力をこうまで歯がゆく思ったことはない。

検事となってから、こうまで強くありたいと願ったことも、なんの力にもなれず、申し訳ありません」

「せっかくここまでしておいていただきながら、なんの力にもなれず、申し訳ありません」

野々宮は膝の上の拳をさらに強く握ると、岸辺に向かって頭を下げた。

「そんな…、そんなことしていただかんでも、ええです。検事さんのご無念も、ようわかってるつもりです。あなたは最初の我々の無関心にもかかわらず、ちゃんとここまで食い下がられた。ちゃんとここまでやってくださった。今日だって、わざわざ休みの日までつぶして、私のこのやくたいもない話につきあってくださった。それだけの誠《まこと》のある方やというのは、ほんまにつくづく感じました」

野々宮は口惜しさに唇を噛む。岸辺の激励が、今は胸に痛い。

「きっと、私は何かを確かめたかったんやと思います。こんな形で捜査を終わらされて、納得のいかんままに終わりたくなかっただけなんやと思います。悔しいかもわかりませんが、検事さんにもその目的としてらっしゃったところの結果を、一緒に見極めていただきたかったんやと思います」

顔を上げた野々宮に岸辺は笑った。

「検事さんにはこれからまだまだ先があります。今、こうして悔しい思いをされても、いずれはきっと伸びていかれる方です。だから、いずれ検事さんが、こんなつまらん圧力に屈しないだけの力を得られた時、裏の世界を全力で捜査してもらえたらと思います。あなたはそれだけの力を持った方やと、私は信じていますから」

署に戻るという岸辺とは、淀屋橋《よどやばし》の駅で別れた。

「検事さん、いつか、一緒に釣りにでも行きましょう」

御堂筋《みどうすじ》線へと下りる階段の脇で、岸辺に日焼けしたごつごつとした手を差し出され、野々宮は、ええ、必ず…、とその手を握り返した。

「あなたはこれからきっと、偉くなられる方です」

握った野々宮の手にさらに手を重ね、何度も上下に大きく振りながら、岸辺は自分よりも背の高い野々宮の目の奥を覗き込むようにして言った。

しばらく歩きたくて、野々宮はそのまま御堂筋に沿って、蒸すように暑い街を大阪駅に向かって歩き始めた。

重厚な石造りである日銀の建物の前を過ぎると、広い大江橋《おおえばし》の上から川向こうに裁判所の白い合同庁舎が、高速道路に遮られながらも望むことができた。

野々宮も新米検事の頃、何度か法廷に立ったことがある場所だ。

覚えねばならないことは山ほどあって、毎日が必死だった頃のことだ。

それでもこのような大きな挫折感が待ち受けていることなど思いもせず、若い正義感だけを躍らせていた。

あの頃の理想が今、目の前で音をたててひしゃげていくような気分だった。

野々宮は裁判所から一雨きそうな空へと目を転じ、そしてさらには川向こうの堂島《どうじま》のビル群を眺めた。

相変わらず猥雑な街だった。ひっきりなしの車の騒音とクラクションとが、幾重にも飛び交う。

ネクタイの襟元をゆるめ、こめかみや首筋を伝う汗を拭《ぬぐ》いもせず、野々宮は上着を片手に歩き続けた。


夕刻、たまの休みに久しぶりにカレーでも作ろうと、伊能は流しで野菜を刻んでいた。

一週間ほど前、野々宮に話を聞いてもらったせいか、自分でも驚くほどに心理的に楽になっていた。

自分の持っているらしき同性愛指向についてなどもまだ深く掘り下げて考えることはできないが、とりあえずは必要以上に思いつめることはやめた。

これから先、新たに惹かれるのが野々宮であったとしても、それはそれで考えればいい。

そう思うと、渡瀬《わたせ》と写った写真も、ひどく懐かしく、穏やかな気持ちで眺めることができた。

おそらく渡瀬に恋し、渡瀬に愛されていた自分も、十分に今の自分の根幹となっていると思うことができるようになったから、あの頃、渡瀬が自分にくれていた心からくつろげる時を、一つ一つ、愛《いと》しめるようになった。

料理をしながら、野々宮に打ち明けることで不思議なほどに整理できたこれまでの時間をあれこれと思い返していると、ふいに電話が鳴った。

『伊能さん？』

受話器を取ると、圧《お》し殺したような野々宮の声が聞こえた。

「野々宮？」

『…ええ…』

珍しく陰鬱《いんうつ》な声に、駅かどこかにいるのか、背後のざわめきが重なって聞こえる。

「今、どこ？」

『大阪です』

張りのない声を不審に思い、受話器を顎にはさみながら尋ねると短い答えが返る。

『今から、うかがってもいいですか？』

「べつにかまわないよ。ちょうどカレー作ってるところだし、食べていくといい」

じゃあ、うかがいます…、とすぐに電話は切れた。

何かあったのだろうか…、と伊能は流しの下から鍋を引っぱり出しながら思った。

野々宮は普段あまり激したりすることのないかわり、落ち込んだり喜んだりという感情も、そう極端に声などに表れないタイプだった。

その野々宮があそこまで思いつめた声を出すには、いったい何があったのか。

この間から野々宮が気にかけていたことで思い当たるのは、あの保険金殺人に絡んだ事件の背後関係ぐらいだ。ただ、伊能が夏期休暇を取っているのと同様、裁判所が休廷になっているこの時期に、野々宮も休暇を取っていたはずだった。仕事絡みだとは思えない。

今日、大阪で何かあったのだろうか、と伊能は思いを巡らせた。

だが、野々宮が思いつめているときに伊能を頼ってくれようとしていることは、少し嬉《うれ》しくもあった。

この前、野々宮に話を聞いてもらっただけでなく、膝を貸してもらい、何度も子供のように髪を撫《な》でてもらうだけのスキンシップで、驚くほど安らげた。

野々宮が、少なくとも伊能に欲情することを隠そうとせず、かえってあからさまに見せてくれたことが、野々宮が自分に嫌悪感を抱いてはいないという証明ともなったし、伊能の中でいっぱいになっていた嫌悪感や絶望も薄らいだ。

衝動的に飛び降りようとした自分を救ってくれたのは、野々宮だった。

だから、野々宮が悩んでいるのなら、せめて話なりとも聞いてやりたかったし、そばにいてやりたい。

具材を炒めて火にかけ始めると、ザァッ…という音とともに、ふいに激しい雨が降り出した。

今晩から天気が崩れるとの予報を思い出しながら、伊能は窓を閉める。

そして、バケツの底でも抜いたように急に激しくなりだした雨に、野々宮は傘を持っているのだろうかと思った。

伊能の官舎までは駅から歩いて十分程度だが、この激しい降りでは、傘がなければ濡れ鼠になる。

時計を振り返ると、ちょうど塚口で乗り換えているはずの頃だった。

こういう時、車がないとやはり不便だなと思いながら、伊能は鍋の火を止め、玄関に置いてある傘を取り上げた。

アスファルトの上に白くしぶきが上がるほどの激しい雨の跳ね返りは、パンツの裾を濡らし、歩き始めて五分もするとスニーカーの中まで不快に濡れた。

普通ならまだ陽のある時間帯なのに、空一面を覆うように濃い灰色の雨雲が低く垂れ込めている。あたりは夜のように暗く、滝のような雨に遮られて視界はひどく悪い。

道路脇の歩道はすでに池のような水たまりが所々にでき、ライトを点《つ》けた車が行き過ぎるたび、しぶきが高く上がった。

野々宮が駅に着くまでに届けてやらなければと、もう一本の傘を腕に引っかけた伊能は、傘の中で予想以上の視界の悪さに目を細める。

頭を覆うようにスーツの上着を上からかぶった中年の男性が、反対側の歩道を走ってゆく。男が頭の上にかざした上着は気休めにもなっておらず、頭の先から足先まで、気の毒なぐらいにびしょ濡れだった。

伊能自身も傘の内へ吹き込むしぶきで湿り始めた前髪をかき上げた時、二十メートルほど先に車のライトに照らされて、長身の男の影が浮かび上がった。

伊能は前方に深く下げていた傘の先を少し上げ、男の影を確かめる。

「…野々宮…」

スーツ姿の野々宮は全身濡れ鼠になりながら、片腕に引っかけたままの上着を利用して頭をかばうこともなく、うつむき、まるで足を引きずるようにして歩いていた。

濡れそぼったシャツは雨で肌に張りつき、下のTシャツのラインすら透けて見える。もとの色がわからないほどに赤黒く水を吸ったネクタイの先からは、水が滴り落ちていた。

まっすぐに前を見て歩いてゆく、いつもの迷いのない足取りとは裏腹の、何かに打ちひしがれたような重い足取りだった。

「野々宮！」

呼びかけ、そのまま伊能は青年のもとに走り寄っていく。

名前に反応して野々宮は顔を上げるが、雨にさらされたその顔は、泣いているようでもあった。

「野々宮…」

「…伊能さん…」

呆然としたような顔で呟く野々宮に、伊能は傘をさしかける。

「こんなに濡れて…」

慌てて提げてきた傘のストラップを外す伊能の視界が、一瞬、男の肩に遮られる。息がかかるほどそばに立った野々宮の頭の重みが、肩にとんとかかってきた。

「…野々宮…?」

肩にかかる頭の重みに、伊能はおそるおそる声をかけた。

泣いているのかとも思ったが、傘を打つ雨音の激しさにかき消され、何も聞こえない。

ただ、頰に当たる男の首筋は、冷たい雨の中でもしっかりとした体温を伝えてくる。

「野々宮…」

もし、誰かに見られたら…、と少しの間逡巡し、やがて伊能はゆっくりと腕を上げた。

「野々宮…」

濡れそぼったその広い背中に少しの間、腕をまわし、伊能は囁《ささや》いた。

「行こう…」

「シャワー、使うといいよ。なんなら、風呂に湯を張ってくれてもいいし」

伊能はバスタオルを差し出しながら、洗面所で水が滴るほどに濡れたシャツを脱ぐ野々宮の、褐色に引き締まった身体から目を逸らした。

野々宮の身体を直視することに抵抗があるのは、自分でもどこかでやましさを感じているからだと思う。

「何か着替えを捜すから」

不審に思われない程度に素早く身を翻し、伊能は洗面所との境の引き戸を閉めた。

こんな時にまで、いったい何を考えているのかと自分でもあきれながら、伊能はさっき野々宮の背中にまわした自分の手のひらを見下ろす。

濡れて張りついたシャツ越しに感じた熱、無駄のない筋肉の硬さ、がっしりとした骨格。

自分よりも一回り以上もしっかりした青年を抱いた瞬間に感じたのは、欲望などよりも胸が締めつけられるような愛おしさだった。

打ちひしがれた野々宮に抱《いだ》いたやくたいもない想いを頭の中から追い出すため、伊能はおそらく自分とはワンサイズ異なるはずの、野々宮でも着られるような服を捜し始めた。

かなりゆとりのあるTシャツと、ウエストをヒモで絞れるようなパンツとをそろえ、野々宮がシャワーを使っている間に洗濯機の上に置いておいた。

そのままになっていたカレーに火を入れ始めたところで、タオルで髪を拭いながら、それらを身につけた野々宮が鴨居の下をひょいと頭をくぐらせ、顔を覗かせた。

「色々、すみませんでした」

普段よりは沈んだ声だったが、いつものような理性は戻っている。

伊能は唇の両端を上げてみせると、鍋を混ぜていたお玉を少し掲げて頷いた。

「カレー、食べるだろう。あとは少し煮込むだけだから、ゆっくりしてていいよ」

野々宮も自分のとった言動に若干の照れがあるのか、普段は見せないようなはにかんだ笑みを見せた。

伊能がカレールーを割り入れている間に、野々宮はぼんやりと見るともなく、朝つけたチャンネルそのままのニュース番組を見ているようだった。

伊能は食器棚からブランデーを取り出し、氷やグラスと一緒にトレイに載せた。

毛足の長い絨毯の上に長い脚を投げ出すようにして座った野々宮は、トレイの上のヘネシーのナポレオンを眺め、ゴージャスですね…、と少し目を見開き、呟いた。

「ビールの方がよかった？　うちには、アルコールはこれしかないんだ」

伊能はわざと明るめに軽口を叩く。

こえない。

ニュース番組に続いて天気予報が流れる他は、さっきよりは少しましになった雨音しか聞

伊能が水割りを作っていく様子を子供のようにおとなしく眺めていた野々宮は、伊能さん、これ…、と控えめに声をかけてきた。

「これって、昔の…？」

野々宮が指差す棚には、渡瀬の形見分けでもらったビデオテープがラベルをきっちりと貼られて置かれていた。

「ああ、渡瀬が君を撮ったテストフィルムをＶＨＳに起こしたテープだよ」

以前にちらりと見て辛《つら》くなり、棚に押し込んだままになっていたテープを、伊能は取り出す。渡瀬がカメラの中で動いている映像としては、これが唯一のものだったという。

「見てみる？」

尋ねると、ええ…、と野々宮は頷いた。

グラスを野々宮に渡し、伊能はビデオデッキにテープを入れ、リモコンを手に野々宮のかたわらに戻る。

週刊予報の画面が暗転し、少し乱れた画像のあと、すぐにモノクロの画面が始まった。

「…これ、モノクロのフィルムだったんですか？」

教室での引きの構図から、次第にアップになる自分の横顔を見ながら、野々宮は少し驚い

たような声を出す。

「うん、見たことなかった?」

「ええ、結局、役は断ってしまったんで…。渡瀬さんにいくつか映画のコンセプトは聞いてたんですけど」

画面の中から聞こえてくる話し声や雑然とした音にも耳を傾けているせいで、自然と二人の声は潜めたものになる。

「へえ、僕は逆に何も中身については教えてもらえなかったよ。恥ずかしいからって…。タイトルも知らなかったな…。このフィルムはテストフィルムだし、自主制作の話自体も、君が降りた時点で他に適当な主役が見つからないからって、結局は別の誰かの脚本を採用したらしいから、ずっとお蔵入りになってたんだね」

野々宮の手の中で、グラスの氷が音をたてる。

白黒の画面の中で野々宮が、学生の頃の、あの伊能が苦手でさえあった独特の獰猛《どうもう》さすら秘めた表情を見せている。

「…若いな。若くて、どうにも青臭くて…、照れますね」

野々宮が小さく呟いた。

「青臭い?」

画面の中で、野々宮がこちらを向き、破顔したところだった。

「ええ、自分の知らない横顔なんかがすごく尖《とが》ってて、嫌になります。渡瀬さん、よく俺なんかを主役にしようなんて思ったな」

照れなのか、野々宮が大きな手で湿った前髪を何度もかき混ぜる。

「僕も渡瀬が何を撮りたいと思ってたのか、知らないんだよね。でも、君以外に主役に適当な人間がいないって言ってたから、多分、君以外に代えのきかない何かがあったんだよ」

ほら…、と伊能は画面の中の誰かの声を示す。

――素人だろ？　すげぇ、存在感ある。

「存在感か…、うまいこと言いますね。俺、自分がこんな威圧感のある歩き方をしてることも知りませんでした」

ぶつかったら、喧嘩売られそうですよね…、と野々宮は苦笑した。その笑いは、フィルムの中の笑いよりもはるかに柔らかく、穏やかなものになっている。

これが年月というものなのだろうかと、伊能はぼんやりと思った。

「…あ、渡瀬さん」

――おいこら、写すなよ。格好悪いだろう。

渡瀬の声に重なって、野々宮が呟いた。

この男との関係を知られているという気恥ずかしさはあったが、以前のような胸が疼《うず》くような胸苦しさはない。

ただただ渡瀬の表情や声が懐かしく、もう一度会って話がしたいと、今は無性に思った。

野々宮の表情をうかがい見ると、懐かしそうに目を細めている。

こんなふうに二人で肩を並べ、今はもう亡き友人を偲ぶことになるとは思っていなかった頃の、屈託のない伊能の笑い声が響いてる。

長身の渡瀬が笑いながら皿を手にカメラの前にかがみ込むようにして、ぷっつりと画像が切れ、あとは青いばかりの画面が続く。

黙ってその青い画面を眺めたまま、グラスを口に運ぶ野々宮の横顔に、伊能は静かに尋ねた。

「何かあった？」

伊能がビデオ画面をもとのニュースに切り替え、テープを取り出しながら尋ねると、野々宮は、少し…、と苦く笑い、濡れた前髪をかき上げた。

「スーツ着てたね、登庁したの？」

軽く絞って、とりあえずはハンガーに吊るしたずぶ濡れのスーツを振り返ると、野々宮は目を伏せる。

「この間の事件、まだ引きずってて…。熱心な刑事が一人いて、情報筋にこっそり会わせてくれたんです。やはりこの間の事件には裏があって、ごく断片的でしたが、その男もいくつかのキーをくれた」

裏資金、藤田という総会屋、松島屋、丸井物産、そして警察捜査への圧力…、と野々宮は低く呟く。

「藤田…?」

伊能は過去の事件の中で聞いたことのある名前を、記憶の中に探る。

「多分、嶽嶋組系の総会屋の一人だ。でも、かなりの末端…」

いくつもの系流を持つ嶽嶋組の中に位置する男であり、警察の捜査への圧力をかけられるほど力のある存在ではない。

さらにまだ奥があるのか。

「でも、それだけです。ただのとっかかりのキーワード」

苦い表情でグラスを口に運ぶ野々宮のジレンマが、痛いほどにわかる。

もう少しの取り調べや裏付け調査でもっと明らかになるはずだった事件背景は、表立って顔を表さない警察側幹部のために事件の解決済みを言いたてられ、すでにただの殺人や保険金詐欺未遂などで起訴されている。

直接、捜査をすることのできない地検刑事部の多忙さ、指揮範囲の限界を充分に承知している、事件の単純なまでの図式が恐ろしい。

「つかみかけたものが手からすり抜けていったようで…、自分の力のなさがつくづく悔しいです。本当はもっと何か手を打てたんじゃないかと、もっと食い下がっていれば違う方向へ事件は動いたんじゃなかろうかと…、それとも、俺の力は所詮こんな程度にすぎないんだろうかなとも…」

みっともない執着ですが…、と野々宮は畳の上に目を落とした。

「…膝枕でもしてあげようか？」

慰めの言葉がうまく使えず、伊能は冗談めかして明るく言った。

そして、同性に興味があると告白した自分の下心を見透かされるのではないかとすぐに悔やみ、鍋を見にいくふりでその場を立とうとした。

ふいに腕が伸びて、そんな伊能の手首を捕らえる。

その瞬間、野々宮の手の中で動揺のために伊能の手がひどく跳ねた。

みっともない動揺を知られたのではないかと、伊能は怯《おび》える。

「少しだけ…」

伊能の手を握ったままの野々宮が呟く。そんな表情がどうしようもなく愛おしくなって、伊能は野々宮の頭をゆっくりと引き寄せた。

野々宮の腕が伸び、伊能を跪《ひざまず》かせ、抱き寄せてくる。

伊能は応えるように野々宮の身体を抱き、その髪に指を絡める。

自分から野々宮に唇を重ねた。いくらか唇を重ねると、やがて野々宮は驚くほどの激しさで伊能を貪《むさぼ》ってきた。

それでも、野々宮の動きに乱暴なものは少しもなかった。

長い指がゆっくりと身体のラインを探ってくる。あますことなく肌を探る手に応えて、伊能は高い鼻梁と引き締まった口許とに、次々に唇を落とした。

どちらが与えて、どちらが与えられているのかよくわからない愛撫を交わしながら、二人は床にもつれ込む。

時間帯が切り替わり、軽快な音楽とともに次のニュース番組のテロップが流れる中、伊能は少し潤んだ瞳で野々宮がTシャツを脱ぎ捨てるのを見上げていた。

明るい挨拶のあとに、ニュースの主な項目を読み上げるアナウンサーの声が、雨音に混じって聞こえる。

覆いかぶさってきた身体を、伊能は腕を伸ばして迎え入れた。

伊能さん…、低い声が名前を呼ぶと、勝手に身体の方が蕩《とろ》ける。

自分にとって長らく禁忌《タブー》だった行為が、何かを注ぎ込まれると同時に、相手に何かを与える行為でもあるのだと、快感の合間に伊能はようやく身をもって理解した。

Ⅲ

「それでは大栄《だいえい》商社本社、及び社長ら役員の自宅への強制捜査は、国税局との打ち合わせどおり八月十日をもって実行するので、各捜査チームへの連絡をお願いします」

大阪地検特捜部部長の立石《たていし》は、副部長や主任検事ら責任者だけを集めた数人での打ち合わせを、いつものように簡潔な言葉で締めくくった。

「立石部長、ちょっと…」

次々と部屋を出ていく検事達の後ろ姿を横目に、副部長の水野《みずの》が立ち上がりかけた立石を呼び止める。

「今回の事件とは関係ありませんが、別件で伊能が報告を入れてきてまして…」

老獪《ろうかい》な亀を思わせる頭のはげ上がった水野は、少し声を落とした。

「刑事部の検事が先日、ある保険金殺人を手がけまして、その際、背後に暴力団の一資金源としてのルートなどを探り当てたようですが、警察側の一方的な捜査の打ち切りのために、結局、そのまま事件を処理せざるをえなかったようです。別口のルートから、総会屋の藤田の名前などまでをつかんできていたようですが…」

「ほう、誰?」

「野々宮検事ですが」

うん、と立石は部下からいつも報告を聞く時のように口許をへの字に曲げ、眉間に皺を寄せたまま頷く。

「一応、刑事部の山下部長のほうからも報告が上がっています」

また一つ、立石は厳しい表情を微動だにさせずに、うんと頷く。

報告を上げる特捜の検事達からは、言葉少ななために何を考えているのかわからないと恐れられてもいる、特有のポーカーフェイスでもある。

「藤田ね…、どこからつかんできたんだか」

立石は呟くと、顎に手を当て、初めてほんのわずかに、にやりと笑った。

「また山下部長が人手がなくなると渋るだろうが、その野々宮検事、応援でこっちに抜いて、その件について内偵させて。前野《まえの》検事正には俺から話しとくから」

「そりゃあ、山下さんは渋りますわなぁ。ただでさえ、東京から五人ぐらいまとめて検事をよこしてくれないだろうかって、始終、愚痴ってるのに」

嫌な役は私ですか…、と立石よりも年上の、定年間近い老検事はぼやく。

「だって、水野さん以外、山下さん説得できるのはいないよ」

恩にきます、このとおり…、と立石は顔の前に片手を掲げ、頭を下げてみせる。

「部長、ツケにしときますよ。これは」

水野はおどけたように唇をわざと突き出してみせながらも、しかし、と首をひねる。

「しかし、よく気づきましたなぁ。その野々宮という検事も。調書のほうを少し見ましたが、普通は気づかんですよ。保険金殺人が暴力団の資金源だなんて」

「たまたまその事件に当たったって運っていうのもあるだろうけど、やっぱり、なかなか得難い検事向きの勘を具《そな》えた男なんでしょうな。それに、しつこいね、まったく。しつこいよ」

普通、諦《あきら》めるからねぇ…、と立石は、心底楽しげに頷く。

「私は、部長が誰かをけなすのは、目をかけてる証拠と知ってますよ」

水野は背に手を当てて腰を伸ばしながら、高速道路に遮られて視界の悪い窓の外を眺めた。

「大阪地検刑事部、野々宮尭《きょう》検事、本日付けで大阪地検特捜部、事務取り扱いを命じる」

クーラーのよく効いた地検の検事正室で、事務官の黒木とともに並んだ野々宮は、検事正の前野から辞令を受け取る。

「同じく同部、黒木まり検察事務官、本日付けで特捜部事務取り扱いを命じる」

少しウエストを絞ったクラシックなラインのスーツに身を包んだ黒木は、今日もいつものように婉然《えんぜん》とした笑みを浮かべ、前野から辞令を受け取った。

「黒木さん、榛原さんに報告は？」

大阪へ移ってきて半年と経《た》たないうちの、突然の特捜部への応援異動に驚きながら、検事正室を出てエレベーターに向かう途中、野々宮は尋ねる。

応援検事というのは、正式な異動とは異なっている。何か大きな事件を抱えて現行の特捜部の検事だけでは足りない時に、他部署や他地検の検事が臨時要員としてまわされることをいう。

しかし臨時要員というかたちではあるが、その働きが認められて、あとで正式に特捜部に異動になることも多い。

「そうね、家に帰ってからでいいわ」

黒木は楽しそうに手にした辞令を眺めながら、榛原にとっては少し冷たくも聞こえる言葉を、そのふっくらとした魅惑的な唇から吐く。

「一応、応援とはいえ、榛原さんとは同じ部署ですよ」

「いいのよ、私が転勤するわけでもなし。逐一報告するより、少し焦《じ》らしたほうが楽しいでしょ？　どうせ、昼休みにあの人の事務官の口からでも伝わるわよ」

それでも黒木は、でもやっぱりワインでも買って帰ろうかしら、私のために…などと、それなりに報告の楽しみ方を考えているようではある。

余裕のある女性はこういうものかなと思いながら、野々宮は少しアンニュイな雰囲気のある黒木の艶《つや》っぽい横顔を眺めた。

「野々宮さんこそ、伊能さんに教えてあげてきたら」

その黒木は、エレベーター前で、野々宮が次に考えたことを見越したように顔を振り仰ぐ。

「そうですね…」

野々宮は、先日、自分の身体をひたむきになぞってくれた伊能の細い指を思いながら、頷いた。少しひんやりとしたその清潔な指の感触が、今も愛しい。

伊能がためらいながらも与えてくれた心地よくやさしい熱、あのひそやかな吐息は今もひっそりと自分のどこかに寄り添っているように思える。

「取り調べ中じゃないようなら、ちょっと行ってきます」

あの日、伊能のところに安らぎを求めに行った理由を、野々宮は迷うことなく口にできる。あの人が誰よりも欲しかったからだ。

「きっと喜ぶわよ」

たまに、人の心をどうにかして読んでいるのではないかと思えるような女は、にっこりと微笑《ほほえ》んだ。


特捜部長の立石、そして刑事部長の山下のところへと寄ったあと、野々宮は伊能の部屋へ向かった。

扉をノックする前に、扉の横にある入室の可否を示すプレートが、入室禁止に転じていないことを確認する。

入室禁止は取り調べ中、被疑者とのぎりぎりの攻防戦を行っている場合などに用いられる。被疑者や検事本人の集中力を逸らさないためである。時には電話一本でさえ、相手との攻守が転じてしまうからと、呼び出し音が鳴ることすら厭《いと》う検事も多い。

扉をノックすると、どうぞ…、と中から穏やかな返事が返る。

中へ入ると、席を外しているのか立会事務官の姿はなかった。

伊能は一人、びっしりと付箋の立った帳簿が積み上げられた机に、身を埋《うず》めるようにして作業している。

「野々宮…、どうしたの？」

決して、楽な作業ではないだろうに、積み上がったファイルの間で顔を上げた伊能は、いつものように柔和な表情で野々宮を迎える。

以前より少しは笑みの中に甘さがあるが、職場ではさすがに先輩検事としての一線は崩さない。

後ろ手に扉を閉めた野々宮は、軽く息を吸い込むと少し笑った。

「実は特捜に応援になったので、ご報告に」

え…、と目を見開き、すぐに伊能は破顔した。

「そうか…、そうなのかぁ…」

立ち上がり、伊能は机をまわり込んできて手を差し伸べる。

「これで、思う存分、事件を追えるね」

これからだね…、と微笑む伊能の手を握り返しながら、野々宮は自分の特捜部への異動にいくらかの力を貸してくれたのは伊能ではないかと、内心で思った。

立石、そして野々宮の直属の上司となる特捜部副部長の水野のもとに寄ったとき、特捜応援検事としての野々宮が拝命した仕事は、今扱っている仕事が終わってから、新しく扱う事件に先駆けての内偵調査だった。

少しでもそこに疑惑ありと思うなら、迷うことなく進んで、その疑惑をはらせ…、特捜部長の立石は、そう言葉少なに言って、自分よりも背の高い野々宮の肩をたたいた。

もちろん、伊能に人事を決裁する権限があるわけはない。

ただ、野々宮が追っていたあの事件のことをなんらかのかたちで上の耳に入れてくれたのではないだろうかと、その手を握った時に思えた。

伊能は何も言わない。よかったね…、と穏やかに微笑むばかりだった。

そんな表情に、野々宮は自分でも不可解な、愛おしさに近い安らぎを覚える。

この人は自分で思っているほど未熟でもなく、自分本位でもない。そばにいると驚くほどに柔らかな安らぎをくれる。それを愛おしいと思うと同時に、さらに完全に自分のものにしてしまいたいという独占欲が湧《わ》いてくる。

渡瀬が一生をかけても得たいと言ったものが、今、自分の目の前でも柔らかな輝きを放っているのが見える。

「ありがとうございます」

野々宮は、言葉にして自分の働きを押しつけようとしない伊能の厚意に、やはり言葉にする以上の諸々の感謝をこめ、頭を下げた。

Ⅳ

部屋を特捜部取調室が並ぶ階に移し、とりあえずの数日間は、野々宮は先日、起訴した暴力団幹部の所属する組の背後の洗いや、広域暴力団の嶽嶋組の組織図などを徹底して調べることに忙殺された。

特捜検事の事件についての内偵は、非常に隠密裏に行われる。もちろん、検察内部の検事にも何を追っているかなどは、表立って言わないし、警察にも協力を求めたりすることはない。

帳簿や銀行の取引状況、過去の関連事件などを、一つずつ洗っていくような、地道で根気のいる作業を要求される。これについては、経験の長い黒木が非常によき協力者となった。教わっていた浪速署の岸辺の携帯に、特捜部への異動を連絡すると、非常に喜んでくれた。ただやはり長い刑事経験上、特捜検事の仕事内容やその機密性を知っているのか、力になります…、などとは決して言わない。

また、一緒に釣りにでも行きましょう、とたわいもない約束を交わして、野々宮はすぐに公衆電話からの電話を切った。

そんな慌ただしい数日を送り、一日を終えた野々宮の帰りは、やはりいつもどおりの終電ぎりぎりの時間だった。

立ち並ぶ雑居ビルの飲み屋の明かりも少なくなってきた時間、野々宮は太融寺《たいゆうじ》近くの裏通りを駅に向かって歩いていた。

モータープールやラブホテルの多いこの一画は、この時間になると表通りを一本入っただけで、歩く人も少なく、暗く閑散としてくる。

表通りの車やバイクの騒音が速く聞こえる中、争う野良猫の威嚇的な鳴き声が、昼間のむっとするような熱気の残ったアスファルトの路面に響いて消えた。

今度、休みの日にでも伊能と一緒にゆっくり話をしてみたいと考えながら野々宮が道を急いでいると、横手のモータープールからシルバーのシーマが滑り出てきた。

徐行するその車幅の広いセダンをよけて道の片側に寄った野々宮の前で、車の後部座席のウインドーが軽い作動音をたてて下がる。

すぐかたわらの車の自分側の窓が開くことに、野々宮は少し不審を覚える。

立ち止まりかけたところに、中から男が声をかけてきた。

「こんばんは、検事さん」

人をくったような呼びかけと共に、窓から顔を覗かせたのは原口だった。着こなしの難しそうなチョークストライプのスーツを今日も自然にまとっている。

窓に片腕を引っかけて、原口は笑った。

道が暗いせいもあり、フィルムに隠された闇に紛れて見えないが、車の中には他にも何人かのボディーガードらしき同乗の男達の気配がする。

「偽名じゃなかったんですね、野々宮っていうのは。やはり印象どおり、気性のまっすぐな、嘘のつけない人だな」

原口は先日会った時よりもゆっくりとした、独特の抑揚のある話し方を見せると、ワイルドな顔立ちに楽しそうな笑みを浮かべ、手にしていた煙草を灰皿でもみ消した。

その特有の言葉運びは、コンサルタント会社で見せていた明瞭で歯切れのよいものとは異なり、どこか人を煙に巻くような、裏世界に手を染めた人間独特のものだった。

「…あなた、…原口さん」

いったいどうやって自分の仕事や居場所を探り当てたのだと、男の魂胆や意図するところが読めず、野々宮はわずかに眉を寄せた。

「蛇の道は蛇って言ってね…、言ったでしょう、調べるなんて造作もないって。最近、特捜に異動になったそうですね」

さすがに野々宮も少しぎょっとして、男の顔を穴のあくほど見つめる。

「お気をつけなさい、世の中にはそんなことを平気でこちら側へ流す人間もいるんです。あなたは、検察は正義の機関だなんて思ってらっしゃるかもしれないけど、金のためにはなんでもする人間は、ホント、多いんですよ」

原口が少し声を低めて、新しい煙草を咥《くわ》えると、奥から伸びた手がその先に火をつけた。

「あんた、いったい誰の味方なんです？」

男の言葉にぞっとするような思いになりながら、野々宮も声を低めて問う。

「まだまだ、始まったばかりですよ。あなた、まだスタートラインに立ったばっかりだ…」

野々宮の問いには答えず、じゃあ…、と片手をあげて、原口は運転席の男に顎をわずかにしゃくってみせた。

野々宮は眉をひそめたまま、再び音もなくなめらかに滑りだした車の、赤いテールランプを見送る。

何か背後に蠢《うごめ》くものを感じさせながらも、一方的に目の前で糸を断ち切られた事件。法によって保証されたはずの捜査機関に所属しながらも、一介のヒラの検事にすぎない自分の力の限界を思い知らされ、苦汁を飲み下すような不本意な思いを味わわされたあとの、晴れがましく充実した異動。

ようやく追跡が許されたばかりの事件の一片。

闇の中に隠れる何かは、まだ垣間見えるようで見えない。

あれは味方なのだろうか、それとも人を煙に巻こうとする敵なのだろうか、もしくはたまに気が向いたときに茶々を入れる傍観者でありたいのか…、と野々宮は首をひねりながら駅に向かう。

時計に目を落とすと、すでに終電にまもない時間だった。

そこからかなり足を速め、阪急《はんきゅう》の三階のホームへと上がっていった野々宮は、ホームの中ほどで終電車を待つ清濁入り交じった人々の中に、はっきりと澄んだ高潔な魂の持ち主の横顔を見つける。

その人は白い清潔なシャツの袖を肘までまくり、手にした文庫に目を落としていた。

「伊能さん！」

手をあげながら声をかけると、伊能は振り返り、ゆっくりと目を細めて笑った。

五章

I

よく晴れ渡った、穏やかな藍色《あいいろ》の海の向こう側に、やや濃いめの淡路島《あわじしま》の影が見える。

日射しは強いが、柱の根本に寄せ来る、絶えることのない柔らかな波の音と、少し湿り気を帯びた潮風、そして、どこまでも続く海の上に開けた広い視界とには、心地よい解放感を覚える。

日頃の憂さなど、潮風にたちまちかき消え、何もかものんびりと、穏やかな気持ちとなってゆく眺めだった。

借り物の釣り竿を握った伊能は波間に浮かんだ浮きよりも、むしろ、白く長く淡路島のほうへと延びた明石《あかし》海峡大橋と、海の上に遠く浮かんだ舟影をぼんやりと眺めていた。

眩《まぶ》しい日射しに、かすかに目を眇めた伊能の額の上の髪を、潮の香りを含んだ、やや重い風がさらっていく。

伊能は、須磨《すま》の岸から沖合いに四百メートルほど張り出した、固定栈橋の上にいた。

がっしりした金網をいくつも組み合わせて造った大規模な人工の釣り栈橋は、休みのせいか、多くの釣り人で賑《にぎ》わっている。

銀色に鈍く光る金網越しに下を覗けば、はるか下方に緑みを帯びた水面と、どっしりとした赤く太い鉄柱にあたっては散る白い泡とが見える。

潮は引き潮だった。

視界の端を、隣の釣り人が投げた仕掛けが、ざっとかすめる。

ふとそちらに気を取られた伊能は、管理塔のほうから、広い釣り台の上を長身の男が戻ってくるのを見つけた。

輪郭や目鼻立ち、身体つきは、全体的にナイフか何かで荒く削《そ》いだように鋭角的なラインだが、顔立ち自体はけっして悪くない。

しかし、髪と瞳の色素が少しほかの人間よりも濃いせいか、眩しい夏の日射しの下でも、その存在は冴え冴えと黒く、無機質に見えた。

Tシャツにジーパンというごくありきたりの格好だ。それでも長身のせいか、バランスのいい四肢のせいか、その不思議なまでに無機的な印象のせいか、男は金網の固定桟橋の上でも鮮やかなまでに際立って見える。

縁の大きな麦わら帽子を抱えた男は、伊能と目が合うと少し大きめの口許をゆるめて笑う。

冴えた黒ずくめの印象にもかかわらず、その笑みは驚くほど人なつっこいものだった。

伊能は一つ年下の検事、野々宮に微笑み返す。

「何か、かかりましたか？」

野々宮は手に提げてきた麦わら帽子を、伊能の頭にかぶせながら尋ねた。

低い硬質な声には、独特の抑揚と掠《かす》れがある。

どちらかというと乾いて淡々とした印象の声だが、いざとなれば大きな説得力を秘めたり、驚くほどの熱っぽさを孕《はら》んだりすることを、伊能はつい最近になって知った。

「何もかからないよ。餌が塩水で伸びて、ふやけるばかりだ」

「連中、いいもん喰ってますからね。石鯛狙い専門の人だと、鮑《あわび》や伊勢エビなんか、餌にしてたりするから、その隣で青イソメなんかぶら下げても、目もくれないかな」

「せっかく餌《イソメ》に指を咬《か》まれながらもがんばったっていうのに…、鮑なんて聞いたら、気がそがれるよ」

伊能は、足許のパックの中で砂に交じって蠢く不気味な生き物を思い、顔をしかめる。

針にかけるときに伊能の指を咬んだ不快にヌメったミミズ状の環形《かんけい》動物は、どうにもいただけないシロモノだった。

「青イソメも、釣り餌としては定番なんですよ」

さして悔しそうな顔も見せず、腰に手をあてがった野々宮は、伊能の竿の横からのんびりと海面を覗き込む。

「伊能さん、虫も殺さないような顔で、平気で青イソメを手づかみにして針に刺すんですもん。驚きました」

伊能が眉をひそめてイソメを針につけていた様子を思い出したのか、野々宮は笑った。

「悲鳴でもあげて、君につけてくれって頼むとでも思ってた？」

伊能は麦わらの陰から、男を横目に軽く睨む。

確かに伊能は潔癖なところのある分、あのミミズ状のイソメのヌルヌルした感触はどうにも気味が悪い。あの後、汲《く》み上げた海水で何度も手を洗った。

しかし、さすがに虫やミミズに手も触れることができないだとか、見ただけで悲鳴をあげるといったような、外見ほどの線の細さはない。

「そんなこと、期待しちゃいませんが…。そうですね…、でも少し…」

腕を組んだ野々宮は、曖昧《あいまい》に言葉を濁して苦笑する。

「伊能さん子供の頃って、気になる女の子の困った顔なんか、見たいと思いませんでした？」

「…どうして、好きな子をわざわざ困らせるの？」

尋ね返す伊能に、野々宮は一瞬、押し黙った後、ぼそりと呟く。

「…伊能さん、神父《ファーター》なんて言われるわけだ」

ないならいいです…、と野々宮は少しきまりの悪そうな笑みを浮かべたまま、沖を眺める。

「だけど、あのあとで眉を寄せながら何度も手を洗ってる伊能さんは、ちょっと微笑ましかったな」

「いいんだ、立派な鯛を釣り上げて、あとで君に吠え面かかせてやる」

「そういうところ、ホント、おとなしそうな顔に似合わず、負けん気強いんだから…」

はいはい…、と野々宮はジーンズの尻ポケットから取り出したデニム地のキャップをかぶりながら、クーラーボックスを引き寄せて、隣に腰掛ける。

「この帽子は？」

野々宮がかぶせてくれた麦わらを手で押さえながら、伊能は尋ねた。

「借りた車に載ってたのを、拝借してきました。海の上での日焼けを侮ってると、あとで痛い目見ますから」

二人が須磨まで乗ってきたステーションワゴンも、伊能が腰掛ける組み立て式の小さなアウトドア用のパイプ椅子も、すべて野々宮が庁の人間に借りてきたものだった。

少しずつ、大阪地検にも溶け込んできているらしい。

「これも…」

野々宮は腕を伸ばし、子供にでもするように、伊能の目の下に白いスティック状のものを塗りつける。

「これは？　日焼け止め？」

おとなしくその白いクリームを塗られながら、伊能は尋ねた。

色めいた仕種にはほど遠いが、野々宮の長く硬い指先が頬に触れるのはくすぐったい気分で悪くない。

続いて、野々宮は自分の目の下にも、器用に塗りつける。

それだけで、普段は大人びて男っぽい顔がかなりやんちゃっぽい雰囲気になり、伊能は声をあげて笑った。

「友人がアメリカ土産にくれたんです。アイブラックっていって、眩しさ止めになるらしいです。大リーグの選手なんかが、よく目の下に塗ってるでしょう？　これから、西日で海の照り返しもきつくなりますから」

野々宮は針先に器用に餌をつけながら答える。

伊能は波間にゆるやかに上下する浮きを、ぼんやりと眺めた。

沖合いをゆっくりと白いフェリーが行く。

連日の残業で、ほとんど終電で帰宅するような慌ただしい日々が続いており、こうして海辺でゆっくりと自分の時間を過ごす贅沢など、本当に久しぶりだった。

伊能は潮風を深く胸に吸い込む。

少し前、伊能が抱えてきたものすべてを、同性愛指向も含めたすべてを、包むように野々宮に肯定されて、泣きたくなるほどに安堵した。

おそらく、口先の言葉ばかりではなく、あのとき、野々宮が自分に触れてくれたから、口づけてくれたからこその信頼だった。

伊能を押さえ込んで、反応した下肢を隠そうとしなかったからこそ、そんな自分を受け入れてくれる存在があるのだと、理性ではなく感覚に近いところで理解した。

あれ以来、野々宮を自分よりも信用していると言ってもいい。

次の休みにでも…、終電を待つホームで野々宮が言った。

釣りにでも行きませんか…、と誘われた。

あなたとゆっくり、話がしたいと。

何、口説くつもりかと冗談混じりに笑うと、ええ、一日かけて…、と悪戯《いたずら》っぽい目を向けられた。あれが戸惑いながらも嬉しくて、約束の日を取り決めた。

そして今、海に突き出した桟橋の上に、二人で肩を並べている。

野々宮が軽く竿を振って、仕掛けを沈めた。

「お手並み拝見」

からかうと、横顔で静かに笑われた。

伊能も目の前に広がる穏やかな海のほうへと、視線を戻す。

なぁ、渡瀬…と、沖合いの白いフェリーの影を見ながら、伊能は胸の奥で、そっと友人に語りかけた。

今、ここに野々宮と一緒にいるよ…、そう思うと、不思議と胸の奥が温かくなった。

並んで、海を見てるよ…、穏やかな海の色を眺めながら静かに語りかけると、渡瀬の穏やかな笑顔や好きだった声ばかりが思い出された。

本当に一瞬、ごく一瞬の間だったが、すぐ側《そば》に渡瀬が共に立っているような気さえして、伊能はかたわらを振り返った。

むろん、そこには誰もいない。

少し距離をおいて、目深に帽子をかぶった中年男性がリールを巻き上げていた。

しかし伊能は誰もいないその場所に、自分が渡瀬を失ってからの長い間、ずっと目をふさいで見ようとしなかったものを見たような思いだった。

渡瀬を亡くした、失ったと思うことが間違いなのではないか…。形を変え、気配を変えて、渡瀬がいた記憶は自分の中にこれからも生きていくのではないだろうか…。

これまで理解できなかったもの、理解しようとしなかったものが、今、まるで氷が溶けるようにすんなりと胸に溶け込み、呑み込めたように思える。

自分一人が置き去りにされたと思うこと自体が過ちだったのではないかと、伊能はどこまでも青い夏の海を眺めながら思った。

潮風に吹かれる中、目には見えない、温かなものに四肢が包まれ、胸の内が静かに穏やかなもので満たされていくような気がした。

こんなに満ち足りて穏やかな気持ちなど本当に久しぶりだと、釣り竿を握った伊能は目を細めた。

「大漁だ」

関西ではチヌと呼ばれる、四十センチほどの黒鯛が二匹おさまった、四駆のハッチのクーラーボックスを振り返り、伊能は笑った。

「釣ったのは、横のオヤジじゃないですか。俺たちはその上前はねただけ」

バックミラーを調節しながら、野々宮は苦笑する。

「気のいい人でよかったね。釣った魚、全部くれるなんて」

「伊能さんのは、落としたっていうんですよ。おじさん、伊能さんにほめられて、自慢話聞いてもらって、ご機嫌だったじゃないですか。俺、ちょっと伊能さんの取り調べを垣間見たような気がしました。あれですね、『落としの伊能』なんて言われてる技は。いつも、ああやって落としてるんですね」

「人聞きの悪い…」

休日特有の東行きの渋滞の中、二人きりの、閉じ込められた空間を恐れるように、いつになく伊能と野々宮は饒舌《じょうぜつ》だった。

「やっぱり焼けたな、首筋が赤くなってますよ」

器用にハンドルをさばきながら、野々宮が伊能のほうを眺める。

その野々宮の視線がどこに向けられたのか考えると、少し面映《おもは》ゆい。

伊能は何気ないふりで、窓の外に視線を流す。

「潮のせいかな…。髪も…、シャツも少しベタつく…」

かき上げた髪が湿り気を帯びて少し重く、伊能は野々宮の横顔を眺めた。

ヒット曲の合間の、ＤＪの賑やかな喋《しゃべ》りが響く中、野々宮の削げたような輪郭が、暗い車内で前の車の赤いテールランプに浮かび上がる。

「俺の部屋で、シャワー使っていかれます？　替えのシャツぐらいなら、お貸ししますよ」

ほとんど動かない車の列を眺めながら、野々宮は横顔だけで言った。

淡々とした声からは、その奥の思惑は測り取れない。

「…シャワーなら、僕の部屋で使えば？」

半拍おいて、言い継いだ伊能を、片手をシフトレバーの上に載せたままの野々宮が、ちらりと横目で見る。

「泊まっていってもいいんですか？」

口許が少し笑っている。これまで見たこともないような、艶《つや》っぽい表情だった。

いつもは無愛想に思えるほどのクールな表情の陰に、こんな官能的な顔を隠していたのかと、こんな顔でこれまで相手を追いつめてきたのかと、少し息苦しいような思いになって、伊能は喘《あえ》ぐ。

「…いいよ」

努めて平静を装って答えたつもりだったが、語尾が震えた。

「ビデオでも借りていきましょうか。俺、見たい新作があるんです」

いつものごく自然な声に戻って、ギアをローに入れながら、野々宮はもとのように前を見る。

「いいよ、借りていこう」

握った拳を口許に押しあて、伊能は胸の前のシートベルトをつかんだ。


「刺身は、明日のほうが美味いと思いますよ。おろしたての魚は『いかる』って言って、ごりごりして硬いんです。刺身にする場合でも、おろしてすぐより少し時間をおいたほうが、あのごりごりした感触がなくなるんです」

いかるっていうのは、いかり肩のいかると同じなんですけど…、と食後、スポンジで食器を洗いながら野々宮が言う。伊能はその横で食器の泡を洗い流していた。

「あら炊きも、明日になると煮こごりができて、あれはあれで僕は好きだな」

「俺もけっこう好きかな。ちょっとゼラチン質で美味いですよね。あとで冷蔵庫に入れときましょう」

野々宮は食卓の上に残った黒鯛のあら炊きを振り返った。

器用なもので、男は魚を三枚に下ろしたうえに、刺身、そして、ごぼうと一緒に煮付けたあら炊きを作った。

松山地検にいた頃、釣りと一緒に、先輩検事に魚の下ろし方、簡単な料理法も教わったのだという。

スーパーでよく冷えた季節限定のビールを買い、伊能の部屋で二人ともシャワーを浴びて、濡れ髪の少しラフな格好のまま、簡単な食事の用意をした。

その二品のほかに白ご飯、枝豆、焼き茄子《なす》、そしてよく冷えたビールと、夏の贅沢を目いっぱい楽しみながら、借りてきたビデオを見た。

最後の皿を洗い終え、両手の泡を流してタオルで拭った野々宮は、伊能に断ると、残った皿にラップをかけ冷蔵庫にしまい込む。

冷蔵庫の閉まる音に、このあとどうしたものかと、伊能は一瞬ためらった。

その、伊能のためらいを見透かしたかのように、野々宮が声をかけてくる。

「布団、敷いときますよ」

「…ああ、僕も手伝うよ」

ひょいと鴨居の下で頭をくぐらせた野々宮に、なんとなく自然にそのまま従うようなかたちで、伊能はその背を追った。一瞬の間の悪さも、ごく自然にかき消える。

二人がかりで客用布団の上に新しいシーツを広げたあと、野々宮は自分の手を嗅《か》ぐ。

「魚臭さも、ほとんど消えたな」

「どれ？」

シーツの隅を布団の下に巻き込んだあと、野々宮の差し出した手に、伊能も顔を近づける。洗剤のレモンの香りに混じって、ほんのわずかに磯の臭《にお》いがする程度だった。

「へぇ、本当だ…」

言いかけた伊能の口許を、そのまま野々宮が片手で覆う。

驚く間もなく、もう片方の腕に腰のあたりを抱き寄せられ、あっという間に息がかかるほどの距離まで引き寄せられた。

「少し油断したでしょう？」

いきなりのことに赤くなってもがく伊能から、その口許を覆っていた手を放して野々宮は悪戯っぽく笑った。

「ゆ…、油断も何も…」

密着した姿勢が気恥ずかしくて顔も上げられない。腰のあたりにまわされたままの腕から少しでも逃れられないものかと、伊能は野々宮の胸許に手をつく。

クーラーの冷気に冷えかけていた肌に布越しにもしっかりした温《ぬく》もりが伝わり、なおのこと狼狽《ろうばい》した。

「…野々宮、意外に体温高いな」

「そうですか？」

野々宮は器用に伊能の身体を抱き寄せながら、手を取り、高い鼻梁を伊能の手のひらに埋めるようにする。

野々宮の積極性に甘え、伊能は恐る恐る、これまで、恐ろしいようで触れられなかった、まっすぐな鼻筋や、高い頬骨、薄い唇などの端整な作りを丹念になぞる。

腕の中に抱かれた姿勢のまま、そのしっかりした鼻梁を確かめるように何度も撫でると、野々宮は上目遣いに伊能を見つめたまま、さらに悪戯っぽい、どこか大型犬を思わせるような仕種で、高い鼻筋を伊能の手のひらに押しつけるようにしてくる。

「大きな…犬みたいだ…」

その仕種がくすぐったくて、男の首を抱いて髪や首筋を撫でながら伊能は笑った。

昔、この男を自分には馴れない頑強な大型犬のようで、恐ろしいと思っていた。

今となっては、これ以上自分にとって力強く、温かで頼りになる存在はなかった。

野々宮はそれには答えず、少し大きめの犬歯をむき出して笑い、顔を埋めていた伊能の手のひらから指先にかけてを軽く噛んだ。

その表情を少し恐ろしいとも、愛おしいとも思いながら、伊能は目を伏せる。

「真っ黒な…、大きな獣みたい…」

呟く伊能を逃げられないように腕の中に捕らえたまま、身を伸ばした野々宮が首筋にさらに軽い甘噛みを加えてくる。

「痛いよ…」

仰向《あおむ》けに押さえ込まれながら、伊能は日焼けのためにうっすらと赤くなった喉元を震わせ、呟いた。

「…痛い？」

まだ余裕があるのか、首筋に歯を立てた野々宮の声は、かすかな笑いを含んでいる。

「いや、痛くは…、…っ！」

熱い舌先で耳許を舐《な》め上げられ、伊能は声にならない悲鳴をあげた。

覆いかぶさる男の肩先をのけようとするが、逆にその手を逆手に捕らえられる。

いつの間にかシャツの裾がまくり上げられ、脇腹を大きな手のひらが撫で上げている。

「…君、その堅物そうな見かけより、ずっと手が早いな」

少し息を荒らげながら喘ぐと、首筋に顔を埋めた野々宮は喉の奥で忍び笑った。

「それ、ほめ言葉ですか？」

「両方…」

呟くと、上目遣いに自分を眺める野々宮と目が合った。

キスをしたいと、切実に思った。

その頰に指を伸ばすと、思いを読み取ったかのように野々宮が伸び上がった。

伊能はかすかに唇を開き、かぶさってきた唇を迎える。

心地よい温もりを持った大きな手が、丹念に脇腹のラインを撫で上げてくる。その手がじわじわと腹部から胸許に上がってくるに従い、伊能の吐く息は湿り気を帯びてゆく。

人から受ける愛撫は、こんなにも心地いいものだったかと、伊能は自分の少ない経験を思い返してみるが、与えられる熱にそんなもの思いはすぐにどうでもよくなる。

キスの合間に、身体中のラインというラインをまさぐられる。のしかかってくるしっかりした重みが妙に生々しく、同時に愛おしい。

伊能は乱れた息の合間に、自分から迎え入れるように脚を開いた。

見た目よりもはるかに器用な動きを見せる手が、伊能の脚からデニムを抜き去り、直接に内腿を撫で上げてくる。

自分の欲望をあからさまに見透かされることは恥ずかしい。

でも口づけられ、それを愛しむように手の中に押し包まれると、そんな自分が許され、受け入れられていると思える。

目眩のするような羞恥と引き替えに、同性に欲情する秘密と快感を分かち合う。

互いの身体がしっとりと汗ばむ頃、伊能は手を伸ばし、昂ぶった野々宮自身に触れた。驚

くほど熱く、猛々しい形をしている。

伊能に触れてこうなってくれているのだと思うと、本当に嬉しい。

「…もっと可愛がって下さい」

甘くかすれた声が、やさしく要求してくる。

「いいの?」

「ええ」

悪戯っぽい声がささやき、伊能の手に自らの手を添えて、ゆっくりと愛撫を促す。

無理のない強要には、伊能自身も興奮を覚える。

野々宮の興奮の度合いを示し、握りしめたものは先端から温かく透明な雫が滲み出ていた。

その潤いを借りて、伊能は熱い強張りを何度も握り、上下に丁寧に愛撫を施す。

大きな手が、ゆるやかに伊能の腰から臀部にかけてのラインを撫でている。やがてそれが、こねるような動きとなる頃、伊能は男の欲望を知った。

いいですか…、と尋ねられ、身体の奥部を探ることを許す。

用意されていたジェルの潤いと共に無理のない力で少しずつ内側を開かれてゆくと、これまでほとんど知らなかった快感に、やがて意識が熱くぼうっと蕩け出す。

ある一点で腰が勝手に跳ね上がり、ガクガクと動き出すような強烈な快感だった。

かすれた伊能の声を聞きながら、野々宮がどこか官能的な笑いを見せた。

下肢が濡れて、すっかり男の長い指の形を覚えた頃、その指に変えて重く猛々しい欲望がじっくりと時間をかけて沈み込んでくる。

汗の浮いた広い背中に縋りながら、伊能は途切れ途切れに甘い声を上げた。

完全に内側を征服され、ゆるく突き上げるように揺さぶられるたび、何かが塗り替えられてゆく。

野々宮の低い声が、耳許で何度も丁寧に何かをささやきこんでくれる。

与えられる熱と快感を追うのに精一杯でうまく理解は出来なかったが、伊能は喘ぎながら何度も頷いた。

汗で湿った髪をかき上げられ、逞しい腰の動きに何度も引きずられながら、切れ切れの悲鳴を上げる。

滲む視界の中、覆いかぶさってきた男がゆっくりと唇を塞いだ。

Ⅱ

ステンレスが鈍く光る食器の返却口で、さかんに水音や、食器の重なり合う音がする。

もう、メインの鍋などは火を落とされ、食堂の隅のほうでは白い作業着のまかないの職員達が遅めの昼食を食べている。

昼休み終わり間近の地検の食堂は、ピークを過ぎたせいか、人は少なかった。

野々宮は定食のトレイを片手に、伊能の姿はないかとざっと目で捜してみたが、今日はその痩身は見あたらなかった。

他に特に知った顔もない。

伊能がいないのなら外に出てもよかったと思いながら、空いたテーブルに腰を下ろし、少し冷めた定食に箸をつける。

もっとも、特に待ち合わせなどをしているわけでもなし、互いに取り調べなどの仕事状況によって、昼食の時間が大きくずれ込む仕事なので、庁内でも顔を合わせることのほうが稀《まれ》だった。

腕の時計を見ながら黙々と箸を進めていると、少し視線を感じた。

ふと顔を上げると、少し離れたテーブルにいる三人ほどの男達の中でこちらをちらちらと見ていたらしき相手が、ふいと視線を逸らす。

そのうちの一人、まだ若い眼鏡の男は、確かこの間、同じ内偵チームのメンバーとして、副部長の水野が名前を挙げていた特捜部の検事だ。

野々宮に嶽嶋組の組織図についていくらかの調査をさせたあと、特捜の数人の検事を使って、正式に内偵のチームが組まれたところだった。

なんでもないようなふりで野々宮は皿の上に視線を落としたが、この感覚には覚えがあった。

あまり面白くなさそうな視線、野々宮の存在を測るような視線。

少し粘着質なこの種の視線は、野々宮が前の福岡にいたときも、野々宮を快く思っていない同僚の間からよく向けられたものだった。

大阪の検事達の中にも、先日、野々宮が暴力団の資金源となっていた保険金殺人犯を挙げたことを、再出発の一段階として評価する一派と、警察などとの組織間の軋轢《あつれき》を顧みない暴走行為だと冷評する一派とに分かれることも知っている。

野々宮は伊能のように物腰が柔らかく、万人に紳士的な印象を与えるタイプではないせいか、一度、気に入られた相手にはとことんまで気に入られる。逆にその可愛げのない性格が気に入らないと反感を持たれる相手には、とことんまで憎まれるところがあった。

結果的にはあの事件が評価され、引き続き事件を内偵するための応援要員として、特捜部に引き抜かれたが、それがまた、気に入らない連中も多いことだろう。

妬みや嫉《そね》みというのは、たとえ検事であれ、人としてはごく当たり前に持っている感情だろうが、時にそれに驚くほど足を引っ張られるのには閉口する。

まともに相手をせず、何もないようなふりで受け流すのが一番だと、野々宮はこの間の伊能と過ごした、気のおけない楽しいひとときへと意識を戻す。

久しぶりに、伊能が屈託なく笑う顔を見たような気がする。

最近、仕事に張り合いが出てきたぶん、いろいろと忙しいとは言っていたが、一日穏やかな海を眺めて、久しぶりにのびのびと羽を伸ばしたようでもある。

海の上で潮風に吹かれるのが、こんなに気分がいいとは思わなかったと、ずいぶん無邪気に喜んでくれていた。

二人ともに仕事に忙殺され、休日出勤もごく当たり前とされる身ゆえ、次にあんなゆっくりとした時間を持てるのは、ひと月ぐらい先だろうかと考えながら、野々宮は麻婆豆腐を口に運ぶ。

「よう、野々宮君」

張りのあるバスとともに軽く肩を叩かれ、顔を上げると、野々宮の横にコーヒーと総菜パンを二つ手にした榛原《はいばら》が腰を下ろす。

「ずいぶん、小食ですね」

「うん、時間がない。やっと、五分ほど抜けてきたところだ」

何か腹に入れられるだけでもありがたいと、榛原はさっそくパンの袋を破いてかじりつく。

「おっ」

パンをかじりながらも、榛原は巨軀に似合わないあいかわらずの細やかさで、持参の弁当などを広げる女性事務官のテーブルの間に、目敏《めざと》く検事仲間を見つけたらしい。コーヒーの紙コップを口に運びながら、片手をあげてみせる。

それに応じて軽く腰を上げ、頭を下げたのは、さっき野々宮のほうを銀縁の眼鏡越しに眺めていた特捜部の若い検事だった。

明るいグレイのスーツにやや細身の身体を包んだ男は、顎も細めで目つきは鋭く、いかにも頭の切れそうな顔をしている。

「あれは特捜の検事さんですね」

一応、榛原と同席しているよしみで軽く頭を下げた野々宮に、向こうもほんの一瞬の逡巡の後、小さく頭を下げて腰を下ろした。

「うん、佐竹《さたけ》っていってね、俺の一期下。歳は四つぐらい向こうのほうが下だけどね。まぁ、ちょっと頑《かたく》ななところもあって、取っつきは悪いけど、悪い奴じゃないよ」

そういえば口も悪いな…、と呟きながら、榛原はすでに一つ目のパンを平らげ、二つ目の袋を開けている。

口には出さないが、この人はもしかしてさっきの険悪な雰囲気を察して、わざわざ自分の横に来てくれたのではないだろうかと野々宮は思った。

憶測にすぎないが、おおらかなうえに周囲によく気を配る榛原の人となりなら、ありえないこともないと思う。

「仕事、うまくいってる?」

榛原の言葉に、野々宮は苦笑する。

「いえ、これがなかなか…、難しいもんですね」

警察から送検されてくる事件を起訴する刑事部とは違い、野々宮に与えられたのは、尻切れトンボのままに終わった暴力団の資金源を地道に洗う、本格的な捜査に先駆けた内偵だった。

噂には聞いていたが、それぞれの組のものと思われる銀行口座の金の動きなどを一つ一つ洗っていくような、地味で根気のいる仕事だった。

むろん、表立って警察などの協力をあおぐこともない。

くる日もくる日も、黒木とともに膨大な書類や伝票に埋もれて過ごす日々だった。

帳票をめくりながら、怪しいと思われるような金の動きにチェックを入れていくが、必ずしも調べている書類の中に答えが潜んでいるとは限らない。運がよければ何か手がかりを拾える…、その程度の確率だ。

しかし、そうやって地道な下調べによって足がかりをしっかり固めておき、実際に関係者を呼んで話を聞くなどの表立った捜査がはじまる頃には、容疑者がしらばっくれることができないよう、ある程度の証拠を押さえ、事件の概要をつかんでおくことが、野々宮に与えられた仕事だった。

具体的に何をどう進めているとは、さすがに榛原や伊能にも言えないが、作業がなかなか進行しないことぐらいは、案じてくれていることもあって報告しておく。

榛原自身も、けっして詳しい捜査状況を聞きたくて尋ねたわけでもないだろう。

「黒木さんも、毎日、遅くまでお引き止めして申し訳ありません」

「なぁに、うちの奥さんは、あれが好きでやってるんだ。ああ見えて、ドライなところがあるからね、無駄な仕事だと思ったら、さっさと見切りをつけて帰ってしまう人さ。必要だと思うから、やってるんだよ。こっちだって、それを承知で嫁に来てもらったんだ。帰りが遅いだなんて、俺がとやかく言うことじゃないよ。それに俺だって毎日遅いから、べつにうちの奥さんを遅いと思ったこともないなぁ」

榛原は笑って、首を振る。

そういったあたり、この夫婦は本当に互いに信念を持っており、よく息が合っている。

黒木も、さすがに終電で帰らせるのは申し訳ないと思って、十時半をまわったあたりで帰宅をすすめてみるが、頑として首を縦に振らない。

何言ってるのよ、この私に嫁に来てくれって頭を下げた以上は、帰りが遅くなるなんてことはあの人も十分承知よ…、と一笑に付される。

さぁ、もうひとがんばりしましょう…、と逆にいつも発破をかけられたりもする。

そのくせ、軽い夜食なども差し入れてくれたりと、立会事務官としては実によくできた女性で、頭が下がる。

「さぁて、つかの間の休息は終わりだ。俺はもう行くよ」

榛原は食べ終わったパンの袋を丸めると、まだ中身の入った紙コップを持って、立ち上がる。

「お疲れさまです」

「野々宮君もね」

笑って頭を下げる野々宮に軽く手をあげ、榛原は来たときと同じように、慌ただしく食堂を出ていった。

本当に五分ほどの時間だったと、壁に掛かった時計を眺め、野々宮も箸を急がせる。

気がつくと、さっきの佐竹という検事を含んだグループも席を立っていた。

榛原の言葉どおり、あの男が比較的ものわかる男で、あまり揉めることがなければいいがと思いながら、野々宮は残りの中華スープを啜った。

榛原にはぼかして答えたものの、実際には野々宮は特捜部副部長である水野の指示で、嶽嶋組系列の藤田という総会屋の名前を中心に、嶽嶋組自体の組織内容を調べたあと、その藤田周辺の金の出入り、取引先などを洗っている。

もともと最初に藤田の名前を聞いたのは、原口からだった。

同じ嶽嶋組に所属しながらも、原口と藤田では、所属する派閥が異なっている。次期組長の座をめぐり、その派閥間での対立もしばしば見られる。

原口があっさりと藤田の名前を教えてくれたことを考えると、捜査の目が藤田に向くのを機に、自分の邪魔となる藤田を潰してしまおうと企《たくら》んでいることなども十分に考えられる。

もし仮に、そのように暴力団の内部抗争に検察の力が利用されるような事態があるとすれば、それは検察自体の信用と威信にかかわる問題でもあった。

原口と藤田との関係がつかめるにつれ、野々宮は原口に検察官たる自分の立場を知られたことを懸念するようになっていた。

もしも原口が、自分は検察官の野々宮と通じて藤田を潰してやったのだと悪びれもせずに言うようなことになれば、暴力団と検察との癒着すら疑われかねない。

捜査権を持つのは警察も検察も同じだが、検察は直接司法にかかわるため、倫理的にもっとも厳格であることが要求される組織でもあった。

金や物品を受け取ったりと、良心にもとるような真似をしたわけではない。

しかし、検察という組織に所属する以上、野々宮は近々、原口と接触のあったことを上に報告し、それ相応の処分を受けること…、捜査自体から外れたり、場合によっては最悪の覚悟…、職を辞することも考えねばならない。

今回、内偵に先駆けて、実質、野々宮の直接の上司にあたる水野から下った指示は、やはり藤田の取引先や、関連口座を調べよというものだった。

そうと聞いたわけではなかったが、水野の口振りでは、上層部は藤田の名前を野々宮の事件以前から、すでに承知しているようだった。

野々宮の知らないところで、何か別の事件や告発などであらかじめ目をつけていたのかもしれない。

もともと金になるなら、様々なあこぎな手を用いて市民や企業から金を吸い上げるのがヤクザだ。あの保険金殺人を目論んだ暴力団の幹部は、組の上納金としてはかなり多額の金を、藤田に納めていることまでは、すでに調べがついていた。

その金額は、普通、藤田が嶽嶋組に系列組織として納めている金額よりは、ずいぶん過分な金額だった。

逆に、保険金殺人を目論んだ暴力団幹部は、相当強引な手法を使わないと、藤田に上納金として設定された多額の金額を捻出できなかったともいえる。

そうまでして集めた金を、藤田は組に納める以外にどこに流用しているのか。

内輪の抗争資金なのか、それとも単に私腹を肥やしているだけなのか。

しかし、犯罪と思われる事件をどのようなかたちで捜査し、どのような法律を適用し、どこまでを一つの事件としてまとめていくのかは、あくまでも特捜部を率いる部長の立石や水野らが判断することだ。

一時的に特捜組織の一つの駒として組み込まれただけである、ヒラ検事の野々宮が判断するべきことではない。個々の歯車が自己の判断で勝手に動き出せば、大規模な捜査は成り立たない。

保険金殺人に端を発したあの事件が、特捜部に吸い上げられたということは、それだけの大型事件であると立石らが判断したということで、それはそれで十分にやりがいがある。

野々宮自身は、現在、立会の黒木のほかに、特捜資料課の何人かの事務官の手を借りて、藤田に関連すると思われる様々な資料を洗っている。

その中には、銀行調査といって、法律に基づいて特定の銀行口座を調べるものや、藤田の発行するブラックジャーナリズム——いわゆる総会屋の発行する雑誌やニュースリソースなどで、万単位で企業に売りつけられているものの調査もはじまっている。

企業がブラックジャーナリズムを大枚払って購入するのは、自分達に都合の悪いことが書かれている可能性があるためだった。

そして、原口の口から聞いた大手デパートや一流商社なども、その購入先であることまではすでにわかっている。

それら資料を丹念に潰し、藤田と関連のある企業を洗っていく。

野々宮は、そんな地道で根気のいる作業に忙殺される毎日だった。

Ⅲ

「えらく昔の、お歴々の名簿をひっくり返してるなぁ」

やや笑いを含んだ男のだみ声に、佐竹は顔を上げる。

「笹井《ささい》さん」

七時をまわって厨房が後片付けにかかっている食堂で、色の浅黒い固太りの中年男が、がっしりした肩を揺すりながらやってくる。

笹井は顔立ちだけをいえば、頬や顎まわりが丸くて目は細く、口角の上がった唇はぼってりと厚めで、薬師寺の薬師如来や東大寺の大仏などを思わせるような仏顔《ほとけ》だった。

細い目は常に笑っているようだし、事実、ほとんどの場合つまらない冗談を言いながら笑っているのだが、その肌の浅黒さのせいか、あまり人相はよく見えない。

特捜ではかなりキャリアの長い検事で、その笑ったような細い目がたまにヤクザよりも物騒な光を宿す、それが恫喝《どうかつ》されるよりも恐ろしいと、被疑者からは恐れられている。

「そんなもん引っ張り出して、誰を調べるってんだ?」

男の揶揄《やゆ》どおり、佐竹の手にした検察官の名簿は、今から二世代ほども前のものだった。

「べつに…、ちょっと気になっただけです」

佐竹はあえて笹井には隠さず、ひょいと見ていたページを広げて見せた。

「なんだー？　これか、野々宮一孝《かずたか》検事…って、この間から特捜に来た、野々宮検事の親父さんか？」

うーん…、と唸《うな》りながら名簿を覗き込んだ笹井は、細い目をさらに細める。

「ご存じですか？」

尋ねる佐竹に、笹井は頷く。

「ご存じも何も、もともとはここの大阪地検の特捜部の部長だった人だろ。鬼検事って、公私ともに厳格なことで有名だったんだよ。俺は直接は知らんが、立石部長なんかその頃の直属の部下で、この野々宮検事に直々《じきじき》にしごかれたらしいぜ。特捜部長在任中にガンで急逝したらしいけど、今生きてたら、絶対に検事正以上にはなってただろうってほどの、切れ者だったたって話、聞いたことないか？」

笹井は、面長の顔に眼鏡をかけた厳しい表情の野々宮特捜検事の白黒の写真を眺める。

「…しっかし、あれだな。この人も顔は悪くないが、息子のほうが男前では数段上だな。事務の女の子たちがキャーキャー言ってたけど、確かに俺が女なら、ああいう男と寝てみたいって思うねぇ」

「つまらんこと、言わんでください」

ニヤニヤと相好を崩して、いつものように品のない下ネタを口にする笹井に、佐竹はぱんとその鼻先で名簿を閉じてやる。

「そうかぁ、あれはなかなかの色男だと思うよ。歩いてくるだけで、なんか、おっ…、と思わせるような色気がある」

「そんなに際立ってますかね？　どこにでもいる顔だと思いますけど」

やってきたときから、妙に周囲の女性職員の間で評判のいい野々宮が面白くない佐竹は、むっつりと言い返す。

「ひがむな、ひがむな。みっともねぇぞ」

笹井は椅子を引き、隣に腰を下ろしながら、ばんばんと背中を叩いてくる。

「ひがんでませんよ。本当に、まわりが騒ぐほど、目立つ顔立ちでもないと思うだけです」

佐竹にとっては、単に野々宮の見場がいいなどと評されることが気に入らないだけではない。

福岡で問題を起こしたという検事が上の特別配慮で大阪に戻されたあげく、ほんの数か月で特捜に異動になったことなど、何から何までが気に入らない。

何度か庁内で遠くから目にしたこともあったが、かなり硬質な容貌の若い男だ。まわりから少し浮き上がったような尖った雰囲気と、鋭い視線、年下のくせに妙に落ち着き払った態度などが癇《かん》に障った。

もともと佐竹自身、他人への好き嫌いが非常にはっきりしたタイプなので、一度、こいつとは合わないなと思った相手とは、とことんまで合わないところがある。

仕事柄、取り調べのときなどは、努めてそういう態度は表に出さないようにしているが、同僚や上司などには、ストレートに自分の感情や意見をぶつけていく。

佐竹は曲がったことが嫌いで、阿《おもね》りや追従、他人に追随して築かれる権力関係などは、根っから許せない人間だった。逆にそれが許せないから、司法試験に合格したあとも、検事を志したともいえる。

野々宮を一目見たときから、こいつはどうも馬が合いそうにないと思ったが、その印象はいまだに払拭されない。

それどころか、その姿を見かけるたび、その後輩検事への反感は強まるばかりだった。親が優秀な検事だったと聞いたときには、福岡で進退問題を起こした野々宮をわざわざ大阪へ異動までさせて残した上の連中のふぬけた態度に、はらわたが煮えくりかえったものだった。

「嘘つけ。お前ほどの人間が、ああいう際立った存在感のある男を見抜けないわけなかろうがよ。確かに顔立ちは、ちょっと見場のいい程度のもんだよ。もっとずば抜けて整った顔なんて、芸能人じゃなくてもいくらでもあるさ。だけど、雰囲気が鋭くて切れるようだろ？」

笹井の言い分に、佐竹はぐぃと細い顎を上げた。

「年齢以上に腹の据わった物腰や、見た目にもわかる鼻っ柱の強さと根性、徹底して硬派な雰囲気、ああいうの全部ひっくるめたら、そんじょそこらの顔のいいだけの男じゃ、とても太刀打ちできないよ」

ここ数か月だけで同僚たちから何回も聞いた一方的な賛辞が面白くなく、佐竹はそうですかね…、と答えてそっぽを向く。

「まぁ、俺はちょいと歳《とし》が離れてるから、えらくいい男だなと思うぐらいだけど、お前ぐらいの歳であんな後輩が来たら、きっと心中穏やかじゃないと思うねぇ」

「穏やかなわけないでしょ。親父がこんな偉い検事で、しかも立石部長の上司だったっていうじゃないですか。福岡で辞める辞めないの問題を起こした男が、すんでのところでこっちに戻ってきたあげく、すぐに特捜に応援で異動ですよ？　親父はよほど偉かったんだろうって思っちゃいけないですかね」

笹井は、ひっひっひっ…、と分厚い肩を揺らして笑った。

「まぁ、確かにそう思われても、しようがないところもあるわな。そりゃあ、上が悪いわ。いくら優秀でも、お前にしろ、あの野々宮にしろ、向こう見ずな跳ねっ返り共は、しばらく干して反省を促すのが普通だからな」

よりによって野々宮などと一緒の枠でくくられて、佐竹は不快の色を露骨に顔の上にのせてやったが、一応は同意しているのか、それとも、ただ混ぜっ返して面白がっているだけなのか、笹井はやたらと笑う。

「竹ちゃん、親の七光りは嫌いか？」

気安い愛称で佐竹を呼び、笹井はからかうように尋ねる。

「俺は嫌いです。どこの世界でも、二代目の看板をしょって出てくる人間に、ろくな人間はいませんよ。二世議員だとか、親子タレントだとか…、親の築いた基盤を、才能の有無にかかわらず、その子供だっていうだけで引き継ごうなんてヌルい考え方をまわりが許してたら、今に日本は駄目になりますよ」

「あいかわらず、きついこと言うねぇ」

笹井はどこか楽しそうだった。

「でもさぁ、親の名を継げるのはいいことばかりじゃないかもしれんぜ？　どこへ行っても、優秀な親の名前がついてくる。頼んでもいないのに、勝手にまわりに期待される。お前、それって逆に自分がその立場だったら、うらやましいか？　二代目ってだけで、お前みたいな天の邪鬼なお兄ちゃんには反感持たれてさぁ」

笹井の言い分に、佐竹はふんと鼻を鳴らす。

「だけど、あれはないな。あの事務官配置。最初っからまりちゃんがつくんだもん。あんなに前から俺につけてくれって、水野さんに頼んでたのに、あれはやりすぎ。えこひいきだよ、あそこまで甘やかすことないね」

ああ、ちくしょー…、とこればっかりは心底悔しそうに、地検一の女好きで知られる笹井は首の後ろに手をあて、舌打ちする。

「色恋沙汰《ざた》には無縁だと思っていた堅物の榛原なんぞに、横からかっさらわれるのも納得いかない上に、どうして俺の何年も前からのお願いを無視して、あんな尻の青い小僧っ子にまりちゃんみたいないい女をつけるかねぇ」

「つける、つけないって、新地《しんち》のホステスじゃあるまいし…。それに笹井さん、まりちゃんじゃなくて、ちゃんと黒木さんって呼ばないとセクハラになりますよ」

「なんだよ。お前まで、あの水野のおっさんみたいに、堅いこと言うなよ。愛情表現だよ、愛情表現」

「いや、だからその愛情表現が、最近じゃセクハラって言われるんですよ」

かつては佐竹もプロポーズしたことのある、大阪地検の花、黒木を横からかっさらわれるように出戻りの若造にあてられ、面白くないのは皆同じだった。

「ああ、でも、あれだろ。野々宮っていうのは、伊能ちゃんの大学の後輩だろ」

さらに面白くない事実を指摘され、佐竹は撫然《ぶぜん》と応じた。

「そうなんですよ。しかもあの二人、あれだけキャラは正反対に見えるのに、なんか仲いいみたいなんですよね。最初は、そうでもないのかなと思ってたんですが…」

「仲いいんだ?」

笹井が笑うのに、佐竹は小さく舌打ちする。

「また伊能の奴が、『あまり愛想はないですが、噂ほど悪い男じゃないんです。仲良くしてやってくださいね』なんて可愛いこと言うから、よけいに野々宮が小憎たらしく見えるんですよね」

「お前、伊能ちゃんのこと、可愛がってるから」

ヒヒヒ…、と笹井は笑う。

「伊能《あいつ》は可愛いですよ、本当に。まわりによく気がついて、腰が低くて謙虚で…。そのくせ、ちゃんと粘りもあって、真ん中にはちゃんと一本芯《しん》がある…。あんなまっすぐな人間は、そうそういないですよ。あいつって、濁りのないやさしい目してるでしょ。あいつと話してると、本当にこっちまで心が洗われるような気持ちになるんですよ」

ムキになって言いつのる佐竹に、笹井ははいはいと頷く。

「また、お前もえらく、伊能ちゃんに肩入れするからねぇ。確かに見かけの線の細さよりもよっぽど強いところのある男だし、俺も嫌いじゃないけどよ。心が洗れるって…、宗教じゃないんだからさぁ。きっと、あれだ。お前みたいに敵の多い人間はああいう坊主みたいな男を見ると、あっさりシンパになって転んじまうんだよ」

「俺は敵は多いですけど、味方も多いですよ」

笹井の揶揄にも、佐竹は胸を反らせてみせる。

感情をストレートに表現するせいで、確かに笹井の言葉どおりに佐竹に敵は多いが、その分、一度懐に入ってしまった味方はとことん大事にする。

だから、敵の多い分、味方も多いという自負があった。

「お前も白黒はっきりしてて、わかりやすい奴だからなぁ。まぁ、その伊能ちゃんがいい奴だって言うんなら、その野々宮も悪い奴じゃないだろ。仲良くすれば？」

「何、一人だけ、蚊帳《かや》の外みたいなこと言ってるんです」

「だって、お前がかっかしてるの、面白いもの」

気の短い佐竹をからかうつもりか、腕組みをした笹井は鼻の下をこする。

「もう、あっち行ってください。腹立ってくるから」

背を向け、トレイの上を片づける佐竹に、笹井はげらげらと品のない笑い声をあげる。

「まぁ、あんまりムキになるなよ。お前と野々宮って、多分、一度意気投合さえすれば、きっと互いに触発されて、今以上の成果の上げられる相手だよ。もっとも、お前も向こうさんも、そうとう我が強そうだから、そううまくは噛み合わんだろうけどねぇ」

わかったような口をきき、ぽんぽんと佐竹の肩を叩くと、中年検事は鼻歌を歌いながらカウンターのほうへ行ってしまう。

営業時間も終わりに近く、すでにオーダーの受け付けも終わった厨房の職員を捕まえ、玉子丼でいいから融通してよなどと、あの浅黒く人相の悪い仏面で、いつものように無理をごり押ししている。

特捜歴の長いベテラン検事ながら、あいかわらず悪たれ坊主のように無茶やるオッサンだと、その背を眺め、佐竹は借り出してきた名簿を片手にトレイを返却口へと戻す。

「ご飯余ってるだろう？　チョッチョッ…とよそってさぁ、出汁《だし》張るの面倒だったら、生卵ぶっかけてくれるだけでいいよ」

煙草の吸いすぎで潰れた笹井のガラガラ声が、蛍光灯に黄色く照らされた営業時間も終わりかけの食堂に響いている。

絶対、あの職員は押しきられるなと佐竹が最後に振り返ると、案の定、白い衛生着を身に着けた職員が、今日だけですからね…、などとぼやきながら、丼に白ご飯を盛っている。

やっぱり、あのオッサン、無茶するなと佐竹は片頬で笑い、笹井の分厚い肩を眺めた。

Ⅳ

「そうか…、まだ、ちょっと決定的な隠し玉が見つからんなぁ…」

副部長の水野は、野々宮が藤田の持つ口座として挙げた帳票に目を落としながら、低く唸る。

なんでも、副検事から努力して検事の資格を取った叩き上げの老兵らしく、歳は特捜部長の立石よりもまださらに上だという。

はげ上がった頭と、銀縁の眼鏡をかけた老猾《ろうかい》な亀のような容貌に、独特の貫禄がある。定年も間近なせいもあってか、人の感情の機微《きび》を見通すのに長《た》け、それぞれに性格の異なる検事たちを束ねるのに、一役買っているという話だった。

歳くった亀のような顔して、俺たちを釈迦《しゃか》の手のひらにのった孫悟空みたいに転がす爺さんさ、クセモノだよ…、と榛原が笑っていた。

特捜の検事達からは、厳しい立石に対する敬意とはまた別の、愛着と親しみを持たれているらしい。

「なぁんか、あるはずだが…」

「…申し訳ありません」

「別に謝ってもらいたくて、言うとるんじゃない」

確かに食えないジジィだと、直立不動の無表情のまま、野々宮は眼鏡越しに目分を眺める水野を見た。

近視用の眼鏡かと思っていたが、必要以上に目がぎょろぎょろして見えるところをみると、どうも逆に遠視らしい。

その眼鏡越し、野々宮と目が合うと、水野はニィ…と笑った。

まさか上司に向かってにやりと笑い返すわけにもいかず、野々宮はその笑みを見なかったように努めて平静な顔を装う。

「ふん…、国税局のほうからも、少し書類を融通してもらった。ちょっと、そっちのほうにも目を通してみてくれ。なんなら、担当者にじかに連絡を取ってもいい。あちらさんは、このところはちゃんと心得てて口が堅いからな」

「先ほど…、会議室に運び込んでおいたと、資料課の方から連絡を受けました」

少しの書類…との水野の言葉に、あえて野々宮は表情一つ動かさなかったが、少しというのは、あまりに謙虚すぎる表現だった。

会議室に運び込まれた大量の段ボール箱は山のように積み上がっていて、さしもの黒木も溜め息をついていた。

「何もあんなもん、全部に目を通さんでもええ。適当に目星をつけて、ちょいちょいと調べりゃええんじゃ」

「はぁ…」

どうも軽口らしき水野の言葉に、どこまで応じていいものか計りかねる。

野々宮は珍しく歯切れの悪い返事を返して、まだニヤニヤと自分を見上げている水野から、さりげないふりで視線を逸らした。

確かに釈迦の手の上で踊らされている猿のような気分にもなる。

あの書類を見た以上、楽な作業ではないと腹はくくっているが、どうもこの上司は部下が四苦八苦する様子を楽しんでいるようでならない。

「うん、あの量なら、今日を入れて四日でできるな」

できないとは言わせない、どこか飄々《ひょうひょう》とした口調で水野は尋ねる。

「できないことはないと思いますが…」

黒木にも四日でやれと言われたことを伝えなくてはならないが、間の土日は両日とも一人で休日出勤する覚悟を決め、野々宮は答えた。

「でも、まぁ、四日というのは、さすがに君でも寝る暇もないだろうから、佐竹検事を応援にまわすわ」

「…はい」

また、よりによって、あの検事かと思いながら、とりあえずはその思いを表情に出さないよう、野々宮は水野から帳票を受け取る。

「佐竹君は佐竹君で独自の捜査観を持っとるようだが、仲良うやるようにな」

あいつかと思った瞬間、いきなり釘を刺され、野々宮は少し驚いて上司のほうへ視線を動かす。

水野はそれにまた、ニィ…と笑ってみせた。

「じゃあ、がんばって」

立石は滅多に笑わない男だが、きっとその分、この水野が横で笑っているに違いない…、
野々宮は副部長室を後にしながら思った。

場を和《なご》ませるための愛嬌というにはかなりブラックな笑いを持つ水野のような上司は、これまであまり野々宮のまわりにはいなかったタイプだ。

帳票を抱え、階段に向かう途中の休憩所で、ふと一人の男と目が合った。

胸許には、野々宮と同じ検察官記章が光っている。

確かこの男も同じ特捜の検事だったと思いながら、野々宮は軽く会釈するにとどめて、そのまま行こうとした。

「水野さんにしぼられたか？」

しけた合成皮革のソファーで煙草を手にした中年男は、鼻から煙を吐き出しながらぞんざいに笑った。

ずいぶん、特徴のあるだみ声だ。

もともと潰れたような声なのだろうが、少し離れた野々宮にまで臭ってくる強い煙草を長年吸い続けたためかと、野々宮は少し目を眇めて男の手にした煙草を眺める。

時には被疑者をたじろがせることもある野々宮の強い視線にも、男はいっこうに臆した様子もない。

比較的まともだった刑事部のメンバーとは違い、この特捜のメンツは、温厚な伊能や榛原を除けばどうも調子の狂う、個性的で食えない連中ばかりのようだと、野々宮は中年男を観察する。

男は手招きして、野々宮に自分の横を指し示した。

限られた少ない時間を算段しながらも、先輩検事をまったく無視して行くわけにもいかず、とりあえずその横に腰掛ける野々宮に男は臭いのきつい煙草の箱を差し出す。

「やるか？」

「いえ、僕はやりませんので…」

「そうか」

男は何が楽しいのか、ふふん…と鼻を鳴らし、煙草の箱をポケットにしまい直す。

「あれだろ？　佐竹と組んで、会議室の段ボール箱の山、片づけるんだろ」

野々宮は即答せずに、ちらりと浅黒いその男を見やる。

背はさほど高くないようだが恰幅がよく、どちらかというと菩薩《ぼさつ》顔、仏顔といったタイプの顔だ。半月形の細い目はやたらと笑っているように見える。そのくせ、俗っぽい印象のほうが先立ってあまり徳があるようにも見えないから、不思議な印象の男だった。

検事というよりは、少し金回りのいい、町の金融業者のような雰囲気でもある。

「あんた、あれだな。若いくせに、なかなか不敵な面構《つら》えしてるなぁ。二枚目は二枚目なんだけど苦み走ってて…、なんていうか、若いうちは敵が多そうな顔だね。まぁ、役者以外は…、特に検事なんて仕事は、刑事と一緒で顔がよくて得するなんてことのない仕事だからねぇ」

吸いさしの煙草を指に挟んだまま、男は野々宮を示す。

「そういうとこ、あんたも伊能も…、特に伊能なんてやさしそうな顔してるから、初対面の人間にはなめられることもあって、ちょっと気の毒だね」

お気の毒…、と男は乾いた笑いを洩らす。

揶揄されている感じはないが、ほめられているようにも聞こえない。

「俺は笹井」

ふいに男に手を差し出され、とりあえず野々宮はその手を握り返した。

「野々宮です」

「福岡から来たんだろ、知ってるよ」

笹井はくわえ煙草のまま、もうちょっと落ち着いたら、俺が幹事になって歓迎会やるから…、と笑った。

「佐竹もねぇ、鼻っ柱の強いところがあるから、なかなか譲らないとは思うけど、がんばりなよ」

笹井は煙を吐き出しながら、細い目をさらに細める。

激励というよりは、やれるだけやってみれば…、という野次馬的な意味合いにとれるような、のんびりとした物言いだった。

「あいつはねぇ、色男が嫌いなんだよ」

なんとも答えずにいると、男はさらに言葉を重ねて野々宮を横目に眺め、にんまり笑った。

「俺も嫌い。独身の女の子達、みんな、かっこいい検事さんが来たって、キャーキャーうるせぇんだもん」

独身の女性職員達のことを指すのか、やけに俗な言葉で笹井は揶揄したが、それが中学、高校生レベルの揶揄であるせいか、あまり悪意は感じない。

おかしなことを言うオヤジだとは思ったものの、まぁ、そういう考え方もありかと、妙な納得はできた。

「あんた、吹っ切れてるねぇ」

特に反応を見せなかった野々宮に、何がおかしいのか、笹井は喉の奥で声を殺して笑った。


「野々宮さん、佐竹さんが二時に一緒に会議室に来てくれって」

部屋に戻ると、野々宮の机に対して、鉤形《かぎがた》になるように事務机を並べた黒木が顔を上げる。

顎下で切りそろえた黒髪を揺らした美女は、そのゆったりとした口調のせいか、やや重たそうな二重瞼《ふたえまぶた》のせいか、どこかアンニュイな印象がある。

三十を越えた自分に似合うものをよく承知しているようで、今日も女らしいラインのスーツに、シンプルなダイヤのピアスがよく映えた。

野々宮がふと腕の時計に目を落とすと、もう二時に間もない時間となっていた。

「わかりました、多分、あの会議室の箱の件だと思います。佐竹さんが今日から応援で入ってくださるそうですので…」

「そうみたいね、言ってたわ」

佐竹とはある程度、知った仲であるのか、黒木は頷いた。

「あと、野々宮さん宛にこれが届いてるわ。土屋《つちや》さんっていう方…、あまり聞き覚えがない名前なんだけど…」

立ち上がった黒木がA４サイズの事務用封筒を差し出す。

「土屋…ですか？」

原則、野々宮は仕事関係の郵便物の開封は黒木に任せているが、事件関係者などで心当たりがないせいか、個人宛の郵便物だと思って、黒木も開封を控えてくれたらしい。

しかし、友人、知人の中にも庁に個人宛で郵便物を送ってくる相手に心当たりがなく、野々宮はその封筒をひっくり返す。

土屋と書かれた男名前を見ても、角張った字には心当たりがない。差出人の住所もない。

訝《いぶか》しく思いながら封筒を開け、中身を引っ張り出すと、『捜査に役立ててください——原口』とだけ、プリントアウトされた白い便箋とともに、何かの出力データが出てくる。

あの原口が何を…と、そのデータにざっと目を通しに野々宮は、とっさに息を呑む。

「株かしら…」

横で呟く黒木に、野々宮は無言で次々とそのデータをめくり、わずかの間、考え込む。

黒木の言葉どおり、原口が送ってきたものは株の…、おそらくは野々宮ら内偵チームが先日から必死で調査している、藤田に関連する株の一覧だった。

ちゃんと裏付けさえとれれば、この間から停滞していた調査が一気に進展するデータだ。検察にとっては喉から手が出るほどにありがたい情報だが、これを立石のもとに持ち込めば、もちろんデータの出所を尋ねられることだろう。

今こそ、この間から考えていた、原口との件を報告する潮時なのかと野々宮は腹をくくり、腕の時計に目を落とす。

「すみません、黒木さん。申し訳ありませんが、先に会議室のほうへ行っていてください。僕はちょっと水野副部長のところへ」

言いながら、データをつかんで戸口に向かいかけた野々宮は、原口の名前の打ち出された便箋に一瞬目を落とす。そして、シュレッダーにかけるトレイへと、その便箋を滑らせた。

「わかったわ、十分ぐらい？」

野々宮が、原口からの手紙をシュレッダーのほうへまわしたことには、気づきもしなかったような顔で黒木は頷く。

「いえ、十五分か…、場合によっては、もう少しかかるかもしれません」

大股《おおまた》で戸口のほうへと向かいながら、野々宮は黒木を振り返る。

「そうね、それぐらいね」

自らも華奢《きゃしゃ》な作りの腕の時計をちらりと眺め、黒木は頷いた。


「なぁんじゃ、これは…？」

水野は銀縁の眼鏡を片手でずり上げながら、細かな字を見るときの常で、野々宮が持参したデータを遠く離して眺める。

「こんな大事なもん、君は隠しとったんか」

「いえ、つい先ほど、郵送されてきたものです」

「ふん、垂れ込みか…」

呟きながら、なおも水野は細かな字をつぶさに目で追っていく。

事件が匿名の密告や企業内の内部告発などから発覚、捜査進展していくのは、少ない例ではない。

「これは藤田の取引先企業と、その持ち株だな…。まぁた、えらいお宝だわ…」

はぁん…、と声を洩らし、水野は銀のカフスをきっちり留めた腕をさらに遠くに伸ばす。

「野々宮君は、いい友達を持っとるの」

水野は上目遣いに野々宮を眺め、にやりと唇の端をまくり上げると、受話器を上げて内線ボタンを押した。

「…失礼、立石部長、水野です。今、野々宮君がえらいものを持ってきまして…」

電話の向こうの立石の声は、いつものように早口で、非常に聞き取りにくい。

「…ええ、…はい、それではすぐにうかがいます」

水野は受話器を置くなり、肘掛けつきの事務椅子の背に引っかけていた上着を取って、立ち上がる。

「ほれ、行くぞ」

同行したものかとその背を眺める野々宮を、ドアのノブに手をかけた水野は振り返った。


「部長、水野です」

立石の部屋を水野がノックすると、おう、入って…、と声が返る。

ドアが開くと、髪の白い小柄な立石が広い机の向こう側、あいかわらず鋭い眼光を持つ目でじっとこちらを眺めていた。

小柄だが、ひと睨みで腹の据わった特捜の検事どもを、震え上がらせることができる男だ。

「これですわ」

水野は慣れたものなのか、つかつかと寄っていき、机越しに原口が送ってよこしたデータを差し出す。

立石はしばらく黙ってそれに目を通し、やがてじろりと野々宮を一瞥《いちべつ》した。

「こんなもん、どっから手に入れた？」

その視線の中に、以前にウナギをおごってくれたときのような、心安さは微塵《みじん》もない。

「匿名で、私宛に送られてきました」

野々宮の答えに満足がいかないのか、立石は厳しい表情をゆるめない。

「これはこの間から我々が必死で捜してる藤田個人の資産のようだが、君は匿名で送られてくる先に、なんぞ心当たりでもあるのか？」

質問ではなく、詰問だった。

ほんの一瞬野々宮は迷ったが、直立不動のまま後ろで手を組み、一息に答えた。

「一つ、あります」

「どこに？」

座ったまま、立石は険しい表情で野々宮を眺める。

「以前、さる男の紹介で、嶽嶋組系の情報筋の原口という、柳栖組組長に会ったことがありますが、おそらくその男が送ってよこしたものだと思います」

「なんだ、その情報筋っていうのは？　紹介っていうのは、合法的な手順をとっとらん会い方か」

どんどん表情を厳しくする立石に、野々宮は腹を固め、頷いた。

「はい、そうです」

「こっの、大馬鹿者がぁっ！」

とたんに、部屋の空気がビリビリ震えるほどの声で一喝される。

「何を勝手な真似をしとるかっ！　検察官たる自分の立場を考えんかっ！」

野々宮はやや目を伏せがちに、それでも上司の罵声を真っ向から受け止める。

「君は刑事やないんや。刑事司法を遵守する検察官やろうが。検察全体の信用を失墜させるような、安易な動きをするな。そこのところ、きっちりわきまえぇ！」

半ば大阪弁混じりで怒鳴りつけ、立石は野々宮を強く睨みつける。

「確かに軽率でした。申し訳ありません」

野々宮は深く頭を下げる。

上からの圧力で、無理やり断ち切られてしまった事件の解決への糸を少しでもたぐりたいと、岸辺が原口と引き合わせてくれた熱意は百も承知している。

不条理な力のために、煮え湯を飲まされるような思いをしたのは、野々宮も同じだった。

しかし、立石の言葉どおり、野々宮の行動が、検察官に認められた捜査権利を逸脱していたことは確かだった。

原口の思惑はわからないが、事実、原口は職業を明かさなかった野々宮の身元を調べ上げ、特捜部に異動になったことすら知っていた。

原口は野々宮を気に入ったと言ったが、相手はヤクザだ。

並の常識や誠意が通用する人間たちではない。

立石の怒りはもっともなものだし、水野のもとにこのデータを持ち込む時点で情報元を追及されること、安易に原口と接触した自分の責任を問われることへの覚悟はしている。

むしろ、これを機会にあえて原口からの接触を上に知らせ、データを信用するかどうかの判断をゆだねたといってもいい。

あの時、いともあっさりと事件解決の糸口を断ち切られたことが悔しいと、岸辺は言った。

あなたなら、今、こうして悔しい思いをされても、いずれはきっと伸びていくことができると、こんなつまらない圧力に屈しなくてもいい力を得ることができると、手を握りしめ、言ってくれた刑事の期待に応えたい。

しかし同時に、野々宮が原口にかかわったことが、捜査へのつまずきとなることだけは絶対に避けたかった。

ならば野々宮にとってもっとも信頼すべき上司達に、早めに自分の犯したミスを報告し、処罰を下されたほうが納得がいく。その際には辞職でなく、免職でなければならなかった。

手を握って別れた岸辺に胸を張って会うためにも、こそこそと上司の処断を恐れ、事実を隠すような真似だけはしたくない。

「君は検察官だと言って、会いに行ったのか」

「いいえ…、紹介者は刑事だと言ってくれましたが、向こうのほうで調べたようです」

「ほかに何か良心にもとるような真似は？」

立石の言葉は、たとえば食事や酒をおごってもらったり、金品を受け取るような真似をしたのかと、いう意味の問いだった。

「いいえ、そのような真似は、絶対にしておりません」

野々宮はまっすぐに上司の目を見て、言葉を返す。

それだけは間違いない。

立石はしばらく無言で野々宮を眺め、低く言った。

「走るときは、周囲に媚《こ》びず、とことん走れ。だが、法には忠実であれ。誰にも恥じることのない捜査をしろ」

「はい」

立石の言葉に、野々宮は後ろ手に手を組んだまま、短く答える。

立石はしばらく野々宮を睨みつけていたあと、手にしたデータを眺め、さらに再び上目遣いに野々宮を眺める。

「この垂れ込みがどこまで信用できるのか裏付けをとらねばならんが、その作業は君には任せられん」

手柄は絶対に野々宮のものにはならないという、事実上の宣言でもある。

「はい」

もっともだと、野々宮は頷いた。

「これについては預かっておく。君は引き続き、捜査にあたるよう」

「はい」

野々宮は深く一礼し、立石の部屋を出た。


「ずいぶんな剣幕でしたな」

出ていった野々宮の後ろ姿を見送り、水野は席に座ったままの立石を振り返る。

「まぁね」

立石は野々宮が残していったデータをめくる。

「さっき、見ましたが、いいネタですな。原口でしたか…、野々宮もえらく、見込まれたものですな」

「いい検事というのは相手がヤクザだろうが、政治家だろうが、職業の如何《いかん》を問わず、様々な人間の心を開かせ、惹きつけるもんです。きっと、原口自身も野々宮の性格に惚れ込んだからこそ、ここまでやったんでしょう。逆に、自分の立場を明かさずに、よくそこまで原口の心をつかんだものだと思うよ」

立石の言い分に、水野はわずかに頷いてみせる。

「原口も嶽嶋組の中では、かなり異色な存在だっていうしね。あの野々宮の様子を見ても、けっして自分の欲得から原口に近づいたわけじゃないというのもわかる。原口自身も、きっとこれだけの情報をつかんでくるのに、そうとう危険な橋を渡っているだろう」

「でしょうな」

「だが、だからといって、野々宮にこんなことを当たり前だと思わせちゃいかん。心をつかむのと馴れ合うのとでは、全然意味が違う。野々宮はかなり独自の捜査センスを持った検事だからね。今回はたまたま運も良かったが、今から、こんなイレギュラーな真似が許されるのだと甘えさせるわけにいかん。今のうちにきつくお灸を据えとかんと」

あれでも足りない、どうしたものかと呟く立石を、水野は眼鏡越しに眺めた。

「さっきの様子では、野々宮は今回の件から外されても…、場合によっては免職もやむなしと思っていた様子ですが、どうされますか？」

「いや…、外さずにしばらく様子を見てみようと思う。これとは別の線に置かねばならんが…。あの様子なら本人もしばらくはおとなしくしてるだろうし」

「まぁ、覚悟もしてたようですしな。あんな男でも、凹んだとわかるもんですな」

「そう器用な男でもないから、明日にもすぐ成長するということはできないだろうが、その分、じっくりと考えて自分の経験値にしてもらわんと」

立石はやれやれと呟きながら、手にしていたデータを水野のほうに差し出した。

「裏付けは佐竹にやらせて」

佐竹ですか…、と立石の差し出したデータを受け取りながら、水野は苦笑する。

「佐竹は佐竹で、野々宮をずいぶん意識してるようですな」

「意識して足を引っ張るようでは困るが、互いに切磋琢磨《せっさたくま》するようなら、多少は意識し合ったほうがいいよ」

そう言って立石は言葉を継いだ。

「どっちも、なかなか向こうっ気が強い暴れ馬だけどね」

いつも姿勢のいい水野は、今度は声を出して笑った。

「本当に、互いにどうしてあそこまで、不器用なほどに一本気なんでしょうな」

立石も苦笑する。

「普通のサラリーマン社会では、絶対に損するタイプの人間だね。あの二人にとっても、検事の道を選んだのは正解だったと思うよ」

やれやれ…と立石は振り返り、窓の外の阪神高遠の高架を眺めた。

佐竹に呼ばれていた会議室に入った野々宮は、資料課の職員達がいくつかの段ボール箱をすでに運び出しにかかっている様子に眉をひそめる。

「すみません、これはどういうことでしょうか？」

野々宮は事務官に指示する佐竹に近づく。

「お前が遅いからだろ。いつまでも待ってられないから、こっちで分担を決めさせてもらった。これ、この印のついてるのは、全部こっちで預からせてもらう」

佐竹は資料のリストを野々宮に突きつけ、当然だと言わんばかりの顔で言い捨てる。

「あらかじめ、少し遅れると申し上げたでしょう。それにこの配分だと、ずいぶん公平性に欠けるように思えますが」

重要そうな書類のほとんどをチェックされたリストにむっとし、野々宮も自分よりやや背の低い、細身の男に言い返す。

手柄を横取りされるということなら、相手の人間性を軽蔑する程度で多少のことは割り切れる。わざわざ、目くじらを立ててまで咎《とが》め立てしようとは思わないが、これからもしばらくともに仕事をするのに、最初からこの権高なペースですべてを決められてはかなわない。

最初に主張すべきことは主張して、きっちり線引きをしておくべきだと思った。

「お前の都合で遅れるっていうのなら、自分で直接内線かけてこいよ。そういうのが筋っていうもんだろ」

野々宮を見上げる佐竹も、すでに眉間に皺を寄せている。

野々宮は、急ぎの時には人にことづければそれで十分理にかなうと思ったが、佐竹の道理にはかなわなかったらしい。

またか…、という思いが、野々宮の頭の奥をかすめる。

野々宮は学生の頃から、不思議と上級生や他校の生徒などから、こういった類《たぐい》の因縁はよくつけられるタイプだった。

どちらかというと、野々宮自身はキャラ的に体育会系でかなり上を立てるほうだったが、他人と同じことをやっていても、なぜか一人だけ悪目立ちするらしい。、生意気だとか、礼儀をわきまえない奴だという言葉を、昔からよく向けられた。

おそらく野々宮の中の何かが、相手の闘争本能を刺激するのだろう。

「急いでいたもので、伝言ですませてしまったのは失礼だったかもしれません。申し訳ありませんでした。でも、この資料の配分には納得いきません」

佐竹が気に入らないと言っているのは、年下の野々宮がとった態度であり、野々宮が納得いかないのは、子供の報復のような佐竹の資料の配分方法であって、すでに論点がずれかけている。

しかし、野々宮のほうもおめおめと引き下がる気はなかった。

「佐竹さん、私、ちゃんと伝えたでしょう」

水掛け論になりかけているところに、溜め息をつきながら、しっとりしたアルトで黒木が二人の間に割って入ってくる。

「…黒木さん」

やや気勢をそがれたような顔で、佐竹は二人よりもはるかに小柄な黒木を見た。

「それじゃ、不足なの？」

「いえ、そういうつもりで言ってるんじゃないんですけど…」

黒木の口調には、まったく居丈高《いたけだか》なところはなく、いつものように穏やかな口調だった。

しかし、佐竹のほうには何か黒木に負い目や引け目などがあるのか、銀縁眼鏡の奥の吊りぎみの目を、弱ったな…、というようにさまよわせる。

「でも、そういうふうに聞こえるんですもの」

少しヒールのあるパンプスを履いた黒木は、ゆるやかにまばたきながら、顎の下で切りそろえた黒髪を揺らす。

「それに、こんな面倒なのばかり押しつけられても…、半分は私がブッ読みするのよ。その辺、わかってくれてるのかしら」

ねぇ…、と黒木はにっこり笑った。

「べつに、黒木さんの伝言が気に入らないんじゃないですよ。こいつがわきまえるべき礼儀をわきまえないから、気に入らないだけです」

佐竹は野々宮の手からリストをひったくり、チェックを直しながら、早口で黒木に弁解する。佳人の機嫌を損ねたくないのはこの男も同じなのか、その声にはいささか焦りと動揺が見える。

確かに榛原や笹井の言葉どおり、根っから嫌な人間というわけではないようだった。

「ほら、これでいいんだろ？　言っとくけど、これとこれは俺がもらうからな。これだけは譲らん」

絶対に欲しいという資料を慌ただしくペンの先で指したあと、佐竹はせっかちな性分もあるのか、リストを野々宮の胸許に押しつける。

そして、段ボール箱を運び出そうとしていた自分の立会事務官に、さっさと声をかけに行ってしまった。

一応、突きつけられたリストは、ちゃんと公平なものになっている。

「ありがとうございます」

野々宮は感謝をこめて黒木を見る。

「本当に佐竹君ったら、子供みたいなところでムキになるんだから…」

と黒木は弟二人の喧嘩をいなす姉のように、わずかに肩をすくめ、なんでもないように笑った。

六章

I

早く終わりそう…？　と、珍しく伊能が野々宮に内線を入れてきた。

終わるようなら、一緒に飯でも行かないかと誘われる。

ちょうどきりのいいこともあって、野々宮は早めに黒木を帰し、八時頃に伊能と落ち合った。

原口のことで、立石に厳重に注意されている件もある。

今のところ、まだ特に処分は科せられていないが、実際にはいつ捜査自体から、場合によっては特捜部からも、外されてもおかしくないという覚悟はある。

覚悟はあるし、そうなればどんな処分でも受け入れる気でいたが、伊能の顔を見て少しほっとしたいという気分はあった。

「伊能さんが、美味《おい》しいもの食べないかって言うのは、珍しいですね」

食に関しては比較的淡泊な伊能が美味しいものにこだわるのは珍しいと、二人して地検を出て肩を並べる。

「なんか、ここのところ、毎日遅くて、あまり美味しいものも食べられなかったから、久しぶりに美味いものをお腹に入れたいなぁと思って」

伊能は居酒屋の赤提灯《あかちょうちん》を見ながらしみじみ答える。

「ちゃんと寝れてますか？　少し疲れたような顔されてますよ」

仕事上がりで目なども疲れているのか、鈍くまばたきを繰り返す伊能の横顔を眺め、野々宮は柔らかな言葉を選ぶ。

以前、伊能を思い悩ませていた渡瀬に対する異様なまでの罪悪感、虚無感などが、ある程度、伊能の中でも整理できてきたのか、表情にも曇りはない。

ただ、迷いが消えた分、仕事面でも充実しているようだったが、あいかわらず仕事量自体はハードなため、今度は肉体的な疲労が溜まっているようだった。

「疲れてるのは、皆一緒だよ。君もあまり顔色がよくない」

伊能は野々宮の目の下に、うっすらと浮かんだ隈を撫でた。

「これは…」

苦笑し、野々宮は自分の目許を押さえる。

あれからも佐竹とはなんだかんだと衝突し、互いにかなりムキになっている。

自分に課せられたノルマを、なんとか相手より早く果たそうと、寝る間も惜しんで資料を繰っているせいでもある。

昨日なども、持ち帰れる資料を抱えて終電で部屋に帰り着き、帳票を繰るうち、気がつけばそのままひっくり返っていた。

朝、気がつくと、スーツが皺だらけになっていたという、みっともない始末だった。

野々宮自身は、自分をかなり冷めたほうだと思っていたが、どうも佐竹は、野々宮にとっても何かをかきたてられる存在らしい。

いつもなら突っかかってくる相手は、ある程度までは適当に受け流す。誰ともまともに角突き合わせていてはきりがない。

しかし佐竹に限っては、黒木も苦笑するほどにありとあらゆる点で、それこそ子供のようにムキになって張り合っていた。

こうまで巧みにポイントを押さえてつつかれると、逆にどうかすると恐ろしく相性がいいのではないかと思えてくるほどだった。

「ここなんか、どう？　けっこう美味しいんだ」

地検や裁判所の裏手は、小さな事務所が並ぶ場所柄のせいか、比較的、美味い総菜屋や割烹が並ぶ。そのうちの小さめの一軒を、伊能は指差した。

「酒は何にします？」

割烹のカウンターに座り、おしぼりで手を拭いながら、野々宮は尋ねる。

「そうだね、明日もあるし、今日はちょっと控えておこうかと思ったけど…」

「思ったけど？」

「君の顔を見てたら、なんだか一杯やりたくなった。ビールはいいから、冷酒を」

一杯引っかけて、早く家に帰って寝たいよ…などと、伊能は可愛いことを言う。

「じゃあ、俺も」

伊能が手にしたお品書きを覗き、これまで飲んだことのないものを頼もうと、二人して別別の銘柄の酒を頼む。

アジの南蛮漬けや肉じゃが、馬刺しなど、注文の料理がいくつか並んだところで、野々宮はふと尋ねた。

「そういえば、伊能さん、佐竹さんっておっしゃる検事さんはご存じですか？」

「佐竹さん？　ああ、知ってるよ」

イカのつけ焼きを前に、冷酒のグラスを傾けながら、伊能は頷く。

「けっこう、きかん気なところがあるっていうのか、一本気なところがあるけど、わりに性格はさっぱりしてるよ。かなりな正義漢だから、たまに上の人と大喧嘩したりしてるけど」

よほど腹を減らしていたのか、一皿ごとに美味しい美味しいと、喜びながら伊能は答えた。

あまりの喜びようを不思議に思って尋ねてみると、忙しさのあまり昼食をとる時間がなかったという。

詳しいことはチームが違うためにわからないが、この間の榛原同様、ちょっと一筋縄ではいかないような事件を追っているようだった。

「榛原さんは、佐竹さんのこと、四つほど下だって言ってましたけど…」

「うん、確かそう。それで、黒木さんよりは一つ下だったかな」

比較的、佐竹とは親しいほうなのかもしれないが、黒木のほうを例に取ってくるのが不思議だと思った野々宮に、伊能は薄く笑った。

「面白いのが、佐竹さんも榛原さんと同じ頃、黒木さんに入れ上げてたんだよね。これはあの頃、地検にいたほとんどの人間は知ってるんだけど…、佐竹さん、そういうところ、すごくわかりやすいから…」

今も何となく気配でわかる。

「だから、佐竹さん、いまだに黒木さんには頭が上がらないんだって自分で言ってたよ。お願いね…、って言われると、ホイホイ言うこと聞いちゃうんだって。それがまた、傍で見てると、おかしいんだよね」

伊能はタコとキュウリの酢の物を口に運びながら、笑って肩をすくめた。

なるほど、黒木に頭が上がらないらしい様子は、野々宮もこれまで何度か目にしている。

黒木もそこのところを承知しているのか、あまり二人の間に割って入ってくるようなことはないが、たまにやんわりと釘を刺してくれることはある。

しかし、これだけ野々宮が佐竹と衝突しているというのに、伊能自身はあの佐竹という検事への印象は悪くないらしい。

話を聞いていると、比較的、気に入られてもいるようだ。

たまには一緒に飲みに行く間柄だとまで言う。

「この間、佐竹さんも、野々宮のこと聞いてたよ」

野々宮の質問の意図をあらかじめ知っていたのか、伊能は飲む？　…と、自分のグラスを差し出す。

「ええ、一口いただきます…」

あの男が、伊能になんの探りを入れているのだろうと思いながら、代わりに自分のグラスを差し出し、野々宮は伊能の頼んだあっさりと淡泊な酒を口に含んだ。

「野々宮も佐竹さんも、全然タイプは違うけど、一本気なところがあるから互いにそこまで意識し合うのかな…。僕は八方美人なところがあるから、そういう関係も、羨《うらや》ましいね」

空腹だったせいで酒の回りも早いのか、それこそ野々宮にとっては羨ましいほどの人当たりのよさで薄く笑い、少し目許を朱に染めた伊能は呟いた。

「俺は伊能さんのあたりの柔らかさこそ、見習いたいですけど」

殊勝な言葉が意外だったのか、伊能は驚いたように目を見開く。

「どうして？　野々宮は今のままで十分じゃないか」

カウンターに頬杖をついた野々宮はしばらく考え、この間の原口からの垂れ込みと、それに関する立石の叱責についてをはじめて洩らす。

「前に、浪速署の刑事が情報筋の男に会わせてくれたって言ったでしょう」

「ああ…」

野々宮が、初めて伊能と関係を持った日のことでもある。

自分が取り逃がした闇の存在に対する無力さがやりきれなくて、温もりを求めた野々宮を、伊能がそっと抱き止めてくれた。

「原口っていうんですが、あの男が庁のほうに匿名で藤田の取引先のデータを送ってきたんです」

え…、と伊能は少し驚いたような顔を見せる。

「それ以前に、少し前…、庁からの帰宅途中に一度、太融寺のあたりで車の中から呼び止められたことがあります。会った時には、あの刑事の後輩ということで、検事であることは明かさなかったんですが、ちゃんと調べてたみたいで…。それどころか、俺が特捜のほうに異動になったことすら、向こうは知っていたんです」

「それって…」

伊能は驚いた表情のまま、野々宮を見ている。

思わぬほど近しいところに内通者がいると、伊能の目が語っている。

「お気をつけなさいって…、あなた、まだスタートラインに立ったばっかりだって…、そう言ってました」

野々宮は伊能のグラスを返し、自分の酒を一口含む。

「あの男に限っては、ちょっと何を意図しているのかわからなくて…、もし、組織内の内部抗争に検察を利用しようと考えているなら、俺の存在は後々面倒なことになりますから、データを送られてきたのをいい機会だと思って、部長に報告しました」

「部長、なんて…？」

「怒鳴られました。自分の立場をよく考えろって…、もっともな話ですけど」

野々宮は心配そうな表情を浮かべてさえ、どこか品のよさを感じさせる伊能を心配させないよう、唇の両端を上げてみせる。

「部長に報告したことについては、後悔してません。立石部長の言葉どおり、下手に居直られれば、捜査自体や検察の信用自体が丸潰れになりますから…、あの段階で部長に原口のことを説明できてよかったんだと思います。それで俺を外すか、処分するかなどの判断は、もう部長にお願いしてありますから」

「処分って…」

「しかるべき処分です。もともと、福岡で出していたはずの辞表を、特別に留保してもらってこちらに戻ってきたんですから、一度はくくった腹です。俺の存在自体が不祥事になるのなら、きっちりつけるべきけじめをつけます」

ただ…、と野々宮は言い継いだ。

「ただ…、伊能さんには、聞いておいてほしかっただけです」

「それでいいの？」

カウンター越しに出される出汁巻きを受け取りながら、伊能は案ずるような目を向ける。

「十分ですよ」

話を聞いてもらえるだけでどれだけ落ち着くか、自分の中で整理がつくか、きっとこの人は意識していないのだろうと思いながら、野々宮は頷いた。


阪急の梅田《うめだ》駅のホームで、乗客でいっぱいの通勤快速を見送って、普通電車に乗る。

しかし、シートに座ってたわいない音楽の話などをいくらかしたあと、伊能はそうとうに疲れもあったのか、十三《じゅうそう》を過ぎたあたりで小さく寝息をたてはじめた。

わずかに野々宮のほうへ体重をあずけ、軽い寝息をたてる伊能の顔は、以前から思っていたが、本当に上品でやさしい。

昔の神父《ファーザー》というあだ名ですら、ただ紳士的だというぐらいでは、つけられるものではないだろう。

その物腰の折り目正しさ、己を律するのに厳しい態度、どこか慈愛を感じさせる言動など

が、おそらく一般的な神父のイメージに重なるせいに違いない。

神父のあだ名を知らない立石のような人間ですら、あいつは坊さんみたいだと言っていたところをみると、いずれも似たような印象を受けるようだった。

確かに今年で三十一になるはずなのに、その穏やかな寝顔を見ているだけで、こちらまで満たされたような気持ちになれる。

こんなたわいもない充足感が、野々宮にとっては、日々の生活のストレスを癒してもくれる。

同性であるのに、伊能に対しては驚くほどやさしい気持ちを持てるから、野々宮自身も不思議だった。

駅ごとに、少しずつ減っていく乗客を眺めながら、野々宮はぼんやりと渡瀬を思った。

漠然とした宗教的感覚にもなるのかも知れないが、今、この人と一緒にいることを、渡瀬は知るだろうかと考えていた。

不思議と申し訳ないという気持ちは、ほとんどない。

申し訳ないという哀れみに近い思いは、野々宮にも様々な面でいい影響を与えてくれた渡瀬に対して、逆に大きく誠意を欠くような気がした。

渡瀬とて、死にたくて死んだわけではなかろう。できることなら、自分達と共に肩を並べて歩いていきたいと思っていただろう。

おそらく、渡瀬が健在であれば、伊能のよき理解者、癒し手は渡瀬であるはずだった。

むろん、そこに野々宮が入り込む余地などなかっただろうし、また入り込みたいと考えることもなかっただろう。

結果的には、その渡瀬の死が伊能の中に埋めがたいほどの大きな穴を作り、野々宮は今にも窒息しそうなほどに自分を責める伊能を、解き放ってやりたい、癒してやりたいと願った。

ただ、野々宮自身は、もし今、渡瀬が生きていれば…、などという甘い仮定は、極力、自分の中に置かないことにしている。

それは、渡瀬の死だけに限った話ではない。亡くなった父親についてもそうだ。

もし、あの時、ああだったら、あそこで別の選択をしていたら…などと、あとになってつらつら考えるのは、自分や周囲への言い訳だと思っている。

しかし、伊能が渡瀬に対して抱き続けてきた後ろめたさや後悔が間違っているとは、まったく思わなかった。

真面目な伊能の性格を考えても、伊能が七年もの間、抱えてきた虚無感は痛いほどによくわかる。

野々宮にそこまでつきあいの長い、大事な存在となる相手がいなかっただけで、伊能の立場におかれれば、その喪失感はどれほどのものだっただろうと想像してみたこともある。

だが、また同時に渡瀬のおおらかな人となりを考えれば、けっしてあそこで自分の人生は終わってしまったと、いつまでも女々しく恨み続けるような人間ではないとも思った。

逆に、あいつをよろしく頼むと、頭を下げるようなタイプの男だった。

野々宮は厳格な父親に、たとえ明日、人生が終わったとしても、後悔しないよう、胸を張って生きろと、子供の頃から何度も言われて育った。

常々、野々宮の生き方の基盤となっている言葉でもある。

おそらく渡瀬もタイプこそ違うが、その種の人間であったと思う。

遠い過去の中で、渡瀬が笑って手を振っているような気がする。

温かい言葉で、何かを語りかけているような気がする。

そして、そう思えることを誇りに思う。

自分から進んで伊能を支えることを選んだ以上は、けっして渡瀬にも恥じることのないように生きようと思う。

先のことなど、まだまだ見えないが、様々な夢を志半ばで終わった渡瀬の分も共にこれから先を見極めていこうと、クーラーの効きすぎた車内で肩に伊能の温もりを感じながら、野宮はぼんやりと考えていた。

電車が塚口《つかぐち》の駅に着く頃、伊能は浅い眠りから目を覚ます。

「少し、寝てたな…」

まだ眠りの余韻が残ったままなのか、いつもよりわずかに反応の鈍い目でまばたき、伊能は足許に下ろしていたブリーフケースを膝の上に上げた。

「ほんの少しですよ、十分もなかった」

野々宮の言葉に頷き、伊能は近づくホームを眺める。

「じゃあ、また…」

本当に食事をともにとれればよかっただけなのか、電車がホームに着くと伊能はあっさりとした別れの言葉を口にして、乗り換えホームに向かおうとする。

その伊能の腕を、野々宮はとっさにつかんだ。

「どうした?」

夏物の淡いグレイのスーツに身を包んだ細身の青年は、少し不思議そうな顔を作った。

「えっと…」

とっさに帰したくないと思ったとは言えず、野々宮はつかんだ腕を放した。

「今日、泊まっていきません…?」

野々宮の言葉に、伊能は小さく笑う。

「今日は疲れてて、先に寝ちゃうかもしれないよ」

暗に今日は相手はできないよ…とはぐらかされたが、そんなことは気にならない。

疲れていて好き心が起こらないのは、野々宮も同じだった。

ただ、側にいて居心地のいい伊能と、今晩は一緒にいたいと思っただけだった。

一緒にいるだけでどれだけ野々宮が安らげるのか、それをまだ伊能は知らない。

「そんなこと…、俺の部屋で気が張らなければ、ゆっくり寝てってください」

伊能は一瞬考えるふりを見せたが、すぐに笑って頷いた。

「…じゃあ、寄せてもらおうかな…」


「…お待たせしました」

クーラーのよく効いたワンルームの部屋に、パジャマのズボンを身に着けただけの野々宮が、ユニットバスから髪を拭いながら出た。

すでに伊能はベッドの横に敷いた布団の上で、子供のような仕種でタオルケットを抱いて丸くなっている。野々宮の貸したパジャマの袖や裾が、若干、余っている。

「伊能さん…、上で寝てください」

青年に声をかけると、うん…、と生返事が返る。

つけっぱなしになったままのテレビは、ドキュメンタリー番組の再放送か何かのようで、アジア風のエキゾチックな音楽の中でオリエンタルな衣装を身に着けた少女達が、関節を巧みに曲げる踊りを見せていた。

野々宮は首からタオルを下げたまま、うとうとしている伊能の肩に手をかける。

もう、眠りに捕らわれかけているのか、かなり身体は温かい。

野々宮はそのまま、伊能の身体をベッドの上に抱え上げた。

伊能が握り締めたままのタオルケットの裾を広げて、剥き出しの脚を覆う。

伊能がうっすらと目を開け、野々宮の首に腕をまわすようにした。

「どうしました…?」

剥き出しの首を抱え寄せられながら、野々宮は笑う。

「ごめんね、眠くて…」

「かまわないですよ。本当に今日は俺も疲れてて、そんなつもりはないですから…」

野々宮の言葉に安心したように頷き、伊能はそのまま、すっと引き込まれるように眠りに落ちた。

その穏やかな寝顔を見下ろし、野々宮は少し湿った伊能の髪を撫でる。

そんなつもりはないという言葉に嘘はない。

今日はただ、眠る伊能の側にいたかっただけだった。

ほかの人間に、やたらと弱みは見せたくない。

それでも、時折、周囲があまりに悪意や敵意に満ちるときや、すべてがうまくまわらないとき、自分までがどこかギスギスとしてくる。

そんなときには、大事な人間の側にいたい。

そっと側で、その温もりを感じているだけで、自分の中で癒される何かがある…、と野々宮は伊能の寝顔をじっと見下ろした。

七年も一人の人間を想い続ける、伊能の強さが好きだ。

伊能に言えば苦笑するだけだろうが、その真面目さが、柔らかな物腰が、そして、時に思いもよらぬ心の強さを見せる気丈さが好きだ。

いつの間にこんなに惹かれたのだろう…、と野々宮はそっと伊能の指先を取り、唇を押しあてた。

Ⅱ

野々宮はひょいとのれんをくぐり、間口が二間《にけん》もない店のカウンターに腰掛けた。

「親爺さん、親子丼一つね」

馴染《なじ》みとなった店主に声をかけると、はいよー、と威勢の良い返事が返る。

外の焼けつくような暑さから逃れ、ほどよく冷房のかかった店内に腰を落ち着けると、少しほっとする。

鶏を専門に扱うこの小さな店は、野々宮の行きつけの店の一つでもある。

東京に行ってしまった息子と同い歳だとかで、店主がずいぶん気さくに声をかけてくれることもあり、いつも居心地よく食事ができて野々宮は好きだった。

その安さと味のよさのために、昼時はいつもサラリーマン達で混み合う店だが、ピークも終わりに近いせいか、客は野々宮のほかには二人連れらしき男達だけだった。

「はい、お待ちどぉ」

すぐにたっぷりと鶏ののった山椒の香りの高い親子丼が、赤だしと一緒に前に並べられる。

卵の黄色と鮮やかな三つ葉の青さ、それに山椒の香りとが、この暑気にもかかわらず、なんとも食欲を刺激した。

「今日はいつにもまして、鶏が多いね」

いただきます…、と箸を割りながら店主に声をかけると、愛想の良い笑顔が返る。

「外はずいぶんな暑さだからね。お兄ちゃんにもスタミナつけてもらわなきゃって、ちょっとサービスしといたよ。若い人は肉食わないと、鶏と卵で良質のタンパク質だから」

「それはありがたいな」

熱々のご飯とともに柔らかな半熟の卵をかき込みながら、野々宮も頷く。

野々宮の背後のテレビでは、昼のワイドショー番組が流れている。

「覚えのない電話代の請求だって、怖いねぇ…」

カウンターの向こうの流しで食器を洗っていた店主が手を止め、そちらのテレビ画面を見ながら呟いた。

つられて、野々宮も店の隅の天井近くに置かれたテレビを振り返る。

ワイドショー番組は山ほど束ねられた電話会社の請求書を前に、司会者がゲストと何か言い立てているところだった。

「なんです？」

賑やかな客二人の温泉旅行の話に気を取られ、そちらに関心を向けていなかった野々宮は、店主に尋ね返す。

「うん、どういう仕組みだかわからないけど、インターネットを使っているうちにね、知らず知らずのうちに番号みたいなのを抜かれて、勝手に海外で悪用されて、いきなり莫大な額の国際電話代が請求されるらしいよ」

テレビのほうを振りあおいだ店主は、水を止めながら説明してくれる。

「へぇ…」

声を異様に高く変調されているために、聞き取りにくい被害者の話に耳を傾けながら、野々宮は頷く。

海外の電話会社から請求される電話料金は、いったん国際電話会社が代行して支払う。しかし、その支払先の電話会社からどこに金が流れていくかまでは、海外の問題でもあり、なかなか突き止められないと、こういったワイドショーの常で必要以上に深刻ぶった顔のレポーターが説明している。

より刺激の強い番組のほうが視聴率も上がるのだろうが、こうやってむやみに人の不安をあおり立てるマスコミのやり方はあまり好きではないなと、野々宮はレポーターの顔を眺めながら思った。

「ＩＴ革命だ、国民総インターネットの時代だっていって、パソコンなんかまったく無縁の私なんかずいぶん肩身の狭い思いをするけれど、こんな怖いことされるんじゃ、かえって使えなくってよかったよ。世の中、本当に信じられないような悪いことをして平気な人間が、山ほどいるからね」

「確かに、そうですね…」

普通の倫理観や常識を持ち合わせていてはとうてい計り知れない人間、善悪の価値観、判断がすっぽり抜け落ちているような人間は、仕事柄、大勢見ている。

野々宮自身も検事になってすぐの頃、捕まって反省している人間なんて、実のところはほとんどいないじゃないかという同期の嘆きをよく聞いた。

世の中の大多数の人間は善と悪との両面を持ち、その間を善に傾いたり、悪に傾いたりして、それなりにバランスを取りながら生きている。

ただ、根っからの善人がいるのと同様、どうやっても矯正しようのない悪人、良心や倫理観というものをまったく持ち合わせていない人間もいることは確かだった。

再び水を出して食器を洗いながら、店主は何度も横に首を振る。

「電話代の請求だけじゃないよ。今はインターネットで売れないものはないって、海外の銀行口座まで架空名義で売るっていうんだから。いくら警察だって、海外まではそうそう調べられないだろうからねぇ。そうしたら、悪い奴らはやりたい放題だよ。あまり悪い奴らがやりたい放題にやってる世の中だと、地道にコツコツ仕事するのが馬鹿らしいやっていう若い奴が出てくるのも、しようがないのかと思うよ。悪い奴は悪いって、ちゃんと取り締まってくれる人間がいないとね」

公務員であるということ以外、野々宮の仕事を知らない店主は溜め息をついた。

「銀行口座まで売るんですか?」

実際、最近になって急速に増加してきたネット犯罪には、なかなか警察などの捜査も追いつかない。手を焼いているのは確かだが、そんな商法まであるのかと野々宮は箸を止めた。

「うん、ペーパー・カンパニーだかっていうんだっけ。そういった架空名義の会社が扱ってたりして、なかなか実体がつかめないんだってね。不景気なうえに、海外のほうが圧倒的に利率がよくって、所得申告もしなくていい。あんな口座作られると商売あがったりだって、この間、銀行の営業さんがぼやいてたよ」

店主は気安く教えてくれる。

次々と新手の手法が出てくるネット関係の詐欺商法などは、野々宮も新聞やテレビなどで一通り目を通し、常識程度に知ってはいる。ただ、専門を離れるために完全には把握していないし、とても把握しきれないとも思っている。

しかし、この間、国税局から大量の資料を借り出して、経理に精通した特捜資料課の事務官達の手を借りて調べてもみたが、国内の銀行の中にはなかなかそれらしき口座が見つからず、捜査は難航している。

なるほど、海外にあれば実体はなかなか見つからないだろうと、野々宮は慌ただしく丼を片づけはじめる。

「ごちそうさまです」

それからものの三分としないうちに丼を平らげ、立ち上がった野々宮から紙幣を受け取りながら、店主は呆《あき》れたような目を向けてくる。

「もっとゆっくり食べないと、身体に悪いよ」

「また今度、ちゃんとゆっくり味わって食べにきますよ。ちょっと親爺さんの言葉でひらめいたことがあるから、早く戻らないと」

「まぁ、お役に立てたなら光栄だけどね」

釣り銭を握って、引き戸に手をかける野々宮を、がんばりな…、と店主は見送ってくれた。

「海外口座ねぇ…」

部屋を訪れた野々宮相手に、露骨に面白くなさそうな顔を見せていた佐竹も、海外に藤田の隠し口座があるのではないかという野々宮の言葉に、低く唸る。

「まぁ、確かに藤田とつきあいのある商社やデパートをこれだけ捜しても、それらしいものが見つかってないから、ちょっとそっち方面も探らないといけないかもしれんな」

野々宮同様、高く積み上がった書類に埋もれた机で、佐竹は整えた髪をかき乱す。

「そのネットで買える口座って、見当ついてるのか」

「いえ、この間、銀行の営業がぼやいてたって、さっき入った店の親爺さんが世間話ついでに教えてくれたんです」

「そりゃ、そうだな。俺もけっこう、ネット犯罪とかの記事やニュースは注意して見てるけど、そんな海外口座が簡単に手に入るなんて話、まだ聞いたことがない。でも、ネットは俺達も専門外だからな。聞いたことがないからって、はなからないだろうとは言えんわな。特に銀行の営業がぼやくぐらいなら、それなりに確かな話だろうし…」

佐竹は一通り唸ったあと、座ったまま、野々宮を見上げた。

何か言われるのかと思ったが、佐竹は銀縁眼鏡の奥の細い目をさらに眇めただけで、いつものような、野々宮の何もかもが気に入らないといったような表情は特に作らなかった。

「お前、パソコン関係詳しい？」

俺、メールやるぐらいだけど…、と佐竹は野々宮に尋ねてくる。

「いえ、人並み程度です」

野々宮は首を横に振る。

野々宮自身もノートパソコンは持っているが、最近では忙しさにかまけて、メールチェックすらも滞りがちである。

「だろうな。寝る間もないぐらいに忙しいのに、はい、ネットもやりますなんて言われた日にゃ、化け物じゃないかと思うよ。町《まち》さん、ネットやる？」

佐竹は隣に座った立会事務官に水を向ける。

「いえ、うちのパソコンは、育児仲間とメール交換してる女房に占拠されてますよ」

そんな暇ありません…、と丸顔の立会事務官も苦笑する。

「でも、ネットのほうなら、最近は国税庁のほうで専門のチームつけて、脱税対策にいろいろやってるみたいですよ」

「おいおい、ビンゴかぁ？」

立会事務官の言葉を聞き、椅子に深くもたれた佐竹は、少し落ち着きない様子で椅子を横に小刻みに回す。どうやら少し考えているらしい。

「まぁ、突拍子もない話には違いがないが、でも実際、これだけ捜してるのにそれらしいのが見つからないなら、俺は海外口座を考えてみるのもありだと思うよ」

普段は反りが合わないが、仕事にかける熱意は強いのか、佐竹は珍しく賛成の意を唱える。

「ネットはネットで、今回、資料を借り出した部署とは別だから、また協力をあおげばいいが…、だけど協力してくれるとはいえ、他庁に話持ち込むなら、上に話通さにゃならんからな。水野さんあたりに聞いてみて、ちょっとそういう事例があるかどうか、東京に問い合わせてもらったらどうだ」

一応、共に作業を進めている佐竹の意向も尋ねておいたほうが、後々のことを考えても賢明だろうかと思って寄ってみたが、思いのほか好意的な反応が得られ、かえって野々宮のほうが驚いたぐらいだった。

「じゃあ、ちょっと行ってきます」

軽く会釈する野々宮にはもう興味はないのか、佐竹はすでに立ち上がってかたわらの立会事務官の端末を覗き込み、何か指差して早口で指示していた。

Ⅲ

クーラーのよく効いた車内で、原口は膝の上に広げていた経済誌『フォーチュン』のアジア版から、腕の時計に目を移す。

二号線の芦屋《あしや》市から神戸市に差しかかったところで、さっきから車はほとんど動かなくなっていた。

「ずいぶん、混んでるな」

原口の言葉に、紺のスーツに身を包んだ横の真渕《まぶち》が、はい…、と答えた。

顔立ちも悪くなく、いっぱしの金融系営業マンのようにも見える男だが、原口の右腕ともなる柳栖組の若頭だった。実の親以上に、熱烈に原口を慕ってくれている。

両親の不仲などからしだいに悪い仲間とつるむようになり、高校も中退というお決まりのコースをたどっていた。原口と出会った時にはただのチンピラ崩れだったのを、目端がきいて根性もあるのが気に入り、身のまわりに置いてみた。

もとは頭のいい男だったらしく、原口が面白半分に教えた株の読みなどをすぐに砂が水を吸うように覚えていった。その後、原口の勧めで定時制の高校に通い、さらに経理の専門学校などに通って、簿記資格、最近になって税理士資格まで取っている。

今、原口がいろいろと目をかけている男でもある。

「事故か何かのようですね」

「急げ」

原口が言うと、真渕は前の運転手に住宅街の間を細かく抜けていくことを低く指示する。

月に一度、神戸市内にある現嶽嶋組の五代目組長である水波《みずなみ》の家で、全国の嶽嶋組直系の組長らが集まり、定例の会が開かれる。

原口はそれに向かっている途中だった。

道をよく知った運転手によって車は一方通行の多い住宅地の中を抜け、ほどなく本家に近い道へ出てくる。

逆に今度はさほど幅のない住宅街の間の道が、一般車ではなく警察関係の車両で混みだし、車は途中、何度も止められた。

この定例会には毎回、兵庫県警が大量に警官を動員するが、前に乗った若い者達も慣れたもので、紺の機動服に身を包んだ警官に何度も同じことを尋ねられながらも、丁重に答えている。

穏やかに応対したほうが相手の心証がいいのと、一般の人間に対する乱暴な物言いや態度を、原口自身がひどく嫌うためだった。

もともと原口は、扱っている業務のせいもあるが、いかにも筋の者らしい言動を好まない。ゆえに隣の真渕や、前に乗った若い者たちも、皆、ごく普通のスーツ姿で、そこいらの会社員と変わらぬ格好をしている。

行ってよし…と赤い警棒を振る警官にも、車の肘掛けに軽く頬杖をついていた原口は、小さく会釈してみせた。

しばらく車が進んで、あともう少しで本家だというところまで来たところで、ふいに運転手が急ブレーキを踏んだ。原口も真渕も、反動で少し前にのめる。

「組長、大丈夫ですか⁉」

原口を守るため、とっさに覆いかぶさるようにして声をかけてきた真渕を大丈夫だと手で制す。

「…なんだ？」

何事かと身を起こすと、真渕は何してると運転手を叱った。

「すみません。急に車が…」

運転手の声に前を覗くと、一時停止を無視して強引に横から出てきた紺の六〇〇〇クラスのベンツが、半ば以上、道を横から塞《ふさ》いでいる。

「おい、何やってんねん、こら…」

運転手が低く唸り、パワーウインドウを下げようとするのを、前の車の主を見て取った原口は、短く制した。

「かまわん、先に行かせろ」

しかし、双方ともぎりぎりのところでブレーキを踏んでいるので、どちらかが道を譲らないことには、お互いに睨み合いのままだった。

「少し下がってやれ」

「はい…」

原口の声に、運転手は納得いかないような顔つきながらも、わずかに車をバックさせた。

大型ベンツは、人をなめたようなクラクションを二度ほど短く鳴らし、先に道を行ってしまう。

「あれは藤田の車じゃないですか？」

真渕の声に、そうだな、と原口は応じた。

「最近、嫌な突っかかり方をしてきますね」

「何、今にはじまったことじゃない」

原口は薄く唇をまくり上げ、真渕を見た。

「頭脳派なんていわれるわりには、あれも血の気の多い男だからな。いちいち、相手をしてられん」

原口はベンツの後ろの仰々しいマークを眺めながら、鼻先で笑った。

「やり口が乱暴で、よく持ち分を超えて、うちの取引先にも色気を出してきます」

「単なる挑発だ。相手になってやるな。槙野《まきの》さんを目の敵にしてる根木《ねぎ》にも、いい口実をやることになるからな」

原口は真渕を軽くいなした。

嶽嶋組では、五代目の水波が後継者とみなしていたその息子の将《すすむ》が、一年ほど前に対立組織との抗争で死んだ。

息子に先立たれ、最近では持病の心臓病が悪化していることもあって、水波はすっかり気弱になって引きこもりがちになった。その水波がまだはっきりと次の後継者を定めていないことから、嶽嶋組は内部の後継者争いで大きく二つに分かれて、揉めている。

そのうち、六代目としてもっとも有力視されているのが、原口とも親しい、穏健派で組織内の人望も厚い槙野崇《たかし》だったが、それを面白く思っていないのが、組の中でも一番の武闘派組織を率いる根木孝造《こうぞう》だった。

根木は、水波が若かりし頃、槙野と共に組の両翼となって、組織の巨大化に力を尽くした男だ。

しかし、組織内での立場が固まってくるに従って、分をわきまえて何事にも水波を立てる槙野とは異なり、ことあるごとに力を誇示するような言動が目立つようになってきた。

そして藤田は、その根木の系列にいる総会屋の一人である。

最近では嶽嶋組のような広域暴力団も、暴力団対策法の取り締まりの強化もあり、昔のような賭場、売春、飲食店からのみかじめ料などといった収入は減ってきた。代わりに増えてきたのが、仕手戦、総会屋などからの収入といったビジネスだ。

それゆえに、原口のように極道風を吹かせることを嫌う少しイレギュラーな存在であっても、比較的、幅を利かせていられるといえた。

藤田とは、もともと仕事内容がかぶっているところがあるうえに、原口がブレーンとして水波に目をかけられていることもあり、何かと向こうのほうで勝手に原口をライバル視しているらしく、いろいろと挑発じみた真似をしてくることが多かった。

真渕は、それを懸念しているようである。

だが原口は、最近、いやに増長した態度を見せるようになった藤田に、根木とはまた別の強いつながりを得たのではないかという懸念を抱くようになった。

藤田の羽振りが妙にいいことが仲間内でも口に上るようになった頃、藤田がある男を通じて、一部の政治家と通じていることも知った。

そのある男——周耀覚《しゅうようかく》という男は、今は藤田の企業舎弟という名目で、いろいろと動いているようである。

「口実とわかっている喧嘩には、乗ったほうが負けなんだ」

原口は低く呟き、小賢しくきょろきょろと瞳のよく動く藤田の顔を思い浮かべながら、瞑《めい》目《もく》した。

この間の保険金殺人の事件では、藤田も警察サイドに圧力をかけたぐらいだから、検察が何か嗅ぎつけていることぐらいは、薄々感じているだろう。

また何か、妙なことを考えはじめているのかもしれない。

原口は、数週間前、岸辺に連れられてオフィスのほうに現れた、野々宮という名の大阪地検の若い検事を思った。

髪も瞳の色も、並の人間よりもはるかに色素の濃い、硬質な印象のある男で、立っているだけで、何か人を落ち着かなくさせるような存在感を持っていた。

全体的な印象は黒く無機的なものなのに、その内側にはそこいらの人間よりもはるかに熱いものが潜んでいる。長い四肢にはバネのような瞬発性を秘め、一度走り出したら、一心に目的に向かって走っていきそうな印象を受けた。

不敵なまでの意志の強さを秘めた視線と、歳よりもはるかに腹の据わった態度が気に入った。まだ粗削りな感じもしたが、気性がまっすぐでひたむきなことは、その目を見ればすぐにわかった。

こんな稼業に手を染めて長いせいか、人を見る目はあるつもりだ。

きっとあれはいずれ大成して、何人もの人間を束ねていく男だ。それだけの信念は、十分に持った男だ。

おとなしいふりをしていても、良くも悪くも、どこかで人の視線を引きつける際立ったものがあるため、波風もなく、スムーズに歩んでいくことはできないだろうが、けっして簡単に屈服するような男でもないだろう。

原口の正体を知ってか、出されたお茶に口もつけないような潔さに、原口はかつて自分が親戚の不祥事のために会社を追われたとき、誇りとともに失ったものを見たような気がした。

向こうは闇社会と対峙《たいじ》する、検察機構に属する男である。

今は、奇妙に協力的な態度を見せる原口の出方を疑っていることだろう。

あまりあっさりと人を信用するほど、愚かな男であってほしくはない。

だが、自分がこんな稼業に手を染めていても、心のどこかで、ああいう男には信用してもらえる人間でありたいと、原口は思った。

「…組長…？」

いつの間にか笑っていたのか、真渕が少し不思議そうな顔で、原口を見ていた。

「なぁ、真渕」

原口は、まっすぐに自分の目を見返した野々宮の視線の強さを思い出しながら、言った。

「なぁ、こんな仕事をやっていても、守るべき筋はきっちり守る、通すべき筋はきっちり通す…、そんな人間でいたいよなぁ…」

白木の正門が開かれ、スーツ姿の組の者たちが居並ぶ様子を眺めながら、原口は呟いた。

Ⅳ

普段なら、まだまだ日のある六時前、空は低くたれ込めた真っ黒な雲のせいで、もう日が落ちてしまったあとのように暗い。

十分ほど前から、急に強くなった雨が、バチバチ…と雹《ひょう》のような音をたて、激しい飛沫《しぶき》とともに窓ガラスを叩く。

さらにそれに、ビョオオオーッ…、という強風による凄《すさ》まじい異音、建物の下のほうでガラガラとバケツか何かが転がるような音、バタバタと何かが強くはためく音などがいくつも重なってゆく。

野々宮の取調室の窓の外は、さっきから何かしら、ひっきりなしに物音がしている。

窓の外には、川の向こうの中之島公園の木々が強い風に大きく煽られ、枝をしならせているのが見える。

二日前に発生した大型の台風八号が、三時過ぎに四国地方に上陸したとかで、すでに近畿地方一円に暴風雨警報が発令されており、風雨は時間を追って激しくなってきていた。

それでいて、すでに庁内はかなりの人間が帰宅したせいか、建物の中自体はしんと静まりかえったような、不思議な静寂の中にある。

電圧が不安定になってきているのか、天井の蛍光灯が時折、不安定にちらつくのを見上げながら、野々宮は黒木を早めに帰してよかったと思った。

海や空の交通機関はすでに昼頃からすべてが欠航になっていたが、陸の交通機関も徐々に止まりはじめているらしい。

野々宮自身も阪急電車が止まる前に帰ろうと端末の電源を落とし、机の上に広げられた書類を片づけにかかったときだった。

一瞬、部屋の電気が消え、またすぐに灯《とも》った。

野々宮がちらりと天井へ視線を向けた時、ふいに外線ボタンが赤く灯り、卓上の電話が鳴りだした。

「はい、野々宮です」

短く名乗った野々宮の背後で、背にしている暗い窓の向こう側から、ヒョオオオーッ…、とひときわ大きな風の音が巻き上がるように起こる。

電話の向こうの相手は名乗らない。

台風のせいで、回線が少しおかしいのかと思った瞬間、一種、独特の間をおいて、艶のあるハイバリトンが響く。

「こんにちは、検事さん」

独特の抑揚、声の奥に忍ばせた笑い、一度聞いたら忘れられない低く深みのある声に、すぐに原口だとピンときた。

「…あんた…、原口さん…」

野々宮は一瞬、言葉を失う。

地検の代表番号である電話交換を通すことなく、ほとんど公開されていない直通の番号に大胆にも電話をしてきた原口に、野々宮は驚き呆れる。

どうやってこの番号を知ったのかという疑問と、何を目的として原口が自分にわざわざ電話をかけてくるのかという疑念とが、瞬間的に胸の奥に交錯する。

電話の声は、比較的近く聞こえる。

川を渡ったすぐ側である、あの北浜のオフィスからかけてきているのかもしれないと、野々宮は思った。

「台風のせいで、ずいぶん空も荒れてきてますね。まだ、お帰りにはならないんですか?」

何を考えているのか悟らせない、あの独特の抑揚を持つ声が言った。

「人のことより、自分はどうなんです? 一部じゃ、電車も止まってるそうじゃないですか」

いったい、何を企んでいるのだと、もしかして、この電話を録音でもしているのではないかとすら危ぶみながら、野々宮は低く応じる。

「私はね…、私はどうやってでも帰れますから…。意外に検事さんとも近いんですよ、西宮《にしのみや》です。伊丹《いたみ》にお住まいでしょう?」

少し調べればわかるものだとは思うものの、どこに住んでいるかまで嗅ぎつけているのかと考えると、ちょっとぞっとするような思いになった。

「これぐらいの台風なら、あなた、まだそこにいらっしゃると思った」

まるで野々宮の行動をすべて見透かしているかのように、男は言った。

その独特の抑揚には、この悪天候など、ものともしていないような余裕を感じさせる。

それどころか、むしろ、この激しい雨風を楽しんでいるような調子すらあった。

まるで、こうした暗く激しい嵐の夜に力を得る種族のようだと思いながら、野々宮はその声を聞く。

「私がお送りした資料、お役に立てていただけましたか？」

「…ええ」

野々宮はさらに低く応じる。

相手が相手なだけにその真意も読めず、また、立場上、教えてくれてありがとうと言うわけにもいかず、野々宮は微妙に言葉を濁すだけにとどまる。

実際、裏付けをとる作業をしているのは佐竹だと思うが、あの原口から送られてきた書類で、かなり捜査が進展するはずなのは確かだった。

しかし、その答えを聞くだけで満足なのか、ふふ…、と原口は低く笑う。

「あんた…、立場上、あんなことをして、大丈夫なんですか？　いったい、なんのために、こんな真似をするんです？」

片手で無意識のうちに電話のコードを指に巻き取りながら、野々宮は低く尋ねる。

「…検事さん、私はね…」

原口の声から、あの人を煙に巻くような、独特の抑揚が消える。

「自分のようなヤクザ稼業の人間どもを…、こんな汚れ仕事に手を染めて平気で生きている連中どもを…、時折、深海魚のように思うことがある。日のあたるのを恐れて、深い深い、まったく光の差さないところに潜った生き物…、実際に太陽の下に出てみれば、目もあてられないほどにグロテスクで、醜悪な生き物だと…、そう思うことがある…」

低い呪詛《じゅそ》にも似た原口の言葉に、一瞬、野々宮は自分までもが一条の光も差さない深い海の底、真っ暗闇の中に放り込まれたような錯覚に捕らわれた。

音も光もない、ただ真っ暗なその闇の中を、鈍く身体を発光させる醜悪な姿の魚達が、身をのたうたせて泳ぐのが見えるような気がした。

光など、一条も差さない闇に順応して姿を変えた、おおよそ、陸に生きる人間には想像もつかない、グロテスクな姿の生き物達…。

「…それでもたまにね、私のような人間でも、日のあたるところを胸を張って生きている、あなたみたいな人が羨ましくなる。まっすぐに生きている、あなた方みたいな人間が、とても眩しく見えることがあるんです」

原口は低く言葉を継いだ。

「自分も人生のどこかで道を間違えなかったら…、そうやってあなたみたいに生きることができたのにと…、そう思うことがある。胸を張って、大手を振って表を歩くことができたかもしれないと…、そう思うことがある」

深い海の底から聞こえてくるような声で、男の声は低く語った。

「…業《ごう》ってやつなんでしょうか」

それが業《ごう》だというなら、何と因果な…、と野々宮は眉を寄せた。

「所詮、ただの…戯言にすぎませんがね…」

まだ六時前なのに、空は低くたれ込めた雲のせいで、真っ暗に近い。

激しい雨が窓を打ち続ける。

外はもう、夜のようにも見えた。

その窓の向こうに、阪神高速のオレンジ色の明かりが、強い雨の飛沫にぼんやりと滲《にじ》んで見える。

男の声を聞いていると、まるで庁の建物ごと、深い深い海の底に沈んでいくような、そんな錯覚に野々宮は捕らわれた。

かわいです、こんにちは。今回の話は私が十年ほど前、自分の未熟さゆえに最後まで書きあげきることが出来ずにいたままの話です。それを今回、図々しくもあらためて出版し直して頂くことになりました。

時代は当時のままにしてあります。携帯の画面がまだモノクロで、持っていない人もまだ半分以上いた頃でしょうか。今、大阪駅なんてファイブの上に赤い観覧車どころか、ＪＲの上にドーム屋根がかかって三越伊勢丹が出来て、もう完全に異世界になってますよね。

時代設定がそのままなのは、私が『以前の大阪地検の建物がすごく気に入っていたから』です。当時働いていらっしゃた方には内部は暗くて狭くて重苦しいとうかがってましたし、多分、自分も中に入ったらそう感じたんじゃないかと思いますが、あの融通の利かなさそうなレトロな建物がいかにも無骨で、自分の中の検察らしい場所だったからです。地検も今は福島の高層の合同庁舎に移っちゃって、建物フェチとしてはちょっと味気ない気がします。

以前の地検の取り壊し前、錆びかけた金網で封鎖されているところを通りかかった時には、結局完成させられずに終わったなぁ…、とぼんやり思ったものですが（ごめんなさい、ごめんなさい）、今回機会をいただけて嬉しいです。ありがとうございます。

タイトルは変更しております。以前のタイトルは「いのせんと・わーるど」というもので、途中からそれを事件内容に引っかけていこうと思っていたのですが、なぜだか「いのせんと・わ〜るど」で発行されてしまい、どうしてこんなふざけたタイトルなのかと何人もの方に聞かれました。うん、実は私も一番知りたい。当時、担当さんがご事情で休んでおられて直接関与されてないというのもあるのですが…。験直しも兼ねて変えちゃいました。

しかし、スランプに差しかかって書きあげられなかったのは、やっぱり自分の弱さや未熟さだと思います。

今回、挿絵を引き受けて下さった麻々原《ままはら》絵里依《えりい》先生も、本当にありがとうございます。スーツ姿にもストイックな大人の色香があって、皆、とてもかっこいいです。表紙もちゃんと上下巻でバランスの取れるようにと、いくつも構図を考えて下さって嬉しかったです。

そして、こういう少しヘビーでシリアスな話も好きだとおっしゃって下さった今の担当様にも、とても励まされ、助けられました。ありがとうございます。

そして、折に触れ、仕上がるのを待っているとおっしゃって下さった皆様にも、心からお礼を申し上げます。ありがとうございました。不甲斐なくて、本当にお待たせしてしまいました。

以前は三巻立てでしたが、今回は二巻立てとなっております。初夏の頃に、ちゃんと最後までお届けできるかと思います。その時にまたお目にかかれますことを願って…。

かわい有美子

✦初出　光の雨 －原罪－………講談社X文庫ホワイトハート
「いのせんと・わーるど」(2000年5月)
「深海魚達の眠り いのせんと・わーるど」(2001年1月)
に加筆修正

かわい有美子先生、麻々原絵里依先生へのお便り、本作品に関するご意見、ご感想などは
〒151-0051 東京都渋谷区千駄ヶ谷 4-9-7
幻冬舎コミックス　ルチル文庫「光の雨 －原罪－」係まで。

幻冬舎ルチル文庫

光の雨 －原罪－

2013年3月20日　第1刷発行

✦著者　かわい有美子　かわい ゆみこ

✦発行人　伊藤嘉彦

✦発行元　株式会社 幻冬舎コミックス
〒151-0051 東京都渋谷区千駄ヶ谷 4-9-7
電話 03(5411)6432[編集]

✦発売元　株式会社 幻冬舎
〒151-0051 東京都渋谷区千駄ヶ谷 4-9-7
電話 03(5411)6222[営業]
振替 00120-8-767643

✦印刷・製本所　中央精版印刷株式会社

✦検印廃止

ISBN978-4-344-82792-9　C0193　Printed in Japan